潘廣櫟 著
潘立基、鄺智文 編注

潘廣櫟札記

一個香港人的時代紀錄

1920-1970年代

中 華 書 局

序——但我鬢上已斑斑

程美寶教授

潘廣樑先生的回憶錄，是一首歌，一首與他的潮連同鄉盧國沾先生寫的《大地恩情》和應的歌。讀潘先生的回憶錄，耳邊會響起《大地恩情》，眼中也會出現與這首主題曲互為烘托的同名電視劇的種種影像。所以，這本回憶錄，讀着讀着，會「聽」到聲音，能「看」到情景。《大地恩情》是這樣開始的——

河水彎又彎，冷然說憂患
別我鄉里時，眼淚一串濕衣衫

1908年生於廣東潮連坦邊村的潘先生，十歲喪父，為謀生計，年少時離家赴省城，後再離省赴港，從此在港定居。潘先生與祖母及母親感情最篤，他寫到在廣州期間，聞祖母病入膏肓，連夜奔赴鄉中，回到家裏，但見——

> 門庭依舊，景物全非，一片蕭條景象，令人觸目驚心。時祖母已徙出廳間，母弟及親屬環坐榻傍。吾甫入廳間，祖母在奄奄一息中，突然清醒，強以手搔吾首，發出微弱聲音，斷續而言：「今徼天之幸，能與汝作最後一面，死亦瞑目矣。」言訖昏絕，徐徐又醒仰視長嘆曰：「我不及見汝兄弟成立也！」言至此，枯眼注視我們……延至是日午後未刻，瞌然長逝，嗚呼哀哉！

這種家裏老人彌留之際被移至廳堂，竭力與親人話別的情景，我在與珠三角的鄉人聊天時，聽過不止一次。在潘先生半文半白的筆下，歷歷在目，讀之令人鼻酸。

二十一年後，也就是 1945 年，好不容易等到大戰快要結束，身在香港的潘先生，又突聞其母在鄉病逝的噩耗，但這次他已經不能馬上回鄉奔喪了。潘母本來一度與兒媳共居，但日軍攻陷江門時，她「顧慮周詳，立命媳婦離鄉赴港，以策安全，寧獨守家園，顧存家具，俾兒媳異日遷鄉，有得應用」。潘先生哀歎曰：「母用心良苦，從此過其孤寂生活，連綿六載，以此而終，嗚呼痛哉！」

「嗚呼哀哉！」、「嗚呼痛哉！」，絕非無病呻吟，而是我們在歷史課本裏讀不到的個人的哀號。種種死別生離，難道不是為口奔馳，不得不別我鄉里之故？潘先生感歎「人生聚散無常，職業遷移不定」、「人海飄浮」、「孤身作客」；而種種天意人事，又教他情海波瀾。由鄉至省及港，多年勞碌奔波，至 60 年代在香港始漸入佳境。《大地恩情》第二段，是這樣唱的：

> 人於天地中，似螻蟻千萬
> 獨我苦笑離群，當日抑憤鬱心間

潘先生與芸芸眾生一樣，也許不過如天地間之螻蟻，但哪怕是螻蟻，哪怕是一個普通人，又何嘗不會有一段苦笑離群、抑憤心間的經歷？潘先生將之記錄在冊，重新編整，念茲在茲。他說：「文為心聲，必須據實記載才有真確感」。的確，潘先生這部回憶錄，最初只是為了「暇輒以自賞」，「未有示人也」，感情因而也格外真切。其中記述最為詳細的，莫過於他對家鄉的回憶。他寄居省城時，時至洪聖誕，便想起家鄉潮連洪聖爺闔境巡遊的盛會；清明時節，感歎自己「有山拜不得」；端陽競渡，念到「兒時嘗偕村童前往豸岡渡頭，作壁上觀」；到了中秋，目睹「火樹銀花之情景，徒發思鄉懷舊之蓄念」。他在省城所聞，珠江所見，感覺皆不如家鄉的好。他尤其不會忘記媽媽打的炒米餅的味道，家中哪怕物資有限，母親總會東挪西湊，籌備打炒米餅，「不欲令吾兄弟失望也」。他的童年記憶，與母親和祖母的感情，是他與家鄉始終不離不棄的原因，所以——

若有輕舟強渡，有朝必定再返
水漲水退，難免起落數番

不錯，只要有輕舟強渡，潘先生都會必定再返。他也怕「一旦環境迫人，需要還鄉居住，而家無恆產，何所恃以為活」，所以他 1949 年在鄉下買下水田一畝，相當於為掃墓祭祖設立基金。不料時移世易，事與願違，幾個月後不但田上物業煙消雲散，就連還鄉修墓的願望亦頓成泡影。人生果真如水漲水退，起落數番。

潘先生之後再次回鄉，已是 1977 年，年屆古稀矣。他和家人從香港坐火車經羅湖前往廣州，與闊別 40 年的從弟會面，「皓首重逢，自有無限感慨」！他在廣州吃「招待港澳同胞」的點心飯菜，感到味同嚼蠟；相反，回到坦邊與鄉親共餐時，吃的是「本地油粘，鮮魚青菜」，「家鄉風味，使我食慾倍增」。離別當日，「各親人送至村口，一聲珍重，又再別故鄉了」。潘先生這趟回鄉之旅，竟讓他對已居住了大半生的香港生出幾分距離感來——當他寫到抵達紅磡火車站，「轉搭海底隧道車返家」這句時，竟然在「家」字加上一個引號。看來，香港對於他來說，始終是「第二故鄉」，他在此地不過是「僑居」、「寄跡」。

在接下來的幾年，潘先生出資在家鄉修整祖墳，在母親當年手建的小屋旁的荒地建造房屋，在廚側挖一口水井，一還當年未了的心願。他建好房子後，即授權從侄居住代理，因為「舉家僑居香港，在鄉之日少，作客之時多」。他這段經歷，在香港很多同輩人也發生過。我相信，儘管自 1977 年起，潘先生終於可以再返，看到現實中的潮連，但他心中記住的，仍然是孩提時代的、夢裏的潮連——「潮連為新會西江流域一個小島」，「吾村坦邊得天獨厚，以地處邊陲，瀕海一帶農地，一望無垠」。如此景象，與《大地恩情》最後一段所描述的幾乎沒有兩樣——

大地倚在河畔，水聲輕說變幻

夢裏依稀，滿地青翠，但我鬢上已斑斑

《大地恩情》電視劇 1980 年在香港播出時，每晚都會先播主題曲，前奏「啊啊啊……」響起，畫面便會出現一群小朋友無牽無掛地在田埂上大步跑過，在河涌邊潑水嬉戲的場景。於我看來，在那群小朋友當中，有一個想必是潘先生。

盧國沾説他寫《大地恩情》時，一字一淚。當年，他以稚子無知之年離開家鄉，早上乘搭小艇，轉上大船，來到香港，江邊送別的，就是他媽媽。他沒想到，再見到母親時，已是二十多年之後。他説，他一直沒有忘記鄉間的一樹一木，一磚一瓦。盧氏寫作《大地恩情》的心情，與潘先生在回憶錄所表達的情感幾乎一模一樣，不知當年潘先生看電視時，有沒有注意到這部電視劇和這首主題曲？他是否知道盧國沾也是潮連人？今日的香港人，又能否理解潘先生、盧先生這種對家鄉難以忘懷的執念？

潘先生這批回憶錄險些在 1963 年的一次火災中化為灰燼，可幸只是一場虛驚。他説，這批稿件對他而言，「是具有相當重要性者，然此可為知我者道，難與別人言也」。他也許沒有料到，當年他天天帶去幼兒園上學的那個「活潑好動，但遲遲尚未發正音」的長孫立基，正是那麼一個「知我者」。2023 年初，潘立基先生寫電郵與我約見，到我辦公室惠示回憶錄原稿，探討這批私人文獻的價值；在差不多的時候，他得到鄺智文教授的支援，協助整理編輯，最終成就了這部《潘廣樑札記》，正式出版。也許，除了潘氏家人及其親友外，沒有多少人會知道潘廣樑是誰，但潘先生其實「是他也是你和我」，他這部回憶錄映照的時代，恰恰是一個完整的二十世紀，中國與世界風雲變幻——革命、兵變、暴動、大戰——潮起潮落，個人如萬千螻蟻，各自發出微弱到幾乎聽不到的聲音，卻共同譜奏出一首波瀾壯闊的史詩。

潘先生的回憶錄，是一首詩。這首詩如《大地恩情》的歌詞一樣，篇幅短小，行文平實，雖「難與別人言」，但深諳「凡人有所鬱結，不得舒其道」，所以「聊述往事以思來者」，在字裏行間「放憂釋愁」，就好像黎小田先生的譜曲，將《大地恩情》最後一句「但我鬢上已斑斑」推向高潮一樣，餘音在我們的心中久久不能散去，教人掩卷歎息。

2025 年 5 月 1 日

備註：本文楷體部分為《大地恩情》歌詞；盧國沾撰寫此首歌詞的感受，見氏著《歌詞的背後》（2014 年增訂版）。凡有引號的字句，皆出自潘先生回憶錄，只有「是他也是你和我」這句，出自1976年香港電視劇《狂潮》主題曲，屬黃霑先生手筆。

編者序一

潘立基

潘廣樑是筆者的祖父。作為爺爺的長男孫，在他 1992 年過世後，我繼承了他的多本著作，包括被他視為畢生心血的三本筆記。

爺爺是香港一個寂寂無聞的過客，但在我而言，他是一位深藏不露的奇人。爺爺當過醫館和雜貨店的打雜、「車房仔」，後來先後任職酒店、銀行、工會書記、清道夫、人力車夫、回收紙業，最後是賣衣服的小販，或許正如他在筆記中所言的「潦倒半生」。與此同時，爺爺與文字和歷史結下不解緣，可算自學成材，半世紀以來孜孜不倦地寫了十多本共 4,000 多頁的著作，把自己對內地和香港古今的認知、對香港事物的所見所聞記錄下來。在芸芸作品中，這三冊筆記特別受家人重視，因為爺爺以一個個毛筆字或原子筆字，將其一生經歷躍然於這四百多頁的原稿紙上。

爺爺在清朝末年生於廣東新會縣小島潮連，年幼時家道中落，在「卜卜齋」讀了五年書，便要離鄉別井到省城廣州打工，二十歲時再毅然隻身到香港發展，本以為只是暫時以此為家，但在大時代洪流驅使下，香港最終成為他落地生根的第二個家，成為一個「香港仔」。

爺爺的三本筆記

爺爺 1960 至 70 年代在港島西營盤第一街住所悠閒地吸煙斗。當時爺爺的兒女逐漸健康成長，家庭生活漸趨穩定，這段時間亦是他寫作的高峰期。

就像當年很多人一樣，爺爺一生人浮於事，每當生活漸入佳境時，就因為大環境發生的事而遇到挫折。筆記中最令我印象深刻的，是在 1941 年日軍攻佔九龍後，爺爺冒死租小艇花一小時越過危機四伏的維多利亞港，為的就是確保妻兒安全，當中過程猶如電影畫面。在「三年零八個月」期間，爺爺為了求存，以化名擔當清道夫和人力車夫。爺爺和嫲嫲不時要到新界購買農作物，然後用手推車經大埔道推送回市區售賣，每趟動輒要花八個小時。他倆的長子長女，亦在日治期間先後去世。這些經歷，對未嚐過戰爭的人而言可謂難以想像。筆記也詳述這段黑暗時期家庭以外的香港情況，包括饑荒下住所附近屍骸處處，西營盤「花園仔」公園成為亂葬崗等，爺爺亦親眼目擊日軍如何虐待被抓者。這些親筆紀錄，都甚為難得。

香港重光後，爺爺嫲嫲轉為從事小生意和當小販，生活逐漸改善。1960 年代中，爺爺購入第一街一幢唐樓的兩個單位，幾年後我就呱呱落地。我對爺爺的印象，亦是由那幢唐樓開始建立。

這幢唐樓樓高六層，爺爺、嫲嫲一家住在六樓，爸爸、媽媽、

爺爺與嫲嫲在 1967 至 90 年代初長居第一街 2 號唐樓的頂層，下一層則是次子一家的居所。這段時期是爺爺著作的盛產期。（筆者攝於 2004 年）

唐樓入口位於東邊街，是爺爺晚年幾乎每日必經之處。在市建局 2000 年代初收購後，大閘重門深鎖。（筆者攝於 2004 年）

我和兩個妹妹一家住五樓。爺爺、嫲嫲回家總會經過我家門外，每當我聽到緩慢的腳步聲慢慢由輕至重傳來，就知道是他們在回家了。打開通往六樓的大門後有一列樓梯，先上九級後 180 度再折上九級。記憶中樓梯經常暗無燈火，牆上掛了一些老人畫照，相信他們就是我們的祖輩，但我沒有深究是誰，只知道這些清裝打扮的人看上去令人不寒而慄。

雖然爺爺仙遊已 33 年，但我對他仍然印象深刻。他個子矮小，我小學時已比他高。從 1960 年代他的身份證可知，當時他身高剛剛五呎，到 1970、80 年代照顧我時，相信還「縮水」了一截。爺爺身形瘦削，松形鶴骨，蓄有鬍鬚，頭髮稀疏，經常戴一副特大黑粗框厚鏡片眼鏡，外表有點像矮版老夫子。他給我最深刻印象的是兩邊鎖骨深陷，我常笑稱那兒就像兩個水塘。

未知是否人生經歷太多，我印象中爺爺不苟言笑，説話不多。他愛坐在床上看電視、飲燒酒，吸食自己捲製的草煙或煙斗，我還會偶爾見到他寫東西。他房內常備一罐四方形的蛋卷罐，方便我上去用匙羹撈蛋卷碎吃，另一重要零食則是麥芽糖克力架餅。爺爺亦喜歡摸我和其他孫兒女的肚皮，然後扮「猜」我們吃過什麼，還記得他「估中」後例必沾沾自喜的模樣。

長輩憶述，我小時候頗為頑皮，行為「令人髮指」。例子之一，試過在乘坐天星小輪時，一手抓住爺爺的眼鏡扔落維多利亞港；也試過把天台的去水口用拖鞋堵住，然後打開水喉製造一大片「水塘」，諸如此類。爺爺在筆記內也有暗示我的頑皮令他感到麻煩生氣，但又感到快慰。其實，印象中爺爺對我們孫兒算是頗有容忍限度，縱有責罵也不會過火。另一個我和爺爺互動比較有深刻印象的，是 1980 年代中後期一次家庭聚會後，十來歲的我揹起行動不便的爺爺上唐樓回家，相信當時他也會感到一點欣慰。

根據爸爸和兩位姑姐的憶述，爺爺熱愛寫作，可以説去到「日寫夜寫」的地步，當時嫲嫲還經常抱怨他花費大量時間寫東西，又説寧可他投稿給報社賺取一點稿費幫補家計。當時大家都不知道爺爺究竟在寫什麼，但現在看來，他當時埋頭苦幹，應該就是在寫這本筆記或其他著作。

爺爺在生時，我已不時翻看他的筆記，但由於用字艱澀，當時年紀尚小的我對內容其實不甚了解，也只對小部分有興趣（就是二戰和後期有我在內的部分）。1992 年爺爺離世，筆記連同其他書輾轉交到我手。我明白這幾本筆記具有無可比擬的重要性，因此特別把它們存放在防潮箱。隨着逐漸長大，閲歷多了，我對筆記的內容代入感也愈來愈大，隔一段時間就會拿出來翻閲，嘗試了解一下這個當年不苟言笑的老人家一生的心路歷程。

爺爺性格傳統，在特別日子會穿起長衫，以示莊重。（潘廣樑遺物）

爺爺與他在筆記中談及「頑皮好動」、「天真活潑」的孫兒玩樂時，露出罕見笑容。（潘廣樑遺物）

1978 年我五歲生日，爺爺與我一起切蛋糕。（潘廣樑遺物）

不過，對於如何把這家傳之寶傳承下去，我一直茫無頭緒，甚至苦惱，畢竟我這一代是與爺爺在同一時空生活過的最後一代，相信最終會有後代不再重視爺爺這些心血結晶。它們失傳很可能只是時間問題。

爺爺的筆記今天能夠結集成書，總算是在社會上承傳開來，令我感到無限釋懷和欣慰，而當中的經過，是眾多機緣巧合促成，可以說是一次神奇之旅。

2022 年 10 月，有電視台重播劇集《楊家將》，劇中奸角叫「潘洪」。歷史上很少有姓潘的名人，我好奇上網找找，發現原來潘洪其實是北宋高官潘美。爺爺的筆記在開頭就提到，潘美是我們族系有紀錄以來的始祖。

藉此時機，我「膽粗粗」把筆記中關於祖先的部分放上一些歷史群組，得到一些有趣迴響。受此鼓勵，我再把筆記內我認為最「精彩」、關於日治時期的內容放上網，結果反應遠超我預期：很多人都讚爺爺的字跡秀麗如藝術品，亦有說這是極度珍貴的史料，建議電子化或聯絡大學研究如何處理，甚至有不少人提議出書。

幾日後，在因緣際會下，我發現一個有關香港淪陷的 Facebook 專頁，於是主動聯絡版主，問他是否有興趣公開筆記內有關二戰的內容。那位版主反應異常雀躍，表示希望把關於二戰的筆記內容掃描。我擇日把筆記帶到他的辦公室，這位三十來歲的版主邊掃描邊看內容，叫了一句：這可以出書！還即時把三本筆記全部掃描了。我一直以為爺爺只是香港千千萬萬的小過客之一，懷疑外人會否對他所記敘的「瑣事」感興趣，因此我還半試探地當面潑他冷水：「這些平民東西會有人看嗎？」他說：「有啊，這些平民史料近年很有價值！」

這位版主，就是時任浸會大學歷史系教授鄺智文博士，亦即是本書的另一編者。

輾轉三年，鄺博士由建議出書、把筆記電子化、嘗試找各出版社，並與我一起進行校對和加入註釋，最終讓這個「不可能」的出書計劃變成可能，整個過程絕對可以用如幻似真來形容。

我承認自己絕對低估了出版爺爺筆記的難度。我本來以為只是簡單地搬字過紙就可以，但實際運作下來，才發現絕非這麼簡單，當中也是一個有趣的學習過程。首先，爺爺的部分用字頗為艱澀，在校對上花了不少時間，也要適當地解説部分字詞以方便讀者。此外，筆記內談及大量典故和事件，我們都要逐一核實和加入註釋解讀。由於爺爺寫筆記的初心是給自己和後輩閱讀，因此涉及家人的部分內容未有詳細解説關係，我要透過訪問釐清文中不同人物的身份，並加以解釋。此外，在組織整理過程中，亦要把四出搜羅得來的爺爺遺物拍照或掃描，連同爺爺生前的大量照片，依據拍攝日期和情境（雖然不少已有標示日期和拍攝資料，但亦有很多要靠蛛絲馬跡作出推敲），有條不紊地放進電子檔中並寫上説明。我從事新聞工作多年，知道已刊印出來的東西無法逆轉，在確保資料準確無誤

爺爺一生熱愛文字和歷史，遺下大量親筆著作，涉獵範圍廣泛，除了香港和內地大事，也有香港趣聞、街道雜談、娛樂圈八卦甚至鬼故等。（潘廣樑遺物）

上，自是不容妥協。

出書過程亦帶來不少驚喜。我一直把這幾本筆記放在防潮箱，爺爺其他書籍只放在閣仔或書櫃，甚少翻閱，我亦一直以為那些只是購來的商業叢書。然而，在 2025 年初進入出書準備的白熱化階段之際，我在書櫃角落重新發現爺爺的大批親筆撰寫書籍，內容天南地北，大至內地和香港的歷史紀錄，小至香港街道趣談、豪門盛宴餐單（例如英女皇訪港晚宴和霍震霆與朱玲玲婚宴），甚至香港當年流傳的靈異事件都有涉獵。他生前還把看過的對聯和字謎，分門別類寫了四大本、超過 900 頁！這些都印證了爺爺對文字、歷史和中國文化的迷戀。

在此，我要先多謝爸爸和兩位姑姐，他們一直保留着很多爺爺的遺物，除了筆記外，還包括很多重要文件和物件，例如日治時期的文件、戰後糧油配給證、身份證等，還有圖章、明信片和地圖，這些歷史文物令筆記出版時生色不少，也令我更能夠立體地重塑他的一生。

謝謝太太和子女的支持和意見。太太雖然在西方出生和成長，但對中華文化很感興趣，她指爺爺正正不是達官貴人，普通人能把自己的平民式生活鉅細無遺地紀錄，是更加難得，不厭其煩地提醒我這幾本筆記的重要價值。多謝女兒協助校對，令本書更完美。

感謝社交平台上的一些歷史專頁。我曾在這些專頁公開部分的筆記內容，得到很大迴響，令我確信很多人對這些私人內容原來都很感興趣，讓我把筆記公開的念頭萌芽。

感謝鄺智文教授和中華書局（香港）有限公司。鄺教授是第一個閱讀筆記真身的外人，也是第一眼看到筆記就確信可以結集成書的人。他與團隊義無反顧地為筆記進行電子化工程，同時協助聯絡出版社，並為內容提供畫龍點睛的註釋和珍貴歷史照片，令筆記增添不少份量。另外，我要感謝中華書局副總編輯黎耀強，沒有中華

爺爺的遺物包括 10 個圖章。圖中最左邊是他在日治時期所用的圖章，上面刻上他當時所用的化名「潘良」，其旁邊兩個是他在戰後從事紙業生意時所用的生意圖章。其他包括他的別名、以至後來專為其著作和藏書而製作的圖章（右邊的兩個）。照片經水平翻轉，方便讀者觀看。（潘廣樑遺物）

爺爺酷愛旅遊和記錄各處風光，他的遺物就包括多張 1970 至 80 年代的香港明信片，他還幾乎在每張明信片上面都寫上簡述，貫徹他愛記錄的作風。（潘廣樑遺物）

書局對爺爺筆記的欣賞，本書實在難以出版。此外，被視為華南人文歷史研究權威的香港城市大學中文及歷史學系系主任程美寶教授不但提供了寶貴的意見，更在百忙之中為本書寫下感人序言，在此本人衷心道謝。

最後，我必須感激爺爺。他將自己一生，甚至先輩的生活，用自己的筆跡寫下。讓我對先輩以至我父親的很多往事，也變得瞭如指掌。筆記的面世，也讓外界知道香港曾經出現過一個有如此文化的「普通人」，令我感到自豪和佩服的爺爺，猶如重生。

今次整理爺爺筆記的過程，讓我對他的人生有重新的了解，慨嘆他的深藏不露，亦讓我對沒有在他有生之年多加珍惜相處時光而感到可惜。

我衷心期望，這本筆記的出版可以喚起香港以至華語社會讀者對家族歷史和文物的重視之心，之後可以有更多這類書籍出現。

小記：爺爺與家鄉

河水彎又彎，冷然説憂患。
別我鄉里時，眼淚一串濕衣衫。
人於天地中，似螻蟻千萬。
獨我苦笑離群，當日抑憤鬱心間。
若有輕舟強渡，有朝必定再返。
水漲、水退，難免起落數番。
大地倚在河畔，水聲輕説變幻。
夢裏依稀，滿地青翠，
但我鬢上已斑斑。

以上是經典名曲《大地恩情》的歌詞，由香港著名填詞人盧國沾所作。他曾說，歌詞是他憶念故鄉「大地」潮連而作，而其內容彷彿也道盡了爺爺的心聲。

爺爺跟盧先生的背景頗為接近，大家都是潮連人，同樣讀私塾學習四書五經，同樣都是年輕時就離鄉別井，並因為政局問題無法回鄉。爺爺雖然長居香港超過 60 年，早視香港為第二故鄉，但筆記中不少篇幅都講述「河水彎又彎」的「大地」，包括爺爺「別我鄉里時」的心情、當地的風土習俗和生活。爺爺在二戰結束後兩次回鄉，之後就與家鄉隔絕幾十年，到 1977 年才有機會返回鄉間，雖然他「鬢上已斑斑」，但總算圓了「有朝必定再返」的夢。爺爺在 1980 年代多次回鄉，筆記中顯示我也多次跟隨，可惜至今已印象模糊。

這些年來我每隔幾年都會回鄉。在本書 2025 年初進入最後衝刺階段期間，我與爸爸和兒子再次回鄉，重訪爺爺筆下提到的多個地點，包括他出生和成長的祖屋、潘氏祠堂和他經常前往的獅山等，這是我詳閱爺爺筆記後首次再到訪這些地點，感觸無限，跟以往回鄉的感覺可謂天淵之別。幸好這幾十年來，家鄉未有因為內地高速發展而有很大改變，村內一景一物、那兩個池塘、那些農田和那些比鄰交錯的村屋，基本上都維持原貌，讓我可以輕易想像到爺爺當年的生活。

盧國沾先生也在這段期間去世，特借此一談。

編者序二

鄺智文教授

潘廣樑 1908 年於廣東潮連出生，早年接受私塾教育，1928 年前往香港謀生居住，曾於洋行和革履工會工作，並於香港娶妻，建立家庭。他和家人經歷戰亂和日據時期，在戰後汲汲經營，見證了香港從戰爭到重建，以及戰後經濟急速發展和社會變化。他在 1992 年去世，享年 84 歲。自 1923 年開始至 1990 年止，潘廣樑以散文形式寫下其人生和家庭經歷共約 100,000 字，以下簡稱為《潘廣樑札記》。

《潘廣樑札記》的內容不但從其個人經歷反映香港以及中國在二十世紀的巨變，更讓人一窺二十世紀初成長和生活的香港「普通人」對家庭、愛情、社會及政治的看法。他雖然以記載家事為主軸，但其文字對當時的華南習俗和民俗傳統、華南與香港社會經濟變遷，以至戰爭、動亂等重大歷史事件均有所描述，並提到例如抗日戰爭、國共內戰、冷戰如何影響他一家的生活。他在文章中不但流露了對家人和故鄉的真摯感情，亦詳細記載了有關二十世紀香港和華南的社會百態和生活細節，特別是宗族、教育、工作、居住、婚嫁、節慶、殯葬等內容。當然，由於他當時的身份與視野所限，他的描述自然可能有不準確之處，但亦一定程度上反映了二十世紀一個香港人對不同事物與轉變的一些看法。

《潘廣樑札記》與其他類似的個人史料之最大分別，是它並非事後多年的記錄或訪問口述，而是著者多年自身書寫累積的手稿，雖然稿件曾經本人謄寫整理，但仍反映了著者在不同時期的所思所想，與數十年後重新思考下的文字有別。這些文字不單可以反映著者對歷史事件與變遷的感受，亦可以讓我們從中理解時人在不同處境下的精神面貌和生活狀態。《札記》除文字外，亦有附上潘廣樑自行繪畫，或摘自報刊的地圖、私人照片，以及證書、證件等個人史料，其中部分非常罕見，甚至可能是孤本（例如清道夫宿舍的證書）。學者研究中國近現代史時，早已大量使用日記等個人史料，其中最為人熟悉者自然是有關蔣介石日記的研究以及胡適書信等資料。以往以人物資料進行的研究大多集中於軍政人物、社會名流或知識份子等；潘氏的筆記為官方史料外，提供了解這個時代的平民角度和線索，亦擴闊了史料的蒐集和解讀。

近年，史學界比以往更着重「普通人」的歷史，學者不單採取普通人的視覺看以往常被討論的歷史事件或變遷，更對使用來自民間的史料持更開放的態度。其中最難能可貴者，就是完整的日記或隨筆史料，例如沈艾娣（Henrietta Harrison）的《夢醒子》（*The Man Awakened from Dreams: One Man's Life in a North China Village, 1857-1942*），即以山西士紳劉大鵬的個人紀錄為中心，討論清末民初華北在思想及社會的變化。[1] 畢可思（Robert Bickers）的《帝國造就了我》（*Empire Made Me*）則從一名英籍上海警察之遭遇，看兩次世界大戰期間的中國社會。[2] 方德萬（Hans van de Ven）在《戰火中國 1937 － 1952：流轉的勝利與悲劇，近代新中國的內爆與崛起》（*China at War: Triumph and Tragedy in the Emergence of the New China, 1937-1952*）中，亦使用了包括陳克

1 Henrietta Harrison, *The Man Awakened from Dreams: One Man's Life in a North China Village, 1857-1942* (Stanford: Stanford University Press, 2005).

2 Robert Bickers, *Empire Made Me: An Englishman Adrift in Shanghai* (London: Penguin, 2004).

文日記等傳記資料。[3]

香港亦有不少收集「普通人」史料和歷史的研究計劃，例如香港大學社會學系香港口述歷史檔案計劃（The Hong Kong Oral History Archives Project）、香港記憶計劃（Hong Kong Memory Project）、香港歷史博物館香港口述歷史特藏（Hong Kong Oral History Collection - Hong Kong Museum of History）、香港社會發展回顧項目（Hong Kong Heritage Project）、香港科技大學華南研究中心的口述史料、中文大學華人婦女與香港基督教口述歷史網上資料庫，以及浸會大學黃文江教授領導的多個口述歷史計劃等。這些資料對補充官方或報紙等史料的空白起着重要作用。

近年，香港史頗受公眾及學界注目，尤其在社會層面，更出現不少關於歷史建築、保育，以及社區歷史的討論，亦有關於人物或機構的史料出現，其中較為矚目者有謝榮滾主編的《陳君葆日記全集》，程美寶教授主編的《太平戲院紀事：院主源詹勳日記選輯（1926 － 1949）》。[4] 徐岱靈和祁凱達對娛樂大亨、皇都戲院創辦人歐德禮（Harry Odell）的研究（《尚未完場》），以及許創彥、麥曉暉團隊的「唐樓中的二戰日記」計劃，亦顯示了家族史研究對公眾有一定的感染力。[5] 在此背景下，《潘廣樑札記》為研究者提供一個從「普通人」角度看二十世紀香港的角度。歷史人類學和民族學的研究者亦會對書中有關華南風俗的描述感到興趣。此外，對香港

3 Hans van de Ven, *China at War: Triumph and Tragedy in the Emergence of the New China, 1937-1952* (Cambridge, Massachusetts: Harvard University Press, 2018).

4 陳君葆著、謝榮滾主編：《陳君葆日記全集》（香港：商務印書館，2004）；程美寶：《太平戲院紀事：院主源詹勳日記選輯（1926 － 1949）》（香港：三聯書店，2022）。

5 徐岱靈、祁凱達：《尚未完場》（2023）；「唐樓中的二戰日記從香港見證歐洲戰場的中國身影」網頁：https://www.dday.hk/zh。

和華南歷史有興趣的讀者，則可以從潘廣樑的文章中了解二十世紀華南和香港歷史的一些細節，甚至會因為發現他的經歷與讀者先輩有相類之處而產生共鳴。他的文字亦反映出他對其家族和故鄉真摯而樸素的感情。

筆者近年因祭祖關係，需要為自己的家族進行一些基本資料研究，在過程中發現事情並不如想像中容易。單是要找到先人去世的確實日期，已經需要不少工夫。當潘立基先生把《札記》的目錄和部分內容與我分享時，我立即感到《札記》作為史料的重要性，以及它如何反映一代香港人集體經歷和回憶。閱讀與整理《札記》時，不時使筆者想起長輩間中提到的往事。我的祖父輩和父輩在 1950 年代亦曾於西營盤居住，因此可算是潘家的街坊；他們曾否於西營盤街市碰面？我的父輩曾經歷過「拐子佬」的威脅嗎？他們會使用一樣的教科書嗎？他們的學習生活又是否相似？他們如何理解香港、內地，以及複雜激盪的歷史？我的家庭和潘老先生的一家一樣，在香港或鄉下經歷了戰爭，但我對祖父母一輩的戰爭經歷只略知皮毛。一方面我為未能留下他們的經歷覺得可惜，另一方面卻明白他們亦不一定喜歡談及可能充滿苦難與困難的過去。相信讀者閱讀《札記》時，亦可能不時出現類似的共鳴或關聯思考，潘老先生的敘述亦為這個時代的普通人經歷填補一定程度的空白。

此書得以出版，有賴潘立基先生對我們的信任，他本人亦出力協助書稿的校對，並加上大量的註釋以助閱讀。我們亦特別感謝中華書局（香港）有限公司副總編輯黎耀強先生支持本書的出版，使潘老先生的手稿得以面世，為香港與華南歷史研究提供一個有趣史料。筆者亦特別鳴謝香港城市大學中文及歷史學系教授暨系主任，人文社會科學院副院長，華南近代史的權威程美寶教授，她不但賜予本書另一感人的序言，更細讀書稿，提出不少建議。

在整理《札記》時，我們最初只能人手把內容數碼化，以便整理作出版之用。後來我們開始嘗試利用人工智能進行數碼化，最終事半功倍。在此過程中，筆者特別感謝研究助理古靖、魏清瑜、馮桀樑及歐陽佩雯的協助。

筆者亦感謝妻子嘉慧，她的無限樂觀在我每次工作至透支之時均能為我帶來更多力量。

謹以此書獻給為身邊歷史留下紀錄的人。

利用數位人文方法整理《潘廣楳札記》的經驗

鄺智文、馮棨楳、古靖、魏清瑜

當我們從潘立基先生收到《潘廣楳札記》的稿件時，一方面感覺如獲至寶，另一方面亦因其規模（共三卷，約 80,000 字）而感到躊躇。近年，數位人文（Digital Humanities）技術有着顯著進步，特別在數碼處理、儲存以及電腦視覺（Computer vision）等方面的技術。現時，研究者已可利用光學字元辨識（Optical Character Recognition, OCR）過程，把不同語文的手稿轉化成統一碼（Unicode）文字，大為簡化了整理歷史文獻的過程。[1]

《潘廣楳札記》所有稿件均為手寫，其中部分由毛筆書寫，部分以原子筆書寫。從原稿紙可看出，這些稿件似乎是原稿的謄寫版本。其排版為直排，每篇均有一個標題以及內文，且結構變化不大，字體整齊、字型連貫，非常適合進行 OCR。

今日一般 OCR 工具已能清楚辨認文稿中的大部分文字及標點符號，使用時亦無需進行太多太複雜的提示即可完成所需的工序。我們這次整理《潘廣楳札記》時，使用了 Google 的人工智能平台 Vertex AI 來處理稿件內的文字。以《潘廣楳札記》第一卷第一頁為例，我們將該頁掃描檔文件格式為 jpg，影像大小約為 450 x 750

1 漢儒・薩爾彌著；范純武、湯瑞弘譯：《何謂數位歷史學？》（台北：貓頭鷹出版社，2024），頁 86 － 88；Eric Chow, "An Experiment with Gemini Pro LLM for Chinese OCR and Metadata Extraction," *The Digital Orientalist*, (2024), Link: https://digitalorientalist.com/2024/04/05/an-experiment-with-gemini-pro-llm-for-chinese-ocr-and-metadata-extraction/ (Accessed 28/4/2025).

pixels，檔案大小約為 100 kb。輸入提示詞如下：

Document Characteristics:

1. Language: Traditional Chinese.

2. Text Layout: vertical.

3. Reading Direction: right to left.

4. Writing Style: writing with a brush or a ballpoint pen; handwriting.

5. File Format: PDF or an image file.

6. Character Recognition: Character recognition must ensure accuracy.

Vertex AI 將根據上述特點進行處理，並生成結合標題與內文的整體文件。然後，我們需要對 AI 生成的結果進行校對及修改，確保內容完整和格式準確，由於文字為手寫，有時人工智能亦不能清楚辨認文字，或作出錯誤的判斷，因此手稿轉換後，始終需要人手檢查。即使如此，利用 AI 已可以大幅減少輸入時間，使我們得以把精力集中在校對及註釋上。

體例

為方便讀者，團隊在處理《潘廣樑札記》時，把錯字和別字均有標出，但異體字則作統一處理。

本書內所有非西曆年份都會在後面加上西曆年份（如民國十二年〔1923〕、宣統二年〔1910〕），所有農曆日子沿用中文數字（民國十一年壬戌年〔1922〕正月十二日），西曆日子則全部改用阿拉伯數字（1939年9月1日），不肯定的日子則維持原文格式。此外，所有地址街號（如彌敦道190號）、部隊號碼（如第5航空隊）等改用阿拉伯數字標示。內文中少於十的數目以中文數字表示（五個部分、三名子女），大於十則用阿拉伯數字（12隻雞、30架飛機）。

如出現中式度量衡單位，我們則會加上十進制數量（如四斤〔約2.4公斤〕）。本書根據 Endymion Wilkinson 的 *Chinese History: A New Manual* 在民國時的歷史度量衡數字為標準，即一斤為500克、16兩為一斤、10錢為一兩。如語境為香港者，則使用香港斤，每斤為604.8克。面積方面亦根據 Endymion Wilkinson，即一畝約為674.5平方米。[1]

書中如有外文人名和地名，則通常會加上英文名字（如楊慕琦 Mark Young）。

另外，本書目錄主要根據原筆記目錄，但因部分原目錄與內文有異（特別是第二冊），本書目錄按實際內容稍作修訂。

1 Endymion Wilkinson, *Chinese History: A New Manual* (Cambridge, MA: Harvard University Asia Center, 2013), pp. 555-556.

目 錄

家事雜記（二）1938–1959

家事隨筆（三）1960-1979

早年回憶錄

（一）

1908-1938

早年回憶錄序（原文）

我之寫記事文並不自今始，遠在民國十二年（*1923*）當我在省城傭工後一年，便開始練習寫作日記。當時環境雖然困頓，而此興卻未少減。於童年時代之生活情緒，記述猶詳，我時年十六，於幼年之事記憶猶新也。

厥後，每月輒有一二事載諸小冊子，數年來從未間斷也。吾友劉君德賡嘗見此小冊，以其語多辛酸，認為青年人應有朝氣，不宜有此頹唐語氣。嗟夫！生命不辰，家運多舛，茍非身歷其苦或耳聞目擊者，何為作此善感語氣。竊以為，文為心聲，必須據實記載才有真確感，此乃作者原來所抱之宗旨也。

自民國十七年（*1928*）來香港謀生後，生活逐漸好轉。十年人事幾變遷，其間所遇之悲歡瑣事，曾先後將經過寫成一冊，與前在廣州所寫之敍事冊，合成一篇，分十八節。暇輒以自賞，瞻前顧後，知所警惕而已，未有示人也。

吾質魯而性嗜學，幼時家貧，未能多讀，入塾五年，所識幾何，是以字裏行間，輒有詞未達意或魯魚亥豕之誚，實因信手拈用，未加修飾，或語在口頭，執筆忘字，此則為學識所限，情非得已。後有覽者，其亦將有感於斯文。

時在

中華民國廿六年（*1937*）杪歲次丁丑十一月廿日

新會潮連 潘廣㮄序於九龍太子道188號

* 標點屬編者後加

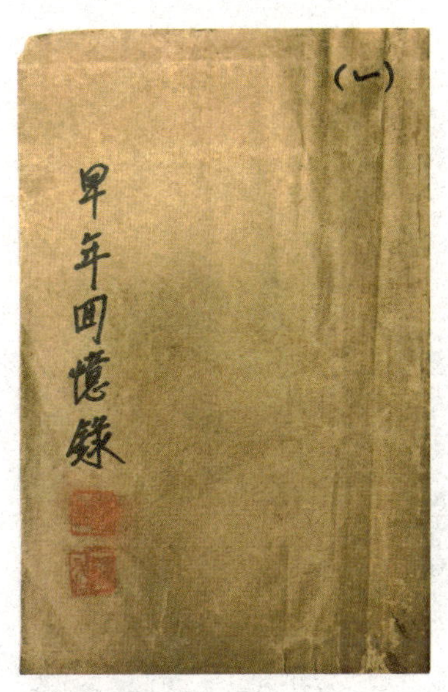

《早年回憶錄》封面

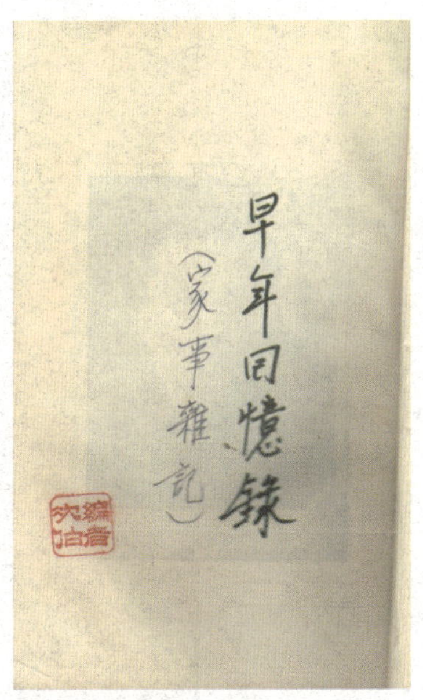

《早年回憶錄》封面頁

早年回憶錄序（原文）

我之寫記事文並不自今始遠在民國十二年當我在省城傭工後一年便開始練習寫作日記當時環境雖然困頓而此興郤未少減於童年時代之生活情緒記述猶詳我時年十六於幼年之事記憶猶新也

厥後每月輒有一二事載諸小冊子數年來從未間斷也吾友劉君德賡嘗見此小冊以其語多辛酸認為青年人應有朝氣不宜有此頹唐語氣嗟夫生命不長家運多舛苟非身歷其苦或耳聞目擊者何為作此苦感語氣竊以為文為心聲必須據實記載才有真確感此乃作者原來所抱之宗旨也

自民國十七年來香港謀生後生活逐漸好轉十年人事幾變遷其間所遇之悲歡瑣事曾先後將經過寫成一冊與前在廣州所寫之敘事冊合成一編分十八節暇輒以自賞瞻前顧後知所儆惕而已未有示人也

吾質魯而性嗜學幼時家貧未能多讀入塾五年所識幾何是以字裏行間輒有詞未達意或魯魚亥豕之誚實因信手拈用未加修飾或語在口頭執筆忘

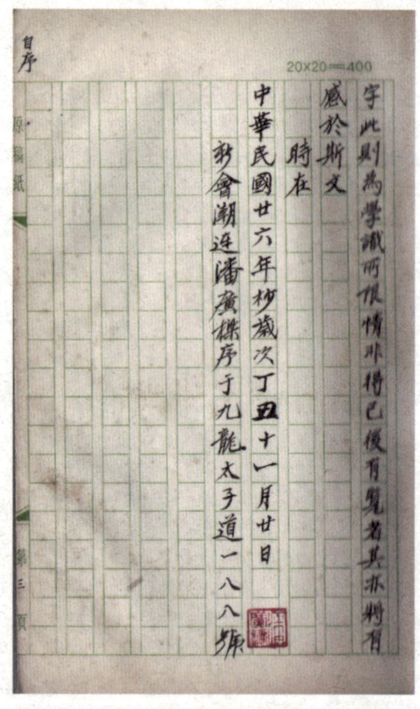

字此則為學識所限情非得已便有覽者其亦將有感於斯文

時在

中華民國廿六年抄歲次丁丑十一月廿日

新會潮連潘廣樑序于九龍太子道一八八號

《早年回憶錄》序言

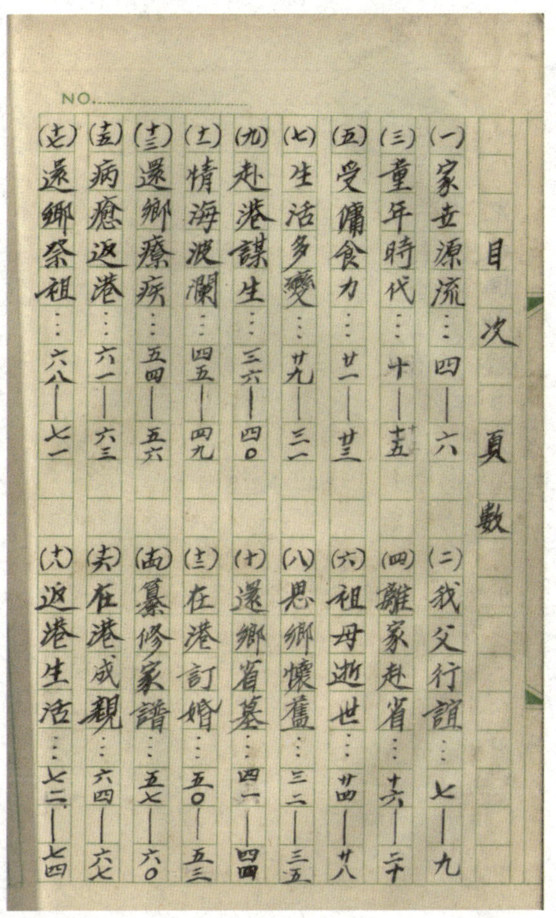

NO.

目次　頁數

《早年回憶錄》目錄

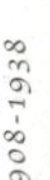

（一）家世源流

吾族遠祖柱厓公，乃宋功臣潘諱美[1]公之十一世孫也，仕宋為驃騎上將軍都騎尉，原籍北京 大名，後遷汴梁，復遷南雄 珠璣里[2]，景炎二年（*1277*），護宋帝昺[3]至新會 崖山死節，姓氏隱藏。

柱厓公次子仁有公，以宋遺民隱居於新會 崑崙之側（即開平之六圖村，後名潘村）。傳九世碧巖公於明 洪武廿四年（*1391*），自會城遷居於潮連之坦邊[4]，由是開族，是為潮連 潘氏之始遷祖焉。

潮連為新會 西江流域一個小島，島中巒峰十數，鄉民大率依山結村，聚族而居，大都珠璣里之苗裔也。居民以陳、盧、區、潘四姓為繁衍，分居於島之四週，或在鄉務農，或旅外發展，分道揚鑣，各得生計。昔人有詠潮連詩云：「七宿伴孤洲，流沙水面浮；任從天下亂，此地永無愁。」七宿，是指環島之七渡頭，為渡海通往鄰近之各鄉村者。地踞江門上游，

---

1 潘美（925 － 991），字仲詢，北宋將領。他獲周世宗及宋太祖賞識，因軍功官至忠武軍節度使，封韓國公。死後被追贈中書令，卒謚武惠，配享太宗廟庭。

2 意指廣東韶關市東北約 100 公里的南雄市珠璣巷。

3 趙昺（1272 － 1279），宋朝末代皇帝。1276 年元軍兵臨宋朝首都臨安，趙昺及兄弟趙昰由朝臣陸秀夫、張世傑和文天祥等人護衛南逃。1278 年，趙昰因病去世，趙昺被擁立為帝。次年，元軍追擊至厓山，宋軍潰敗，陸秀夫背起幼帝跳海殉國，趙昺終年七歲。

4 今日稱潮連鎮坦邊。

相隔一衣帶水，省 港 澳 佛各地輪船，航線繁密，鄉人之赴外地，及農作物之輸出，賴以便利，此乃潮連鄉貌之輪廓也。

吾村坦邊在潮連西陲，以其接近海坦邊緣，故稱「坦邊」，村中獅 鎮兩山並立，五坊里環繞其下，廬舍連綿，望衡對宇，獅山[5]為坦邊主峯，故本村亦稱「獅山環」。明 洪武以前，西北一帶，原為海坦，漁民蛋戶之所聚，迨洪武廿四年（*1391*）以後，我碧巖公披荊斬棘，經之營之，後人承先啟後，銳意經設，滄海變桑田，迄今瀕海一帶，一望無垠者，皆肥沃之農地矣。年中農產品，輸出江門及省 港者，為數不少，而村人之賴以為活者甚夥。

我始祖碧巖公，除富有創造力之外，兼善文學。三世祖季亨公[6]，克繩祖武，受業於真儒陳白沙先生之門，學有師承，邑志 鄉志皆有傳。自時厥後，奕葉書香，以忠厚傳家，至吾一代，已歷十八世矣。

我高祖號半農字基緒，乃碧巖公之十四世孫，父安行公，早歲游庠。母容氏乃荷塘[7] 容炳初之六女，炳初翁富而好義，當時之言家聲者，輒云：「荷塘 容炳初 潮連 盧繼恪」，其為人所重視也如此。半農公生於富厚之家，而無紈袴之氣，且品格清高，不事舉子業，畢生致力於鄉村福利事宜。道光辛卯

5　獅山是位於潮連島西面的一座小山崗，是潘氏幼時經常活動的地點。

6　潘季亨（1433 － 1470），明代學者，師從明代思想家和教育家陳白沙十六年，兩人亦師亦友。潘季亨逝世，陳白沙曾親臨弔唁，並作詩哀悼。

7　與潮連對望的一個大島，現時屬江門蓬江區。

歲（1831）吾村葫蘆山海面，有一省 江貨船，遇風沉沒，公率村人馳救，得慶生還者十數人，並濟以衣食，其急公好義多類此。好學不倦，於企石屋傍（旁）闢一小圃，日以讀書種菜為樂，顏小圃曰「半農」，蓋取白沙子詩「田可耕兮書可讀，半為農者半為儒」之意，因號半農子焉。族中之困者，輒來告貸，必書回債券，長年屢月，債券盈筐，臨終遺囑曰：「周急而索償，非吾志也，書券所以定規也。」命取券盡焚之，此尤犖犖大端，蓋義利之辨，殆受諸庭訓也。庶高祖母譚氏宅心慈祥，親見曾孫彌月云。

曾祖父號星六字啟茂，乃半農公次子也。幼承庭訓，才思敏捷，弱冠身列泮宮。但以清操自持，無意仕途，學醫於李丹涯，傳其衣砵，往來於江 省之間，懸壺濟世，遇病而貧者，輒贈醫之，與省城 李文甫孝廉極投契，時相唱和，迨後結成姻親，由有由來也。晚年，於醫學之外，兼善繪事，於六壬易理，尤具心得，因號「星六老人」焉。大伯祖侶麒，能傳其丹青妙手，及六壬命理，設館於香山 石岐。二伯祖驥朋，繼承父業，在江門 京果街[8]懸壺問世。曾祖母乃本鄉富岡區氏，閫範足式，有子女六人，與曾祖父同偕白首，躬逢四代焉。

祖父字裘則號達微，乃星六公之五子，星六公子息眾多，

8 清朝年間，一些需要進貢的地方果品被稱為「京果」，京果街乃當時江門墟的京果擺賣地。

同居於企石祖屋及屋背星光館，殆一大家庭也。祖父不幸早世*(逝)*，享年廿有四，祖母李氏幼受外太公李文甫孝廉陶薰，深通經史而明大義，青年孀守，孝事翁姑，撫育孤兒，族人咸稱水清賢節焉。

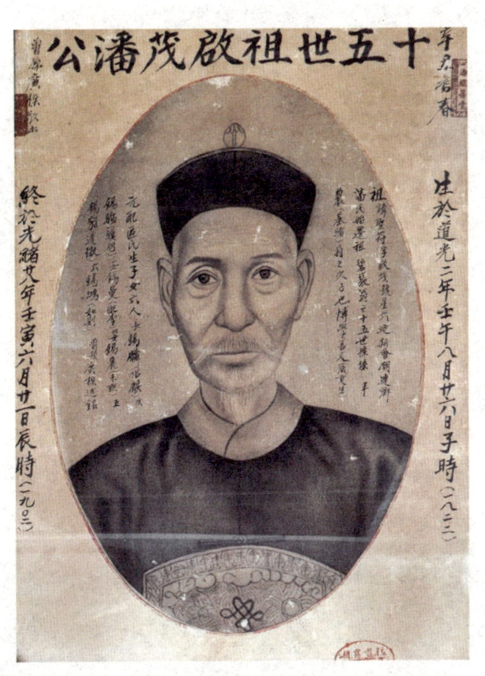

潘氏曾祖父啟茂的肖像，上面文字乃潘氏手筆。肖像原本放在潘氏在香港第一街的住所，編者對此肖像印象甚深。潘氏後來將它帶回家鄉，安放在自己出生和成長的祖屋內。（潘廣樑遺物）

（二）我父行誼

父諱廷鋈字安紹號星孫生五歲而孤，祖母守節撫育成人。先是，吾父娶荷塘 恆美 李仲三老師長女，早卒。續娶荷塘蟠埗 劉榮勝翁之十女，即吾母也。當吾母入門時，曾祖父母猶矍鑠健全，各宅子孫，尚能和洽共處。迨曾祖父母逝世後不久，長次兩宅，便倡議分家，各立門戶矣。

曾祖父遺下產業不少，如江門 京果街之鋪戶五間，本邑禮樂稻田十數畝（*一畝約為674.5平方米*），及本村之荔枝園等，苟後人體念先人締造艱難，善於運用，物盡其利，人盡其能，從而發揚擴大之，豈不善哉。

嗟乎！我祖父不幸早世（*逝*），父為獨生子，年輕輩卑，故產業權向操諸大房長者之手。由於不善管理，業務日形見絀，五六年之間，店戶稻田，先後易手逾半數，豈創業難，守成亦不易耶！

迨分產時，我五宅名份所得，更寥寥無幾矣！吾父對於祖嘗，向不重視，嘗曰：「為人當自力更生，豈可效富庶子弟，多賴祖蔭過活耶。」其耿介多類此。是故於未分產前，學業完畢後，即在本村企石市聚源雜貨店任司櫃，藉薪金以奉養，晏如也。

自吾母入門後，家中食指日繁，吾父以鄉村店員，薪資微薄，殊不足以仰事俯畜，不得不重利輕離，北上省城，受僱於西關[9] 太平街 裕源京布店[10]，店主與李永年舅公友善，故相召也。父工作慎重，克勤克儉，五年之間，略有積蓄。

念祖母一生清苦，未能長侍承歡，輒引為憾事，爰於宣統二年（1910），毅然束裝歸里，另起爐灶，與江門 呂鰲合資，開設廣壽堂熟藥店於企石市，蓋曾祖父精於醫藥，父平日耳濡目染，於藥物性別，多有認識也。以忠誠為桑梓所信任，生意由是穩健，而我家庭之生活，亦賴以溫飽焉。

鄉村生活，日出而作，日入而息，吾父於藥店市後，例返家休息，輒購備一些食品，歸奉祖母，或在家用膳，則擇饌之美而焾者，進祖母碗中，蓋祖母牙齒脱落，所餘無幾也，凡此瑣事，吾幼時司空見慣。於吾兄弟管教雖嚴，但從未施以夏楚，而吾兄弟亦能恪遵庭訓，故一堂之內，融融洩洩，天倫共樂者也。

民國四年（1915）季春，吾父被舉接管八世祖永思九世西齋十世敬菴三祖嘗。蓋三祖嘗產，在江門 麻園古鎮及本村者，所在多有，而前任管數者，因循誤事，有所虧空，由是合房集議，僉認為非有一廉介而勇於任事者，殊難勝任，詢謀僉同，推舉吾父肩此任務。

吾父前曾一度被族眾推任海邊洪聖殿[11] 管理人。蓋洪聖

9 西關自清朝以來曾是廣州的商貿中心，西關泛指廣州城西太平門外的地區，具體範圍大致為荔灣區。

10 即「藍京布」，一種北京生產的布料。

11 洪聖殿常見於華南沿海地區，專門祭祀洪聖大王，為漁民和航海者所信仰。據《潮連鄉志》所載，潮連洪聖殿始建於明萬曆二十八年（1600），2019 年列為廣東省文物保護單位。

殿祀南海神，為闔鄉公立，每年由各姓推舉一人，聯合主理廟宇進支事宜，以昭大公，除應得酬金外，涓滴歸公，以為闔鄉福利基金。是故治繁理數，吾父早有經驗，今管理祖嘗，不啻駕輕就熟，順理成章，所有租務、拜祭、福利等複雜事項，辦理有條不紊，且租收大有盈餘，可謂上不負眾望，下不負所學也。

父親一生拘謹，自奉儉約，菸酒向不沾唇，自長兄殤後，父精神大受打擊，輒以酒消悶，嗣後每飯不離杯中物，重以公私煩忙，而責無旁貸，寖至心力交瘁，猶力疾從事，自藥店返家時，雖感不適，猶強作歡顏，以慰慈心，是真發自天性者也。

迨至病情日甚，始在家延醫診治，詎藥石無靈，天不假年，賚志而歿，嗚呼哀哉！彼蒼者天，曷其有極！父生於光緒四年（*1878*）戊寅，十一月初六日寅時；痛於民國六年（*1917*）丁巳，七月十四日寅時。享年四十歲。

自父逝世後，熟藥店隨告結束，時祖嘗管數尚未任滿也，乃以吾名義，由吾母繼續管理，至民國七年（*1918*）季春任滿，交代清楚，房眾咸無間言者。

吾家既無恆產，又乏至親，此後將伯誰呼，一家老幼，從此陷於悲淒境地矣。嗟夫！我半農公以來，屢代積德，祖父厚愛為懷，乃青年棄世，父親孝友性成，又享年不永，豈天之報善，固將遲之後有未艾歟。

（三）童年時代

吾生也賤，甫出娘胎，即為病魔困擾，與死神掙扎。且也命生不辰，七歲失兄，涕零棣蕚，十齡喪父，痛切蓼莪，三年之間，迭遭變故，育成於風雨飄搖之中，寄託如此，亦足悲矣！

吾名錦良字嘉熾別字廣樑，以民國前四年[12]，戊申六月十四日辰刻，出生於坦邊[13] 企石坊，兄弟三人，吾居次。據吾母言：當吾呱呱墮地，體重僅四斤（*約兩公斤*），夜間不肯睡床，母親輒懷余坐而入寐，通宵達旦，長年如一日。後來吾母腰背患痛，視覺不靈，未始無因也。

吾四歲始能行，體弱異常兒，經年屢月，與藥爐結不解緣，如此孩提，又可冀其長成耶？孰謂強健如兄者夭歿，孱弱如吾者全存乎。

七歲時，病稍少卻，父欲為吾啟蒙，與長兄弟同館就讀。蓋吾兄錦和於三年前，已就讀於潘仲墀館矣。後母以吾體弱，因而未果。兄長吾三歲，早明事理，且智慧好學。嗟夫！以兄之純明，宜業其家者，而竟不克成立，所謂理者不可推，而壽者不可知矣！

吾乳名錦良弟名錦智祖母以三字經中有「梁滅之」之句，於是改弟名為廣明，吾則更名廣良，後改樑。蓋自長兄殤後，

12 潘氏在 1908 年出生，故應是民國前三年。

13 坦邊村，位於廣東省江門市蓬江區。

位於潮連坦邊鎮的潘氏祖屋已有數百年歷史，潘氏就在此出生和渡過童年。（編者攝於 2025 年）

祖母悲傷特甚，故凡與兄名之類似音韻，父母皆避不直言，恐重愴老懷，吾與弟之名，不冠以「錦」者，因是故也。

八歲時，父舊事重提，擬為吾啟學，但祖母以為體弱兒童，一旦進入教規謹嚴之學塾，整天在咿唔之中，不甚適宜。蓋鑒於長兄之早夭，耿耿於懷，存有戒心，因此遲遲仍未開學。

於是祖母權任家庭教師，授以初學課本，吾父於日間致力於所經營之熟藥店務，晚間返家休息時，輒教以書寫，「案上翻墨汁，塗抹如老鴉」，可為當日之情形也。

吾體羸善病，與生俱來，弱小身心，為之折磨殆盡，幸在父母不斷調護下，得以恢復生機，更以祖母之循循善誘，使小心靈茅塞頓開，雖未入塾，已識「之無」矣。且也閒常談古論今，或述先人行誼，或説家鄉故事，吾聞之耳熟，於先人言行，及家庭瑣事，故能詳也。

吾村潘敬之老師，以文壇耆宿，設帳授徒於中巷之鍾家祠，歷年來其學生之在省 港 澳各地，從事於工商界者，實繁有徒。老師之道德文章，素為吾父所敬重，時吾年適十歲，精力日趨健全，父命往受業焉。奈何天意莫測，好景不常，入塾才半載，吾父遽棄我而逝矣！嗚呼！家運不齊，命途多舛，接二連三，遭逢大變，何造物之虐人，如此其極也。

吾父一生勤儉，本有積蓄，但耗於其醫藥費，及身後事者不貲，所餘寥寥無幾。幸得誼伯容鎮乾，按月慨然以白米廿斤（約10公斤）相助，得以稍資挹注，誼伯乃荷塘 良村人為祖母之誼子。初、誼伯幼而失恃，兼患天花麻痺症，屢醫妄效，後得曾祖父為之治癒，祖母憫其遇，時往看護之，其父感恩而以子相契，成通家之好。卅年來，慶弔相通，父歿後，誼伯是唯一之援助吾家者。嗟夫！近親不如遠戚，「一生一死，乃見交情。」翟公題門之語，寧不信哉。

父為獨生子，吾既無叔伯，終鮮姊姑，門庭冷落，形影相弔，忍見老者長懷慼慼，幼者待哺嗷嗷，吾母不得不出而為傭，採桑刈草[14]，沐雨櫛風於畝畝之中。祖母在家料理家務，

14 即割草。

紡蔴搓線，博取蠅頭小利，日夜辛勤，繼續供我與弟讀書，以完成父未竟之志，誠有和丸畫荻之苦心，雖時代不同，榮賤懸殊，而母愛之偉大則一也。

吾就讀於鍾家祠，蓋鄉村蒙館[15]，多假祠堂授課，設備簡樸，不若城市學校之華貴，惟地方寬敞，環境幽雅，似又非城市學校所可比擬。蒙館老師，大都飽學通儒，且有前清科第中人，向為鄉人之所敬重，尤其受業者，尊師重道，於開課時，例執行弟子叩拜敬師禮，儀式謹肅，又似為鄉村所特有者。

蒙館師生，同聚一堂，整日督課，以覆、默、念為要旨，授課程序，開始授以三字經、幼學詩、及千字文。以後逐年由淺入深，主要科大致為論語、孟子、大學、中庸等四書。繼而詩經、易經、孝經、左傳等，輔以尺牘[16]、算術、古文、唐詩、幼學琼林[17]、鑑史提綱[18]、東萊博議[19]等，不一而足。周末，不授課，祇將周內所讀之書，覆習一番，所謂溫故而知新。星期日照常上課，以作文串字來測驗學生之進步程度，亦為學生最傷腦筋之日也。

吾身心本弱，每屆作文，輒感情緒緊張，望題生畏，搜

15 蒙館又稱「蒙學」，即幼兒學校。

16 一種文體名稱，牘是古代書寫用的木簡，木簡約一尺長，故稱尺牘。此意指教授書信體裁，亦教授對長輩的禮儀、親屬稱謂等。

17 指《幼學瓊林》，中文兒童啟蒙讀物。該書最初叫《幼學須知》，亦叫《成語考》、《故事尋源》。

18 《鑑史提綱》為編年體史書，由明代官員潘榮（1419 － 1496）所撰。

19 《東萊博議》原名《左氏博議》，是宋人呂祖謙為指導諸生課試之文，此書隨科舉考試而廣為流傳。

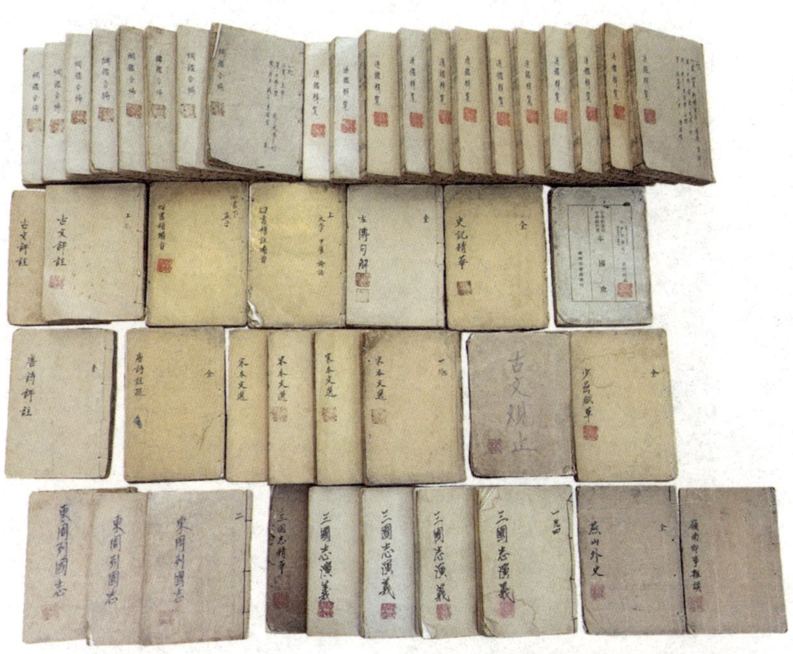

潘氏遺下大量書籍，包括圖中關於歷史和經典名著，相信就是為潘氏啟蒙的作品。（潘廣樑遺物）

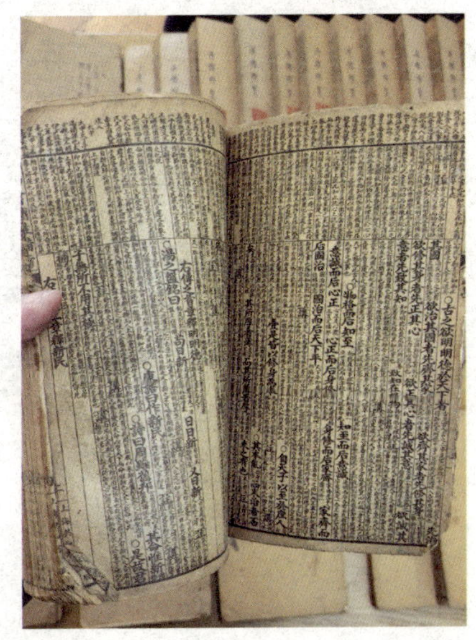

絕大部分書籍都是雕版印刷的，與後來鉛印與電腦排版的書籍有天淵之別。（潘廣樑遺物）

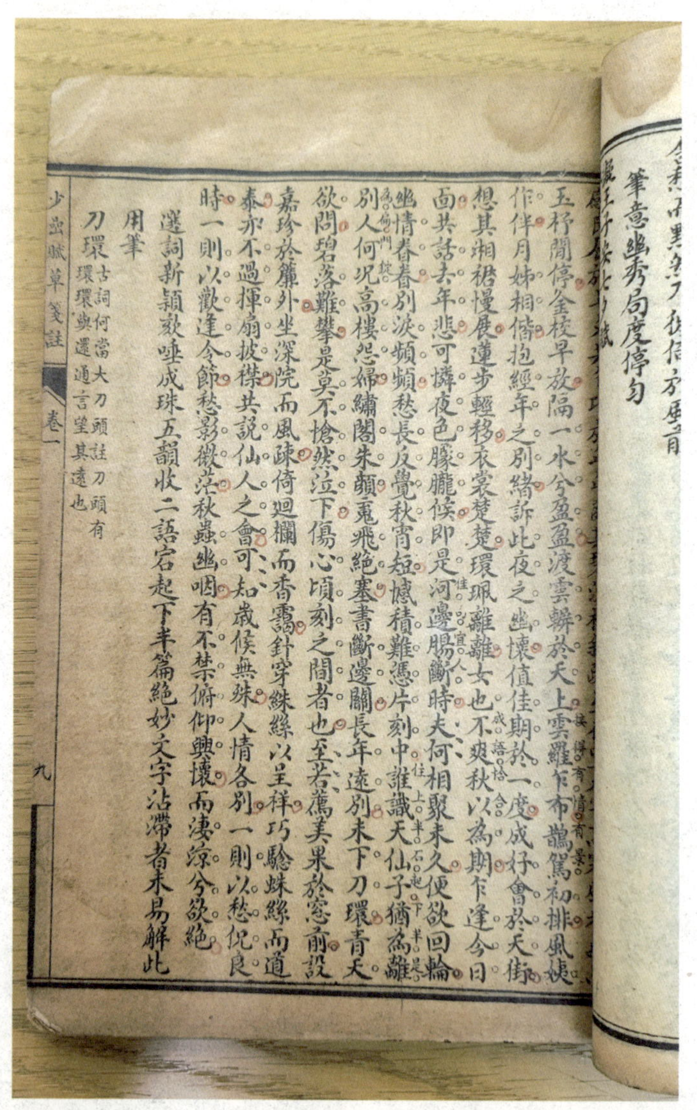
少岳賦草箋註 卷一 九

玉杼閒停金梭早放隔一水兮盈盈渡雲軿於天上雲羅乍布鵲駕初排風姨作伴月姊相倚抱經年之別緒訴此夜之幽懷值佳期於一度成好會於天街想其湘裙慢展蓮步輕移衣裳楚楚環珮離離女也不爽秋以為期乍逢今日面共話去年悲可憐夜色朦朧倏即是河邊腸斷時夫何相聚未久便欲回輪幽情春春別淚頻頻愁長反覺秋宵短憾積難憑片刻中誰識天仙子猶為離別人何況高樓怨婦繡閣朱顏鴻飛絕塞書斷邊關長年遠別未下刀環青天欲問碧落難攀是莫不愴然泣下傷心頃刻之間者也至若薦美果於窗前設嘉珍於簾外坐深院而風疎倚迴欄而香靄針穿絲縷以呈祥巧驗蛛絲而道泰亦不過揮扇披襟共說仙人之會可知歲候無殊人情各別一則以愁伲良時一則以歡逢令節愁影微茫秋蟲幽咽有不禁俯仰興懷而淒涼兮欲絕

選詞新穎效唾成珠五韻收二語宕起下半篇絕妙文字沾滯者未易解此

用筆

刀環 古詞何當大刀頭註刀頭有環環與還通言望其遠也

筆意幽秀局度停勻

潘氏愛在書籍中加上註釋或標記。（潘廣楣遺物）

索枯腹，寫作遲鈍，未得文意之筆力。昔人有言：「文窮而後工。」吾既窮而文不工，豈構思為神經衰弱所控制耶。

「然人質固有明愚之別，但能盡其所可能者，而盡力為之，為學如是，任事亦如是，則可以無愧矣。」吾師嘗以此言激勵後學。迨後余不揣學殖荒落，以記問之學，先後草就作屏家譜 坦邊村志及記事文等，其間草率無文，豈敢謂為完本，殆亦盡其力之所能為而為之耳。

鄉間蒙館，春季始業，以二月初旬開館，十一月底解館，吾性好靜，散館後，唯一嗜好，愛看歷史性之通俗演義，惟苦無力購置，或以此類書籍相借，輒視為至寶，暇時手不釋卷，樂此不疲。除此以外，間或往屋後獅山採伐柴草，或聯合村童，往村外涌澗，捕獲魚蝦，如此而已。吾之體魄不健強，大抵由於童年時代，缺乏戶外活動，有以致之。

村中清貧子弟，大率就傅四五年，則捨學謀生，其家境饒裕而有志求上進者，須出而肄業於城中之中等學校矣。回憶五年前，當吾啟蒙時，父嘗言：吾體力不如人，異日尋求職業，不宜操勞動工作，當令其受到良好教育，完成中等學歷，俾有技之長，不致謀生乏術也。父深思遠慮，可謂知子莫若父，曾幾何時，言猶在耳，事豈忘心，眼看同窗之負笈省城或江門以求深造者，不期然而生有羨慕之心，念未能與升學窗友看齊，嘗引為憾事。

然而撫心自問，自父棄養後，家道一落千丈，吾得以就讀五年，已屬厚幸，實不應存有過份奢望。且從前以米糧援助吾

潘氏在筆記中提到經常前往祖屋後面的獅山玩樂，那兒也是母親採集草藥為他治病的地方，更是多名先人落葬的地點。圖為祖屋後面上山的通道，幾十年不變。（編者攝於 2025 年）

家之誼伯，早於二年前，以生意不前，家用浩繁，已無力兼顧而終結援助矣。厥後吾家之生活，更陷困境，吾所以不能不離家，向外覓食也。

歲云聿暮（歲聿云暮），鄉村兒童，大都購備新衣，準備迎接新歲，渴望此日快早來臨。但吾對此急景殘年，反覺無限憂思，念新歲過後，便要離鄉別井，來年欲在家團年渡歲，其可得乎？

然而，同學中之在外渡歲者，大不乏人，不過與吾異路殊途而已。蓋有父兄在外經商者，其子弟於十一月杪散館後，作旅遊式在其父兄店中渡過年假。或有父兄為高級店員者，亦命其子弟在店中幫閒，春節期間，作臨時侍應生，直至上元過後才興盡返鄉開課。俗人每稱前者為「臘鴨蟲」，後者是「茶桶耳」，此言未免過刻，其實，此幸運兒童，殊非清貧子弟，所能望其肩背也。

（四）離家赴省

民國十一年壬戌年（*1922*）正月十二日

在家千日好，出路半朝難，此為遊子初出門之感言也。吾生長鄉村，與祖母、母親相依為命，十四年來，未嘗或離，今為口奔馳，一旦離去溫暖之家庭，遠適陌生之省地。飄零孤苦，依附姨媽，半載寄居，一事無成，弱小心靈，寧不為之破碎哉！然而，陸龜蒙有詩云：「所思在功名，離別何足嘆。」[20] 吾此行志在以工求利，稍盡反哺之心。誠如陸子所云，殆亦聊以自慰慰人。

吾村坦邊，得天獨厚，以地處邊陲，瀕海一帶農地，一望無垠，農物產量頗豐。族人之務農者為數不少，但土地之面積有限，而人口之增加無窮，形成耕地不均，工作追不上所需求，因是族人稍有學識者，多向外發展，大率以省城 香港二地居多數。

但彼輩與吾家關係不深，皆屬遠房宗親，祇有卓臣伯父（祖母嫡姪），向設醫館於省城之河南，及寄居河南 塹口之姨媽（母親胞姊），二人較為近親，吾此次出省謀生，須先求棲身有所，當然在此兩者之間。吾母與祖母商討結果，僉認為往依姨媽處，較為適合環境。

20 出自唐人陸龜蒙（？－881）《別離》：「丈夫非無淚，不灑離別間。杖劍對尊酒，恥為遊子顏。蝮蛇一螫手，壯士即解腕。所志在功名，離別何足嘆。」

鄉民服裝，樸素無華，尤其是操田土勞動工作者，為環境所支配，衣着務求實用，蔽體禦寒，雖鶉衣百結，亦不介意。當然，吾一家之生活，殆亦類是，吾所穿之粗衣，雖不致捉襟見肘，亦陳舊不堪矣，一旦置身於先敬羅衣後敬人之城市中，寧不以敝縕袍而見恥乎。假若做一襲新衣，以壯行色，則力有所不不能，吾母遂將父遺下之衣服，檢擇其較新者，連夜加以修改，以備吾用。

吾自行程有日，念今後會少離多，故每屆入夜，輒挑燈共話家常，吾母手不停引線，而口則嘵嘵不絕，深恐臨行時未能傾所欲言者。「慈母手中線，遊子身上衣；臨行密密縫，意恐遲遲歸。」可為吾詠也。

祖母每暇，則紡蔴或搓線，吾與弟輒相依膝下，聽講故事。祖母以吾此次是初出門，於世故完全未諳，故諄諄告誡：「廣州為華南一大都市，四方雜處，良莠不齊，交友任事，務宜慎重從事。」而其言有若江流之滔滔不絕也。祖母生長斯地，一生歷盡滄桑，飽經憂患，對於人情世態，有深刻了解，其臨別一番訓言，深印吾之腦海中，未嘗一日去諸懷也。

辛酉（*1921*）消逝，壬戌（*1922*）來臨，人日過後，又值村民之添丁者開燈之期也。各社壇結棚，懸各式花燈，擊鼓鳴鑼，爆竹喧天，當此興高彩烈之際，正是吾離家成行之日也。

是日也，薄具酒食，祖母祭告祖先，天神。早膳後，一肩行囊，母親攜余黯然離家就道，而小弟猶雀躍歡呼，尚未知別離之苦也。吾與弟雖同長於一家庭，但無論體格或性情，卻完全相反，吾體弱而弟強健，吾好靜而弟好動，吾善感而弟達觀。然後此皆在童年，性情儘可能隨環境而有所變遷，惟據俗諺所云：「三歲定八十」。然乎，豈其然乎？

傷哉！山牽別緒，水帶離聲，乃不情之汽笛，一鳴驚人，此生長十四年之家鄉，逐漸消逝於迷濛煙霧之中。惟見一江春水，撥出不平之聲，撥我心而欲動，憑舷遙望，猶隱約見母親悵立埗頭，隄畔之春樹，更撩起我幻念重重，憧憬見祖母倚閭而望。其實離愁別恨，人所難免，祖母、母親，何嘗無此感想，第其飽經世故，雖有隱衷而不形於外者，殆不欲因此而影響向外之情緒也。

省城在江門之北，小輪拖渡，經常由上午八時，自江門開出，航經潮連轉駁上省，朝發而夕至。下午四時，船抵珠江口，但見江面船艇如梭，岸上行人似鯽，長堤一帶，車水馬龍，店戶張燈結綵，點綴此上元佳節，林林總總，目不暇給。吾以一介鄉愚，有如劉姥姥[21] 入大觀園[22]，一切事物，總覺新奇。

廣州市佔粵江[23] 三角洲之頂端，面積遼闊而平坦，航道暢通，對外貿易繁盛。但自香港崛起後，地位則略遜於香港，然

21 劉姥姥是曹雪芹所著中國古典文學名著《紅樓夢》中人物，是一位來自鄉下貧農家庭但諳於世故的老婦。

22 「大觀園」是小說《紅樓夢》中一處虛構的園林，亦稱「賈府大花園」。這座別墅是賈府為身為賢德妃的賈元春回家省親而特別建造的。「劉姥姥入大觀園」描述鄉村老寡婦劉姥姥進入賈府大觀園，對於事物感到新鮮驚奇的過程，後來引伸出「取笑別人或自謙自己不曾見過世面」之意。

23 粵江為珠江舊稱。

仍不失為華南一大都會也。

吾跟隨本族水客祖寬伯向河南方面進發，寄居於姨媽處。她是母親胞姊，適本鄉芝山[24] 陳氏，十年前，舉家遷居於塹口榮華里6號。表兄陳國慶，遠赴湖南 萍鄉煤礦局[25]任事，因礦務停頓，久未發薪，家境淡泊。姨丈陳祝三雖有事做，所入衹供其個人費用。表姊在家織布、紡紗，或車衣，做女紅，以助家計。

表姊名銀小字瑞卿，長吾三歲，小姑居處，略通文翰，善詞令，有鬚眉氣，對吾愛護備至，情若同胞。吾初離鄉井，輒感懷身世，她則妙語解頤，或談故事，或說詩文，在風塵寂寞中，不啻是吾唯一之知己也。

吾族人之在省經商者，實繁有徒，尤以西關之太平街及上下九甫[26]一帶，經營京布業者居多數。由於貧富懸殊，向少往還，今為糊口計，不得已靦顏求助，冀獲一枝之棲，而所得之答覆，不是說店伴額滿見遺，待以異日；便是以吾年輕體弱，恐力難勝任。誠然，自知少不更事，文不為人所重視，力不能負重致遠，吾鄉居簡出，未歷世故，今始知城市人浮於事，苟非有特殊情誼與技能，欲求一工半職，等於緣木求魚。

吾在姨媽處，株守半載，依然無事可做，惟有替表姊紡紗度日，蓋紡紗為織布所必需要者。似此消磨時光，不禁悵然若

24　芝山是潮連島中部的一個區。

25　萍鄉煤礦局或稱安源煤礦，位於今江西省萍鄉市安源區。在 1898 年由清末大臣盛宣懷會同湖廣總督張之洞創建，志在配合漢陽鐵廠而開採。

26　即現在的上九路、下九路。

失，表姊洞悉吾隱，嘗言：「年青人須富有朝氣，來日方長，豈可以目前之得失，而消沉志氣。」中肯哉斯言！第吾亦猶常人也，並非心理變態，有顏可歡，有口可笑，何無疾而呻吟為。雖然，若非關懷深切，奚肯出此言簡意賅，發人深省者，巾幗勝鬚眉，殊令人感慨萬分！

吾自初春來省，迄屆初秋之候也。昔張翰[27] 在洛，因見秋風起，思及故鄉吳中[28] 蓴羹、鱸膾，遂棄官歸。與其說他是為口腹之欲，毋寧說是難忘故鄉。夫以張翰宦遊異地，尚且如此，吾今客途落魄，雖欲忘懷故鄉，放憂釋愁者，戛戛乎難矣。

27 《晉書》卷九十二〈文苑列傳・張翰〉：「翰因見秋風起，乃思吳中菰菜、蓴羹、鱸魚膾，曰：『人生貴得適意爾，何能羈宦數千里以要名爵！』遂命駕便歸。」張翰字季鷹，西晉文學家，吳郡吳江（今江蘇蘇州）人。其詩《思吳江歌》：「秋風起兮佳景時，吳江水兮鱸魚肥；三千里兮家未歸，恨難得兮仰天悲。」成為「蓴羹鱸膾」這個成語的典故，用來比喻思鄉之情。

28 吳中指蘇州。

（五）受傭食力

民國十一年壬戌年（*1922*）七月十六日

來省半年以後，生活始有着落。初執役於醫生館，但求棲身有所，既受僱於汽車房，俾有一技之長。倘能習藝有成，生計有賴，此固本人之願望，亦祖慈之寄望也。

吾寄食姨媽家中，半載有奇，時至今日，始得近鄰冼伯熱情引薦吾於其友好梁濂生醫生作館僮，館址在塩倉二巷距姨媽家中不遠，雖然工資微薄，總算有了出路，此為吾破題兒受傭食力也。

梁醫生原籍新會 潮連，其先世徙居省城 搾粉街，醫生乃遜清遺臣梁鼎芬[29]之裔。其醫學淵博，存心忠厚，與吾算屬鄉親，因命其幼子耀祖呼吾為哥哥，殊無階級之分。

吾離家迄今，始得工資付歸，雖微不足道，亦可稍慰慈懷於萬一也。遂於晚後修家書，條陳始末，信內有云……「晚後抽暇，補習算術，以備將來應用。梁醫生和藹可親，常常指導算數，甚為感激。……」該信尚未寫畢，適為醫生所見，深為感動，自後夜間有暇，輒指導詞語解釋，及寫作技術。殆後吾之文思，得力於醫生者匪鮮。

吾在此作館僮工作，為打掃整潔館地，或替病人往藥店配

29 梁鼎芬（1859 – 1919），字星海，號節庵，廣東番禺人。清末官員，進士出身。曾在中法戰爭中彈劾主和的李鴻章和支持張之洞查封上海強學會。辛亥革命後，梁鼎芬在陳寶琛的引薦下，擔任溥儀師傅。

藥劑。清晨，醫生例往塹口 陸羽茶樓品茗，間帶其幼子同往吃早點，則命吾隨行照料，蓋其幼子年僅四歲也。

一日、吾隨醫生攜其子同往品茗，適逢其會，與卓臣伯之友陳鑑波相遇樓頭，陳為南關 二馬路[30] 真光營業汽車公司之司理人。彼在茶話之間，曾透露擬僱一名雜工，司清潔車廂工作。吾聞言惕然心動，竊念廣州市面，汽車行業，日益發展，倘能在此工作，因利乘便，學習一技，以求出路，未始無可能，勝於作人僮役，毫無作為，侷促如轅下駒也。

次日，遂往見陳司理，效毛遂自薦，陳以亟於用人，乃許以錄用。至是，一年多之館僮生活，由是結束，轉而工作於汽車公司矣。

查廣州市擁有百多萬人口，但公共長途汽車，僅得三數十輛，祇限於行駛主要馬路，而市民置有自用汽車者，非貴即富，是故人力手車，及計程營業汽車，極一時之盛。

吾在此工作期間，除清潔車廂，料理汽油，及記錄出車次數與時間外，間或技工修理車中機件，吾每為其助手。如是日積月累，對於機器構造，駕駛常識，尚能知一二，倘能假以時日，從中學習，不難成為汽車之司機也。

祖寬族伯，經常來省，代族人帶銀物返鄉，以博取酬資為活。吾有銀物，亦必託其帶歸，我們每月皆有會面，他自故鄉來，應知故鄉事，輒閒話桑蔴，及吾家中瑣事，故身雖居外地，頓覺故鄉近在咫尺，使遊子心情，引致無限寬慰。

30　即現在的八旗二馬路。

（六）祖母逝世

民國十三年甲子（1924）八月初七日

夜烏啼月，素深反哺之情，秋鶚淩風，未起摩霄之志。痛哉！三載遠離，一朝永別，李令伯之陳情，良有以也，曾參子之興思，豈徒然哉！向以暫離自慰，今則永訣無疑，於焉言痛，痛何如乎！以此思哀，哀可知矣！

平時吾有銀物付歸，大都由祖母親筆覆信，詎近數月來，所得家信，皆為吾弟代筆，且來信未有提及祖母詳況，即水客祖寬伯來自故鄉，亦云對祖母近況，不大清楚，乃至最近，彼始略為透露，祖母近患足疾而已，然亦不實不盡也。

正擬修書致問，而祖寬伯突帶來口訊，速吾回家，並交出母親來信，不問而知此非佳音也。書略云……：

> 汝祖母老病頻侵，纏綿牀褥，三個月於茲；因秉承汝祖母命，以兒在省傭工，特授意祖寬伯，不可將病情告汝，以免影響在外做工情緒。今不幸汝祖母病勢轉劇，危在旦夕，且頻呼兒名。見字火速回家，遲恐不及！

吾突聆噩耗，五內皆裂，吾母對祖母病訊，一向諱莫如深，至是始恍然大悟，其用心亦良苦也。吾此時歸心似箭，即向東主告假，請人代替工作，隨趁半夜啟行之省 江拖渡，趕程回鄉。吾在船上，整夜未能入寐，翌晨到達家鄉。

嗟夫！一別未及三年，門庭依舊，景物全非，一片蕭條景象，令人觸目驚心。時祖母已徙出廳間，母弟及親屬環坐榻傍。吾甫入廳間，祖母在奄奄一息中，突然清醒，強以手搔吾首，發出微弱聲音，斷續而言：「今徼天之幸，能與汝作最後一面，死亦瞑目矣。」言訖昏絕，徐徐又醒，仰視長嘆曰：「我不及見汝兄弟成立也！」言至此，枯眼注視我們。當此時也，母子三人之啜泣聲，與肅殺之秋風聲，混成一片，頓使此徒具四壁之古屋，充滿了慘淡氣氛。

沉寂有頃，祇見祖母口微動而不能發言，審其意，似有無限遺言，蘊藏內心，而未能傾發者。祖母寄望於吾輩，至殷且切，奈何藥石無靈，難求續命之丹，延至是日午後未刻，瞌然長逝，嗚呼痛哉！

祖妣李氏閫號[31] 銀娘世為順德 大良鄉望族，徙居於羊城南關之珠光里，乃李文甫孝廉長女，永年翁之妹也。外太公為清 咸豐元年恩科舉人，舅公亦博學善文，父子名重一時。祖妣幼受庭訓，深通經史，有掃眉才子之譽。詎天妒紅顏，入門六載，便告孀居，祖妣深明大義，守節自誓，事舅姑以孝，撫孤兒以慈，處妯娌以和，素為闔族人之所敬重。祖妣生於同治三年（*1864*）甲子，八月廿一日辰時；終於民國十三年（*1924*），甲子八月初七日未時。享壽六十有一。

生時日過日，死後七過七，祖母逝世後，不覺又屆三七家奠之辰，吾家清貧，祭以薄饌清酒，與富家之延僧誦經，大事

31 閫，為對他人妻子的敬稱。此處可理解為「我的祖母李銀娘」。

鋪張者，不可同日語也。祭而豐，不如養之薄也，吾既未能養而祭又薄，誠無以對我祖母於九京之下也。乃為文而祭之曰：

中華民國十三年（1924），甲子歲，仲秋月之廿七日，為我祖妣李太安人三虞之辰。媳劉氏痛哭其姑，孫廣樑 廣明哭其祖母，親屬之來祭者，亦為之同聲一哭，哭聲震屋，達之户外，族人聞之者，咸為此慈祥老人，一灑同情之淚。當此時也，次孫廣樑，舊事填膺，思之淒梗，爰以淚磨墨，草此祭文，謹陳往事，哭拜於我祖妣之靈前。

維我祖母，生長名門，出自望族，以柳絮之才華，如紅花之命薄，青年孀守，矢志育孤，苟非知書明義，曷能堅貞若是。

我父親仁孝性成，正期苦盡甘來，長敍天倫之樂。奈何昊天不弔，父親創業未半，賫志而歿。嗟夫！舉目無可訴之人，仰首作問天之哭，事至如斯，痛可知矣！

長兄智慧孝友，苟天假以年，當能興家立業，則失之東隅，收之桑榆，亦可稍彌缺憾。嗟嗟！家運不諧，長兄不幸亦早殤矣！所謂天者誠難測，而神者誠難明矣！所謂理者不可推，而壽者不可知矣！

孫幼羸多病，四歲能行，我祖及父兄，皆強健而早世（逝），如孫之弱者，又可冀其長成耶！祖母憫孫羸弱，含辛茹苦，躬親調養，厥疾得瘳。稍長授之以經書，教之以禮儀，蓋母親為人作傭，朝出暮歸，無力兼顧也。

凡此舊事，如影歷歷，迄今賴以長成，雖無成就，而立身行事，幸不辱先者，其來有自。正期菽水承歡，稍盡烏哺之心，孰謂孫出祖存，孫歸祖歿。天乎人乎！夫何使祖母至於此極也，天乎人乎！又何使孫至於斯極也！

猶憶二年前，當孫出門前夕，祖母撫弟指孫而言曰：「承先啟後，端在汝兄弟，潘氏兩世，惟此而已。我體漸衰弱，望汝輩好自為之。」此為壬戌年元宵前夕事也，當時以為是臨別訓示，未知其言之悲也。此次暫別，終當久相與處，嗚呼！孰謂此別竟成永別耶！

祖母之病也，家信未嘗言及，迨至七月卅日，才得自祖寬伯於無意中透述：祖母近患腳軟病，但已少瘥，孫以為年老氣弱之人，常常有之，未始以為患也，嗚呼！其竟以此而殞生乎？抑別有疾而至斯乎？八月初五晚，祖寬伯突交來母親手信，驚悉祖母病已三月，今且劇也，其與祖寬伯之前言，則大相逕庭矣。蓋祖母慮戚游子之心，授意祖寬伯，勿將病訊走告，殆被迫問，彼始避重就輕而略言之耳。嗚呼祖母！病不知時，生未能養，抱此無涯之憾，百身莫贖者也。

孫於初六夜趕程回鄉，初七晨抵家，而祖母於是日未時去世，相聚不過三時辰，有若曇花一現，嗚呼痛哉！彌留之秋，猶諄諄以兩孫為念，今遺言猶在耳，事豈忘心，九原有知，當知孫心。

潘氏在其筆記中經常流露對長輩尊敬至孝之情，特別是母親（十七世）和祖母（十六世）。其遺物包含母親、祖母和曾祖母三人的畫照，並過膠處理。（潘廣樑遺物）

今安葬祖母於獅山之麓，坐西向東，其右側為父親墓，其下一塚，則為大母，風雨晨昏，靈魂有伴。異日孫力能改葬，當奉移與祖父合葬一穴，以副我祖母生前夙願，且便於拜掃也。嗚呼！言有盡而意無窮，祖母其知也耶，伏維尚饗！

祖母喪事既畢，吾返同南關汽車公司工作，在作工期間，曾多次將車輛駛出廠外，洗潔車身，對於如何操縱汽車，推進倒後，快慢停止等基本技術，尚能知曉，預算一年後，稍有積蓄，大可以正式學習駕駛，以求一技所能。

（七）生活變化

民國十三年－十六年（*1924－1927*）

吾在省工作地點，歷經一波兩折，不是被火毀，便是遭拆遷，心力交瘁，所施甚於所獲，豈惟學藝無成，抑且陷於半失業中。

本來汽車事業，在廣州市方面，大有發展前途，但歷年來，政治局勢，動蕩不定，尤以孫總理[32]逝世後，一年之間，廣州便連續發生多次重大事變：初則滇、桂兩軍兵變[33]，繼而沙基慘案[34]，又繼而農工大暴動。[35]每次動亂，汽車業大都受到損害，尤以此次之大暴動為最嚴重。

潛伏已久之農工大暴動，是發生於民國十五年三月十八日[36]，當時農民、工人聯合起事，攻入公安局，大放囚徒，一連三天，搶掠縱火，汽車首當其衝，以南關一帶為最甚，真光

32 即孫文，孫文於 1925 年 3 月 12 日逝世。

33 即 1925 年開始的滇桂戰爭。1925 年孫中山病逝後，唐繼堯意圖遞補大元帥的空缺，但被廣州軍政府譴責，並通電討伐唐繼堯。唐繼堯試圖路過廣西直接進兵廣東。為此，他派遣龍雲、盧漢、唐繼虞等率領七萬滇軍，兵分三路入桂。然而，李宗仁、黃紹竑、白崇禧以二萬人之軍力，將唐軍三路共七萬人擊潰。廣州國民政府與中國國民黨勝利。

34 沙基慘案發生於 1925 年 6 月 23 日，又稱六二三事件。為聲援上海工潮，民眾在東校場聚集。當遊行隊伍行經沙基西橋口時，與沙面內的租界軍警發生衝突，後者向遊行群眾開槍，造成至少 61 人死亡和 170 人受傷。

35 廣州起義或稱廣州暴動，是 1927 年中國國民黨清黨後，中國共產黨於 1927 年 12 月在廣州發動的一次武裝暴動。

36 此處日期似乎有誤。1926 年 3 月雖然發生中山艦事變，但廣州市內沒有大規模暴動。

汽車廠房，難逃劫運，盡付一炬。此次事變，全市癱瘓，死傷過千人，為廣州有史以來最大之暴動。

此次事變，商店多受蹂躪，而真光廠房車輛，更完全遭毀滅，復業無期，殊深浩嘆。當此時也，連帶吾亦失業副閒，當生活漸臨困境之際，乃在一個偶然機會中，與鄰鄉劉德賡相遇於長堤鄉渡碼頭，蓋劉君店中之送貨員，因事不幹，故須親自將貨物送至渡船，以付上陽江也。

我們相見之下，劉君表示其店中，亟需店員，專負輸送貨物之責。吾此時如鮒困涸轍，毫不猶豫，願就此工作，劉君欣然允為先容，玉成其事，吾至是轉而作肩挑背負之送貨員矣。

劉君之店址，在西關 上九甫店號劉澤記，乃其祖父劉澤所創立，經營布疋、顧綉、預帶等貨品，除本銷外，還外銷至陽江一帶，業務相當可觀。由於劉君早年喪父，故須助其祖父協理店務。

劉君已成家立室，年青老成，富有營商魄力，儘能獨當一面，管理全店業務。但其祖父以古稀高年，仍把持店務，衹命劉君助理售貨，尤其是貨項出納事宜，必親自檢點，從不假手於任何人。可能由於創業艱難，故雖擁有巨資，仍視財如命，對於店員之待遇，例以低微之工資，博取更多之勞力，認為是營業致富途徑，故在其店中做工者，多存「五日京兆」之念，其或繼續戀棧者，大都為環境所迫，忍痛負重，吾乃其中之一也。

廣州市雖為華南一大都市，但車輛交通，仍未能普及全市，尤其是西關一帶街道，古式古香，一仍舊貫，當局為使西區繁盛起見，遂將此羊腸小道，闢成康莊馬路，與太平南路豁然貫通，車輛暢行無阻。但上九甫 劉澤記之店址，舖面短淺，一旦擴成馬路，則此有半個世紀之老舖，因此而蕩然無存。

迨後，雖另租賃半邊舖位於第八甫，繼續營業，惟生意一落千丈，大非昔比，劉澤見其一生事業，日形見絀，在此情形之下，不得已將店中剩餘物資，交由其孫德賡經營管理，黯然離去，退休家園，旋鬱鬱以終，身後蕭條，悖入悖出，良可慨也。時店員僅餘吾一人，祇知節流，而不知開源，因是入不敷支，尋且債台高築，面臨倒閉邊緣，吾此時亦陷於半失業之狀態中。

（八）思鄉懷舊

民國十六年丁卯（1927）作

晉 張翰居官洛陽，因秋風起，乃思故鄉，吳中菰菜蓴鱸曰：「人生貴得適志，何能羈官數千里，以要名爵乎。」[37]遂命駕歸。吳中蓴鱸固佳，但他鄉食品，豈無更佳者，此無疑是思憶故鄉，遂覺故鄉一切都是美。誠如王粲[38] 登樓賦[39] 云：「他鄉洵美非吾土兮，曾何足以少留。」則他鄉洵美，且不足少留，張翰若為洛人，則將視蓴鱸為等閒物，當想着「洛陽三月花如錦」，「洛陽兒女對門居」也。懷念故里，達者難免，光窮途作客乎。誠哉，「人情同於懷土兮，豈窮達而異心。」此思鄉懷舊所由作也。

春回大地，萬象更新，新歲過後，元宵來臨，廣州市店户，張燈結綵，點綴此良晨佳節。吾村坦邊，例於上元前數日，各社壇結棚，懸各式花灯（燈），鼓樂慶祝，謂之開燈，由村中之添丁者主其事，延至元宵後一兩日，才完滿結束。環睹今宵，不少有人月共團圓之慶，而吾適於五年前之今日，正感別離之時也，今睹此火樹銀花之夜景，徒發思鄉懷舊之蓄念而已。

37 見註 27。

38 王粲（177 － 217），字仲宣，山陽郡高平縣（今山東省濟寧市微山縣）人。擅長辭賦，建安七子之一，被譽為「七子之冠冕」。

39 見於《文選》卷十一：「雖信美而非吾土兮，曾何足以少留？」

日麗風和，又值仲春明媚之候也。吾鄉潮連，例於是月，擇日奉南海神巡遊環鄉，為一年一度之盛大慶會。由於本鄉四面環海，對於南海神備極尊崇。巡遊時，各村多演戲助慶，綵色日夜遊行，祥龍、瑞獅，相得益彰。鄰鄉之來參觀者，肩摩踵接，盛況空前。吾對此家鄉盛會，不覺闊別六屆矣。

「清明無客不思家」，描述遊子心情，溢於言表。吾鄉人之謀生於外者，大都提前於二月下浣[40]返鄉掃墓，蓋此時為本鄉洪聖龍王[41]之巡遊慶會也。拜先塋，看會景，兼而有之，誠一舉兩得。吾今有山拜不得，有會看不成，惟見有手携香燭紙帛，往郊外沙河掃墓者，絡繹於途，寧不為之感慨繫之。

吾鄉風俗，士則崇儒，俗則崇佛。四月八日，原為浴佛節[42]，乃鄉間於是日，則舞木龍，即龍舟之首尾也，一持龍頭，一持龍尾，鳴鑼擊鼓，遍入人家，其意以為拔戾迎祥。吾求學時，是日為例假，同窗醵資，購備果酒餅餌，陳列桌上，屆時放鞭爆，以迎神龍，並以酒灌入龍喉，以為致敬。事後，同學們共進茶點，其熱鬧場面，與慶祝孔聖誕，未遑多讓。今同學們多脫穎而出，就業省 港各地，今後雖欲重聯舊歡，其可得乎。

端陽競渡，是弔屈原故事，自古已然，於今尤烈。鄰鄉外海[43]，每屆此節，例有賽龍奪錦之舉，兒時嘗偕村童前往豸岡

40 即農曆每月下旬。

41 洪聖龍王即洪聖大王。

42 浴佛節即佛誕，佛教節日，慶祝佛教創始人釋迦牟尼佛誕生的日子。

43 地處潮連南面，江門五邑東部。

渡頭，作壁上觀。當時參加競賽龍舟，約廿艘，環繞海中之獅子山五匝，以決勝負，旗幟與水光相映，金鼓共爆竹齊鳴，嘆觀止矣！今珠江雖有競渡，然遠不及鄉間之盛，有小巫見大巫之感，未知何日，才有機緣再一飽眼福也？

「人皆苦炎熱，我愛夏日長。」吾就讀蒙館於放學時，仍是紅日當頭，輒携備書本，往屋後榕樹腳，席地而坐，臨風看書，暑氣全消，每至暮鳥歸林，才返家用膳。吾父以吾體弱而好學，嘗曰：「異日出路，不宜操勞苦工作，當受高深教育，俾獲致良好之職業也。」吾今則反是，終日肩挑背負，雨淋日炙，際此火傘高張，豈祇汗流浹背，簡直心如湯沸。回首童年生活，寧不為之嚮往，而有今昔之感。

七月中元，俗謂之鬼時節，人為鬼忙，豈祇鄉間有盂蘭盆會放燄口之舉，羊城亦有之。是日陰霾密佈，苦雨淒風，殊令吾觸景傷情，蓋是日適為吾父之忌辰也。今吾所穿之大成藍衫褲，乃父之遺物，睹物思人，寧不悲哉！回憶十年前，當吾之啟蒙也，父抱弟撫吾而言曰：「吾幼失父愛，願汝輩勿如吾之孤苦也。」父言時唏噓，而不知其言之悲也。父仰視俯畜，責無旁貸，誠不可死，不可死而竟死，何造物之弄人，如此其極也。

良辰佳節，無月無之，第觀感則因人而異，如俗諺所云：「八月十五暨中秋，有人快活有人愁。」人月團圓，天倫共樂，其喜氣洋洋者矣。若失孤身作客，長年耕耘，收獲無期，只有舉頭望明月，低頭思故鄉，總覺得月是故鄉明。且也，三年前之今日適為我祖母逝世首旬後之沉痛日子，今好景當前，益增無限秋思，「洛陽城裏見秋風，欲寄家書意萬重。」吾與張籍有同感。

九月重陽，廣州市民，多於日間驅車往北郊白雲山，或越秀山登高。我鄉與城市，則小同而大異，童年時，嘗跟隨從兄錦龍於是日薄暮，聯羣結隊，携酒與肴，登獅山踞馬氏太君墓，酣飲高歌，或豁拳拇戰，競燃爆竹，深夜荒煙蔓草之間，頓成熱鬧場所。當此秋高爽之際，間與鄰兒放紙鷂，或玩蟋蟀，雖事過情遷，及今思之，猶有諫果回甘之想。

十月初冬，吾村之瞽者兩三人，於月夜，倒有一次搖鈴徇路，唱曰：「提點火燭。孝順父母，尊敬長上，和睦鄉里，教訓子孫，安各生理，莫作非為。」以此循行本村。祖母嘗以此儆語，為吾輩解釋：「此乃明太祖頒佈天下曉諭為善之意旨。」又補充説：「倘世人能實踐此旨，則人人安居樂業，天下太平矣。」祖母可謂語重心長，曾幾何時，已成陳迹，今後欲聆此名言，可得乎。

我村一屆十一月，主婦們顯得繁忙，或眷粉以和湯丸，為應冬節；或磨粉以備製餅，為應春節。於是回聲與磨聲，互相響應，此乃鄉村即景。而為城市所無者，吾遠離鄉井，不聞此聲浪者久矣。鄉村蒙館，以十一月散館，學童於解館後，亦異常活躍，或釣魚網蝦，或遊山玩水，各適其適，安得時光倒流，回復童年時代之活潑生活也。

歲云聿暮（歲聿云暮），偶憶沈約[44] 詩云：「飛光忽迫我，豈止云歲暮。」未免有韶光虛度之感。際茲臘鼓頻摧，吾鄉家家户户，皆打炒米餅，以應新歲，兒童則視為恩物。屆時母親東挪西湊，亦籌備打餅，不欲令吾兄弟失望也。今憧憬前事，有如電影幕幕，映入眼簾，盤旋於腦海之中，凡人有所鬱結，不得舒其道，聊述往事以思來者。

44 沈約（441 － 513），字休文，謚號隱侯，吳興郡武康縣人（今浙江省德清縣西），南朝時的文學家與史學家，歷仕劉宋、南齊、南梁三朝。《宿東園》：「陳王鬥雞道安仁采樵路。東郊豈異昔，聊可閑余步。野徑既盤紆，荒阡亦交互。槿籬疏復密，荊扉新且故。樹頂鳴風飆，草根積霜露。驚麇去不息，征鳥時相顧。茅棟嘯愁鴟，平岡走寒兔。夕陰帶層阜，長煙引輕素。飛光忽我道，豈止歲雲暮。若蒙西山藥，頹齡倘能度。」

（九）僑居香港

民國十七年戊辰（*1928*）四月十二日

人生聚散無常，職業遷移不定，吾今改絃易轍，不彈舊調，另操新聲，別去久處之省會，遠涉陌生之香島，只求生機，何必戀棧。然苟非寶衡兄推薦於前，書池君提拔於後，又安能登彼岸，奠定今後之生活基礎，而香港成為吾之第二故鄉耶。

吾自民國十五年（*1926*），夏曆4月，在上九甫 劉澤記零剪店做工，旋當局開闢馬路，劉澤記店址被拆去，乃遷第八甫營業，生意則一日不如一日，而吾之生活，亦隨之日形見絀。

時有李寶衡[45] 者荷塘 篁邊人，乃姨媽之姪壻，係蕙表姊之丈夫也。初蕙表姊幼失怙恃，賴姨媽將她撫養，長適李氏，從夫居省，事姨媽如生母焉。其夫壻李寶衡任職於西關 光復路（太平街）同生泰京布莊為行江，時赴外地接洽業務，及擢收賬項者。光復路與第八甫近在咫尺，忝在葭莩之末，時相過從。

寶衡兄有從兄李書池[46] 者，一向居香港，服務於洋務界。

45 為潘氏穿針引線到香港生活的恩人，筆記之後多次提及。

46 介紹潘氏到香港工作，後來成為潘氏的同事兼莫逆之交，筆記之後多次提及。

時值清明，因還鄉省墓，而順道來省遊覽，寶衡兄為盡地主之誼，在家宴之，把酒敍舊，並邀吾作陪末席。書池君性情豪爽，善飲健談，對吾目前之處境，頗表同情，寶衡兄更從中代為先容，託其在香港為吾謀求出路。

誠然，以書池君之久歷洋場，交遊甚廣，倘能借重鼎言，悉力引薦，亦未嘗無成事之希望也。然而，反躬自問，與彼僅有一面之緣，向無鄉誼友情，且居處分南北之界，工作有中西之別，有若風馬牛不相及，就地謀事，尚難如願，今捨近謀遠，以求生計，何殊癡人說夢，劃餅充飢耶？

然而，世事每有出人意表，令人捉摸不定者，蓋自書池君返港後才交一月，寶衡兄突以佳音相告，據云：其從兄來鴻約吾前往香港一行，蓋代謀職位之事，大致進行就緒，一俟面授機宜，工作上大可迎刃而解等語。

吾聞訊之下，感愧與喜懼交併，吾每次向人求助，對方輒口惠而實不至，今書池君能以推己及人之心，實事求是，相去何止天壤。惟自審對於洋務工作，本屬門外漢，深恐力有不逮，有負愛我者之隆情厚意，心中未免有些惶惑也。

嗟夫！歷年來僕僕風塵，樂不敵苦，今得易地求生計，轉換環境，則此行無論成果如何，勢必勇往直前，義無反顧。但對於多年來相處之戚友，一旦驪歌載唱，私心未免有惜別之感。然而人非鹿豕，豈能長聚，此後雖天各一方，儘可魚來雁去，天涯若毗隣，何必效沾巾兒女，作望洋興嘆耶。

寶衡兄以吾久居省地，對於香港一切事物，完全隔膜

(膜)，未便隻身前往，特撥冗偕行，同趁河南號日輪[47] 赴港，吾當時只行囊一肩，袋裏所餘無幾，一切盤川，均由寶衡兄解囊相助。生我者父母，知我者兄也，異日苟有寸進，皆兄所賜也。

香港原屬廣東省之寶安縣，周回只卅哩，面積不過四十哩，清道光年廿二年(1842)，割讓於英，闢為商埠，成為貨物之集散地。迄今八十六年，商業繁盛，全人口包括九龍 新界約八十五萬，華人佔百份之九十强，以廣東人為多數，省江 澳輪航行頻密，每日有火車直通廣州，以九龍之尖沙嘴為起點，是故對外水陸交通，皆稱便利。

九龍在港島之北，相隔一水，遙遙相對，咸豐十一年(1861)，割讓於英，與香港本島唇齒相依。我們到達港島後，即渡海往尖沙咀，尖沙咀在九龍半島東南角之海岸綫，英人擇近東一帶幽雅地域，闢為住宅區。

堪富利士行[48] 在尖沙咀之康和里[49]，為一幢英國古式之建築物，户外古木參天，環境雅靜。德惠寶咩士[50] 地址，在堪富利士行 2 號，該「咩士」是由八九位西人合組而成，食宿於斯，如一小型酒店焉。「咩士」之一切雜務及火(伙)食等，

47 省港澳輪船有限公司的客輪「河南號」(Honan)。見澳門記憶網頁：https://www.macaumemory.mo/entries_cf0f0239a04e40b0913e4babac7fa98a。

48 即 Humphrey's Building。根據 1938 年出版的 Street Index，該行位於 K.I.L 574 s. A. 地段，由加拿分道向南伸延至麼地道。

49 康和里現已變成 K11 商場一部分。

50 「咩士」即 Mess，指單身男性人員的宿舍與飯堂。

堪富利士行（右邊白色建築物）。（香港史學會鄧家宙會長、香港歷史研究社李澤恩會長提供）

概由書池君負責管理。他能操流利之英語，且辦事精幹，深為各西人之所倚重，而各同事亦以其馬首是瞻。

吾憑書池君之力，得以受僱於此為管店（雜工），對於清潔雜務，尚能應付，但最感困煩者，厥為每與西人接觸，輒以語言打搭不入，而狼狽萬分。雖書池君時以指示，口授應用英語會話，但由於一竅不通，仍久久未能領悟，誠有書到用時方恨少，事非經過不知難也。

吾童年就讀蒙館時，注重國學，英文一科，尚付闕如，至是大有學非所用之感。為應付目前工作，及適應當地環境計，學習英文，是急不容緩者，爰於晚後工作完畢，就讀於進步英文夜校[51]，補習洋務日常會話，作亡羊之補牢。嗣時厥後，耳濡目染，稍能一知半解，有若嬰兒之牙牙學語。

兩年之間，不斷簡練以為揣摩，復以書池君之耳提面命，幸而略有所成。尋且不須操雜役工作，轉任管房之職，薪水由是增加，生活因而安定，家中慈懷，亦差堪欣慰也。然此若微書池君之力不及此，雲天之德，沒齒難忘。

51 1939年的《港澳學校概覽》未見此校。見《港澳學校概覽（1939）》（澳門：心一堂，2021）。

（十）還鄉省親

民國十九年庚午（*1930*）**二月廿二日**

嗟夫！人事紛紜，萍踪靡定，豈帷先人墓穴，久未拜掃，抑且家中慈顏，無由承歡。昔者侘傺飄泊，心欲為而力不逮，今也生活安定，鳥倦飛而思還。際茲接近清明時節，適逢鄉間賽會，忙裏偷閒，為省親而掃祭先塋，靜極思動，因看會而歡敘親人，並四者之得兼，亦一時之快事也。

吾離鄉就食於外，迄今八載有奇，前曾一度為祖母之喪，居家守孝，自後草草勞人，依然故我。迨自省來港，而喘息未定，未敢率爾言歸，徒令慈母倚閭，望眼欲穿，遊子陟屺[52]，愁腸（腸）若結！

今也在港工作，瞬經兩年，生活幸而好轉，茲以節近清明，時逢鄉會，思家之念，油然而生。於是告假一週，束裝歸里，與一別六年之親人，重敘舊歡也。

香港在江門之東南，相距約一百廿里，每日均有輪船往還，夜後發而晨早至。由於江門河道淺狹，故香港輪船，必須停泊於外圍北街碼頭[53]，北街與吾鄉潮連僅隔一衣帶水，如香港島之與九龍者然，交通之便利，殊非他邑所及。且吾鄉賽會，接近清明，鄉人之在外者，得天獨厚，返鄉看會，兼而省墓，一舉兩得，亦為他鄉之所無者。

52　陟：登、升；屺：無草木的山。指久居在外的人想念父母。
53　江門舊港澳碼頭設於北街，為主要對外渡輪碼頭，1997 年遷往外海區。

潮連洪聖殿始建於明朝萬曆二十八年（1600 年），2019 年列為廣東省文物保護單位，是當地著名旅遊點之一。（編者攝於 2025 年）

甫入里門，鼓樂與爆竹之聲，響徹雲霄，遊人如鯽，熙往攘來，蓋是日適為吾鄉三百年來，每年一度之迎神賽會也。是日也，各村之閘門口，及各處之迓聖地，遍貼有關巡遊之楹聯，橫額上書有「恭迎聖駕」字樣，各家門首，懸上繪有綵龍之迎神燈籠，或貼上門聯，全鄉氣象，煥然一新，儼然第二之新年也。

吾鄉海邊洪聖殿，廟貌莊嚴，崇祀洪聖龍王，此古殿建自前明 萬曆年間，為闔鄉各姓所公立。每年二月下旬，例以鑾儀動員逾百，前呼擁後，兜神像環鄉巡遊，為期四日夜，各處均設有祭品，迎神駐蹕，謂之「迓聖」[54]。

猶以各姓之大祠堂，更為隆重，除陳列歷代名人書畫，及古董，琳瑯滿目，以供遊客鑒賞外，迎神儀式，則放炮、擂鼓、鳴金、奏樂，祭以三牲果品，禮生凡二三十人，大都以兒童為之，行三獻古禮，禮儀嚴肅，謂之「鑒聖」。祠堂前則建棚演戲慶祝，整個潮連，平常亦有四五台，欣賞粵劇者，大有分身不暇之感。

巡遊期間，例有日色及夜色，分別遊行助慶，尤以夜色，蔚為奇觀，大致有各色針口燈，以兒童飾演之行色坐色，及醒獅紗龍[55] 等，林林總總，不勝枚舉。以平日寧靜而樸素之鄉村，在此數日之間，頓成一片樂土，懿歟盛哉！

迎神賽會，說者謂為虛耗金錢，且導人迷信，此說似乎近理，但祇說其害，未言其利，非通論也。竊以為鄉居之人，素乏娛樂，尤其農民早作夜息，終歲勤勞，藉春和日暖，農事稍暇之際，舉行酬神慶會，因而盡情享樂，調劑一年來之枯寂生活，未嘗不是攝生之道。且巡遊前，各村必例行一次大掃除，疏通渠道，其於清潔衛生，實大有裨益。

54 相信是指潮連著名的洪聖廟會活動之一。洪聖廟會始於明萬曆二十八年(1600)，根據《潮連志》記載，每年農曆二月十三日是潮連洪聖龍王誕辰，賀誕活動由明朝至今有四百多年，形成了一系列習俗和儀式。2018 年入選廣東省非物質文化遺產。

55 潘氏在筆記中兩次提到的紗龍意指芝山紗龍。芝山紗龍是潮連古老的民間藝術，紗龍全長約 57 米，共 24 節，用鋼絲、紗紙、紗布、木板和竹條等紮成。2015 年列入江門市市級非物質文化遺產名錄。

至於往來遊客，大都本鄉戚友，藉此良覿，可以共敦誼情。而主持巡遊之各姓辦事，和衷共濟，親仁善鄰，益增好感。且在外遊子，一知賽會期訊，便興思鄉之念，藉此與家人團敍，甚少重利忘返者，凡此數事，多見其利。若謂虛耗金錢，吾鄉百多年來，未嘗以此而稍感匱乏。至謂導人迷信，世界進步，不宜有此，則有待識者之評判焉可耳。

母親事前，知吾歸期，命人往對海荷塘，分別邀請李開振舅父，及容鎮乾誼伯暨其家人，前來看會。吾弟早於四年前，已赴省傭工，至是亦回家聚首，寶衡兄以回荷塘故里掃墓之便，亦到訪，共敍寒暄，村中叔伯聞吾歸家，多來話舊。

吾母笑逐開顏，親自下廚，傅大嬸及耀嫂更來相助，劏雞切肉，弄幾款家鄉小菜，款待遠戚近親，筵開二桌，共聚一堂，或酣飲暢談，或猜迷拇戰，興高采烈，使寂寞已久之大屋，頓成熱鬧場所，吾自有生以來，心情之愉快，未有甚於此時者也，苟吾祖與父而在世者，其快慰更復奚似！

巡遊盛況甫逝，跟着又是清明時節。省墓為鄉間重典，維時紙錢、香燭、爆竹、酒食遍佈獅山，獅山為坦邊主峯，山勢雄偉，突兀崢嶸。我高祖以下，咸葬於是，曾祖以上，則多葬於本邑各地，有遠葬至鄰邑鶴山之大潮水。近者每年掃祭一次，遠者有每三年拜掃一次，拜祭遠祖，動輒五六百人，近祖亦百數十人，換言之，曾祖以上之掃祭者，大有人在，惟曾祖以下之拜祭，吾兄弟實責無旁貸。

吾兄弟糊口於外，久矣未及拜掃，今見先人墓地，蔓草叢生，或被山泥淹沒，尋覓艱難，緬懷先緒，瞻望來茲，寧不黯然神傷。吾異日力能改葬，當奉移祖考妣等，合葬一穴，以妥先靈，庶不致拜山時，東尋西覓。嗟嗟！人海飄浮，一週歡聚，又賦別離，誠不若田舍郎之朝作暮歸，長敍天倫也。

潘氏在 1930 年拍攝的照片影印本，是已知他人生首張照片。（摘自潘廣樑筆記）

（十一）情海波瀾

吾聞之，太上忘情，其次不及情，吾非情種，偏多情事。其間驟合驟離，似真而假，乃至驟離驟合，似假而真，雨詭雲譎，變幻莫測，使精神上受到無限打擊，豈謀事者必困於遇，亨於後者暫阨於先歟！

吾年逾弱冠，以事業未有基礎，未敢輕言婚事，乃至去年還鄉看會期間，母親曾一度與人互為兒女談婚論嫁，事雖不成，聊為補述一二，以見鄉間之娶嫁習俗，依然牢不可破，仍有墨守成法者。

瑞卿表姊自省隨其二叔返故里芝山，參看會景，乘便偕同其姑媽碧荷母女造訪，其姑媽適本鄉海頭 何姓，家世業農，女名淑嫺年方二八，雖荊釵布裳，仍不失其天副健美。吾母與碧荷向稱諗熟，至是互訴衷曲，各為兒女談論婚事，意欲締結兩家之好，表姊且願作氷人，玉成美事。回憶在省城時期，好事者謂吾與表姊，是一雙情侶，今則事實勝於雄辯，此讕言不攻自破。

淑嫺秀外慧中，入塾僅四年，已有高等小學程度，且能寫得一手好字，其家中春聯，乃出自其手筆，以生長於農村之少女，而能染翰揮毫，洵屬難能可貴。

無獨有偶，從姑母好二姑，亦携同子女自白石鄉回外家看會，同行者有其誼親母女二人，誼親伍姓，世居水南鄉丈夫經商美國，家稱小康，可能由於家居接近江門，為城市風氣所影響，其女玉意，明眸皓齒，濃裝華服，且落落大方，毫無嬌羞之態，其與淑嫺並論，恰成反比例。二姑此行，豈祇為看會而來，兼欲為其誼女作伐，與吾撮合此一段意外之緣也。

吾年屆廿三，與人談及婚事者，當以何 伍二女始，母親嘗為吾婚事而備極關懷。但吾以為結婚，關係一生幸福，我家清貧，猶應審慎從事，今二女外表皆端麗，年齡亦相若，淡裝濃抹，一則小家碧玉，一為大家閨秀，魚與熊掌，固為人之所欲得，而二者不可得兼，吾寧取魚而捨熊掌也，何則，前者門户似相對，旨趣亦相投，後者誠恐「齊大非偶」[56] 也。

吾母與碧荷姑，經過連日來之交換意見，大致相同。至是，吾與淑嫺之婚事，成功在望矣，從弟耀楨[57] 擬一有趣之聯語曰「有水有田和有米，添人添口又添丁」。以為預祝，該聯將潘 何二字分拆，嵌入成句，天衣無縫，如好事能諧，亦一佳作也。

詎事有大繆不然者，淑嫺之父母，均表同意，但其祖母一生迷信命運，認為婚姻大事，須將男女雙方之年生八字根基，加以占算，是吉是凶，以定取捨。吾母為俗例所囿，尊重老人意見，遂聯袂往本村西岐向瞽師[58] 煊伯請示休咎，瞽師協指推

56 典出《左傳．桓公六年》。春秋時齊侯想將女兒嫁給鄭國太子，太子以國力懸殊不敢高攀而辭卻，人問其故，曰：「人各有耦，齊大非吾耦也。」比喻婚姻門第不相稱，不敢高攀。

57 潘氏堂弟，與其兄耀成一起在祖屋成長，潘氏在筆記多次提及兩人。後人多稱他為「二叔公」。

58 指盲樂師，古代常以盲人擔任樂師，所以稱為「瞽師」。

算，則云「男命宮屬木，女則屬金，金能剋木，若問婚姻，有如冰炭，殊不利也。」由於瞽師一言，此垂成之婚事，終於功虧一簣，頓成泡影也。

雖然，吾與淑嫻，不過泛泛之情，尚無深切之愛，何必為此驟合驟離之鏡中緣，而自尋煩惱。惟以婚姻大事，乃取決於星算之口，未免視婚姻如兒戲，亦可見鄉人對於兒女婚事，成見仍有存在，良可慨也！

表姊有一金蘭陳慧卿者，習護士學於上海，畢業後，乘招商局 新華號輪[59] 返港訂婚，詎航至港外橫瀾燈塔海面，觸礁沉沒，慧卿及大部搭客，同時罹難。此次慘事轟動省 港，表姊聞訊，即來港慰問死者之母，及其兄陳奕之，奕之任職於粵海關[60]，以表姊善解人意，要求承乏亡妹身份，侍奉其母，使慈母忘記愛女慘死之心情，陳君可謂善於事親，而表姊亦不負生死之交也。

基此之故，表姊每三兩月間，例必來港 灣仔，居留一段時期，伴侍其乾娘。來港時，大都乘便來德惠寶咩士與吾相敍，同時探問書池君夫婦，屆時吾必告假相偕出行，作竟日之遊，或購備應用物品，或尋訪其舊好新知，到訪時習以為常，亦客居樂事之一也。

59 新華號是輪船公司招商局的一艘客貨運輪船，主要行走香港至上海，並途經多個沿海城市。1929 年 1 月 16 日新華號由上海開往香港，進入香港水域航行至橫瀾島時觸礁沉沒，釀成約 400 人喪生，為香港死傷第二嚴重的單一海難事故。

60 粵海關當時隸屬總税務司，是中國海關（China Maritime Customs Service）的一部分。

第二街 58 號二樓是潘氏妻子張月琴當初在香港的住址，現已改建成現代住宅。（編者攝於 2025 年）

時有黃雪卿，亦表姊之蘭姊，蓋表姊在省有金蘭姊妹六七人，其名皆取一卿字，其中有待字閨中，有出嫁隨夫居於外地者，雪卿則居於本港西區第二街58號二樓，其夫在西環貨倉任事，吾嘗相隨表姊過訪，因而諗熟。

雪卿姊同居有一少女，沉靜寡言，見其管理弟妹，及處理家務，皆井井有條，儼然一家庭主婦，豈學作人婦而後嫁乎。自鄉間說婚不成，兩年來已無興求偶之念，然而人生情緣，似由夙定，雪卿姊在有意無意之間，介紹此女與吾認識，至是得悉此女，早年喪父，與母及弟妹等，同居於此，蓋其外祖母，乃本樓之包租人也。

她為苦女，我亦孤兒，同病相憐，因憐而生情，其情由漸而甚，由淺而深，雖為禮教所囿，形格勢禁，未許花月談心，惟以半載之緣，為時非暫，彼此心情，早已互相了解，私心默許矣。古人云，「得一知己，可以無憾。」此言知己之難得也，而紅顏知己，猶為難得，既已得之，是亦可以無憾矣，吾所以不能不頓改初衷，而興家室之念也。

雖然，我倆之婚事，尚有待於雙方家長之同意，才作最後決定，但逆料吾母必能允肯，蓋母性情，雖近乎保守，但其見解迥異常人，猶憶兩月前，吾返鄉時，嘗聞母語人曰：「我有日娶媳，祇求淑女，而能與我兒意氣相投者。蓋兒媳相處日長，而與我相處日短也。」是故知母必能接納吾之請求也。而女母張媽，為人柔和，亦可能俯順兒女私情，而不我棄也。

於是，將始末情，詳由函告母，母聞訊即來港訪問雪卿姊，同時與張媽會談我倆之婚事。兩老在融洽氣氛中，皆表同意，然則我倆之婚事，大有水到渠成。指日可待。

正欣曙光在望，何期陰霾驟佈，周婆從中作梗，極力反對婚事，遂致事敗垂成，不歡而散。蓋張媽自寡居後，以兒女幼少，乃遷此與母同居，俾能便於照料，因此周婆便儼然為一家之長矣，而張媽又素性柔順，凡事未敢有違母意，至是亦愛莫能助，有愧為人母之感。

嗟嗟！舊痕猶在，前車可鑒，一之為甚，其又再乎。且事之變遷，均由老年人一手所造成，一為迷信星算，一則重視金錢，前後幾如一轍，撫今追昔，寧毋愴然！

（十二）在港訂婚

人生遇合，似有前緣，緣未至，不可強求，緣既至無從規避，縱使經歷駭浪驚濤，勞燕分散，終能化險為夷，鴛盟共訂。雖然，若非彼此了解，委曲求全，恐未必能順理成章，其不歷史重演者幾希。

吾之婚事，突然變生肘腋，瀕於破裂邊緣。事後探索此次事變起因，事緣有一南北行少東某，有意納女為小星[61]，周婆利其多金，暗許之，尚未將其事向張媽母女透露也，及至此次談婚伊始，周婆即從中阻撓。以達其私慾，真相由是大白，是為此次事變之主要關鍵。

吾雖痴情，且亦氣盛，斷不致有靦顏求成，或做出蕩檢踰閑之舉。於是離開此傷心地，悵然返回德惠寶咩士工作地。時吾母尚未還鄉，夜間則與書池嫂共榻，同居「咩士」內，母親不急於還鄉者，深憂吾為情憔悴，影響健康，故留此以便於照顧也。

我本恨人，偏多恨事，前為生計而徬徨，今為情愛而困擾，每當長夜漫漫，萬籟無聲之際，思潮起伏，終宵不寐，其為我之眸子亦苦矣。嗟嗟！司馬雄心，為之氷消，元龍豪氣，亦已瓦解，工作之餘，惟有寄情於酒，自我陶醉。李青蓮[62]云：「抽刀斷水水更流，舉杯消愁愁更愁。」然則愁固不可以

61　文人對妾侍的稱呼。

62　李青蓮為唐代詩人李白的別號。李白（701 － 762），字太白，號青蓮居士。

酒釋，不可釋而欲其釋，釋之難矣。

母見吾放浪形骸，愍焉憂之，書池君亦為我之工作慮，屢加告誡。母親更作沉痛之言曰：「汝第二年來，渺無音訊，當前唯一寄望，端在汝身，願好自為之，此處不成事，自有成事處，幸勿為此不着邊際之情，而自暴自棄也。」

吾知母此時內心之苦，比吾心而更甚。吾母早年守節，苦心孤詣，撫育成人，吾未能稍盡孝思，不應為了一時失意，以詒母憂。惟以六月懸情，一旦付之東流，致令情感衝動，不能控制，失去理智，而不自覺耳。

然而，人事變幻，殊難逆料，有意栽花，花未必發，無心插柳，柳或成蔭。當婚事陷於失望之餘，張媽突以電話邀吾母到彼家一行，此不絕如縷之姻緣，似有轉圜餘地，時表姊適於日前來港，在其乾娘處居留，母親遂約她陪往女家，以表姊之善於詞令，對此行可能有所補助。

但念前者空費唇舌，對今次會談，未敢寄予厚望。迨二人談畢回來，母親則面露歡容，云說親已成，且定日下聘也。吾聞言頗詫異？表姊乃將相談過程，簡述一二：原來周婆初仍偏執己見，但在異口同聲，曉以大義之下，其良知猶未泯，自問究屬外親，未免有越俎代庖之嫌，而最主要原因，厥為此女不願嫁作商人妾。在此種種情況下，惟有改變初意，默然允許，但仍力持索取重聘，吾母不願意與其斤斤計較，如市儈之討價還價，終於接納其要求。

吾嘗為此買賣式之婚姻，表示不滿，但母親卻不謂然，認為「周婆此次翻然遷就者，實私慾敵不過至理，非本願也，倘不依其所求，節外生枝，乃意中事，但求娶一佳婦，何必因聘禮倍於常人，而有所介蒂耶」。吾母歷經世故，處事通變達權，聆此一席話，使吾心境豁然。

一場風暴，至是雨過天青，爰於民國廿一年（*1932*），壬申歲，四月十二日，在香港由雙方家長主持，循舊儀式行納采禮焉。時吾年廿五，長女八年。

女名月琴 張氏，原籍海豐縣 媽宮鄉[63]人，考諱慶詩。由於媽宮地瀕大海，慶詩公以漁業起家，自置漁船三數艘，往來於香港 汕頭之間，旋開設商號於本港 西營盤 德輔道西，經營海產鹹魚生意，由是家焉。奈何好景不常，慶詩公一生盡瘁商務，及社會各類事宜，積勞致疾，以此而終，享年四十有五，有才無壽，聞者惜之。家道由是中落，長子永桂，婚後遂携家小遠涉南洋謀生，遺孀周氏，則與幼小兒女同居於外家，以迄於今。

慶詩公遺下二子四女，長女已嫁，月琴居次，吾亦行二，喪父時吾與月琴之年齡亦相若，而訂婚時，適為吾於四年前，首次來港謀生之日子相符，何其巧合乃爾，豈三生石上，締有夙緣耶。

63 位於陸豐與汕尾之間的海岸地帶。

（十三）還鄉醫疾

幾經周折，始定婚約，以為此後順序成理，早完宜家之願，詎好事多磨，頑疾為患，以還鄉治療之故，致擱延成親之期，地老天荒，畢竟愁多歡少，海枯石爛，大都別易見難，後會何時，未能逆測，徒深兩地之思而已。

吾訂婚之翌年，母親在家積極籌備婚費，擬於是年底為吾完婚，以了平生之願。詎謀事在人，而成事在天，是年六月，吾突患軟腳之病，步履蹣跚，未能工作，而同事各有專責，未及兼顧，不得不覓人暫代職務，在行內留醫。

據醫生言：「由於早年操勞過度，缺少營養，寖至血氣兩虧，最近可能又不善保養，此潛伏已久之病菌，今始作祟，雖然施藥，恐非朝夕所能奏效，須有一段時期療養，才可復原。」醫者此番話，如洞見肺腑，年前，吾以一時失意，縱情於酒，曾傷酒患，更為情瘦，一旦舊病復發，遂變本加厲，早知今日身受苦，深悔當時太任性。

當此時也，足一履地，身若騰空，病情從此日漸加甚。同事王君錦棠[64]，與吾友善，其雙親悉吾病狀，不便留居於工作所在地，邀吾往其家中調養。王君父親東叔，向在九龍塘[65]闢有農場，以畜牧種植為業，自建木屋，與兒媳同居。二老宅心

64 潘氏在香港的同事兼莫逆之交。

65 當時九龍塘大坑東一帶尚有農村，包括九龍仔和九龍塘等村落。

仁厚，闢一小房，為吾休養之所，治療膳食，親自照料，視吾如子姪焉。

此後，吾日與犬豕為伍，夜與孤燈為伴，每至午夜，不能入寐，憑窗一望，殘月當空，但聞悲風蕭條之聲，四野蟲吟唧唧，如助嘆息之聲。似此度過兩月之寂聊韶光，寄托如此，亦足悲矣！

向者，吾每月例有銀物寄歸，近三月來，不祇銀物全無，連尋常家書，亦付之渺焉，殆不願以病訊告母也。

吾母在鄉，以吾久無音訊，牽腸欲絕，於是來港視吾，及悉病況，斷所患為腳氣麻痺症。由於香港與鄉間之氣候有別，必須易地療養，方能收事半功倍之效也。

吾以母命還鄉療疾，事在即行。嗟嗟！外患內憂，紛至沓來，念此後與月琴天各一方，而人事變幻，殊難逆料，彼能堅定意志，百折不撓，守身以待乎？抑為事勢所迫，移情別向，中途背約乎？吾將早占勿藥，得以重操舊物乎？抑病魔久纏，生活因而徬徨乎？凡此百憂，縈繞於懷，而船輪之推動聲，與海浪之衝擊聲，互相響應，震動心弦，倍增忉怛[66]，此情此景，不足為外人道也。

然而，人生不如意事常八九，若退一步想，則心自平。念前既不願以病訊為母告，今何為以頹態令母憂，惟有強抑愁情病態，順時聽天，任由環境支配，此固弱者之消極行為，然捨此殊無他途。

66 意即悲傷，見李陵《答蘇武書》和王粲《登樓賦》。

吾還鄉後，未有延醫診治，母親入山，採取生草藥，或搗碎以敷患處，或煲水洗濯患處，或採臭屎茉莉頭，與牛筋煎湯服食，或以老薑煲鯉魚佐膳，雜藥紛投，不一而足。

我曾祖父為一代名醫，父親幼受陶薰，以所學開業生草熟藥店，故母親亦略曉藥物性能，於皮外雜症，具有常識。其所用之山藥，取之無禁，用之不竭，誠如俗諺云：「藥無分貴賤，效者則靈丹」也。

吾還鄉時，病體支離，雙足隱隱作痛，寸步難移，上落須人扶持，轉坐山兜，才返抵家門，治療一月，則能扶杖徐行，或往屋背山邊榕樹下，流連大自然景物，回憶童年時代，經常在此席地而坐，覽書消閒。今舊地重遊，山地依舊，林木無恙，惟樹腳下則蔓草叢生耳。

（十四）纂修家譜

父母之邦，聖人所重，蓋居中國，不能去人倫，忘鄉土，則家族之觀念，自有不容漠視者。吾不幸幼孤，於祖居之潮連坦邊，久已若即若離，世系之源流，鄉土之文獻，多漠然而莫詳，然於念祖懷宗之心，木本水源之義，固無時或釋也。近因病居家，幸能及時增修家譜，編輯村史，厥後得以序世系，明文獻，十年來之夙願得償，蓋亦差以自慰。

吾自居家養痾，長日無聊，早膳後，輒策杖往村外田裏，與族中父老兄弟，共話桑麻，旁及村事，或與從叔祖朝恩 榮耀二公，及本房長者，閒談族事，僉以我作屏祖房，向無家譜，緊世遠近，長輩雖知或莫能詳，後輩更茫然不辨，何以溯本源而示來茲。

回憶九年前，吾居家守祖母之孝時，少不自揣，曾及修譜事，但當時為口奔馳，時不我許。迨後則在家之日少，而旅外之時多。乃時至今日，以病居家，療養需時，若不乘時修譜，後此恐遙遙無期。

於是取伯祖驥朋公（御則）遺下之手抄蒼山房族譜一覽，見其出自蠹燼之餘，多有殘缺，倘不及早整理，或竟散佚無稽，是誰之過歟！在披覽之下，見其所載簡略，於各祖之生終年月，於及山葬何處，多所罣漏。蓋族譜範圍廣，故從略，但家譜較狹，祇載一脈相傳之祖，故必需從詳，方為完本。於是不憚求詳，分別往各祖祠，探討本源，尋求先祖之生終年月，葬於何處，及夫先妣之家世，先祖之行誼，有事實根據者，逐一載入。

舊譜載至十三世祖止，蓋舊譜是重修於道光年間，我高祖半農公，以十四世孫，參與修譜事，故十三世以下不書焉。於是接續前譜，旁究遠考，大宅朝恩公（廷則）二宅榮耀公（華則），更以方針指導，於親支衍別，得之先人遺錄，得之目擊，得之口述者，一一筆之，彙為家譜，存者詳略不一書，當前未定也，徙居某地亦必書者，誌所分也。自是某為某祖所自出，某祖為某祖所徙分，閱是譜者，瞭如指掌也。

我作屏祖，為遜清 雍正邑庠生[67]，乃坦邊始祖碧巖翁之十一世孫也。十二厚滋祖（周植），十三世而安上（衡均）、炎野（適均）、安行（健均）三祖，別為三宅，至吾一輩，已歷十八代矣。

閱時六月，譜始修竣，大宅廷則公覽而嘆曰：「修譜以後輩為之，此則前輩因循所致，視此得毋滋媿乎。」繼謂「家之有譜，猶鄉之有志也。家譜以示傳述，鄉志以存文獻，吾鄉向無鄉志，其如文獻之無傳何」。吾頗韙其言，第年輕學淺，且少小離鄉，於故鄉事，所識幾何，未敢輕言寫作，乃從弟耀楨，強吾所難，續編寫本村史實，俾與家譜相得益彰，並願以採訪自任，供給村中資料。

吾村坦邊在潮連之西，於明 洪武廿四年（*1391*）開村，五百四十四年間，其中史實，所在多有，盤根交錯，寫作殊

67 即生員，可以進入官學的讀書人。

難，幸而從弟從旁協助，給予題材，餘則徵諸故老傳聞，或考之廟記碑記等，網羅彙集。惜稿未完竣，而吾以事須離家，不得不草率從事，僅成一篇雛型，誌一村之輪廓而已。

每當吾埋頭書案，搜索題材之際，母親輒為吾病體而感顧慮，但吾對此類寫作，別饒興趣，文能解憂，字可療疾，精神上有了寄托，忘懷得失，病態由是日漸消除，行動日漸自如。

此次以養病之身，幸能完成本房譜諜，顏曰「作屏祖房家譜」。上起明 洪武元年戊申（*1368*）（始祖誕辰），下暫至民國十三年甲子（*1924*）（祖母逝世），凡五百五十六年。後有續修者，希以本譜為藍本，從而擴大潤飾之，此乃作者之所厚望也。爰將本房世系簡錄如次：

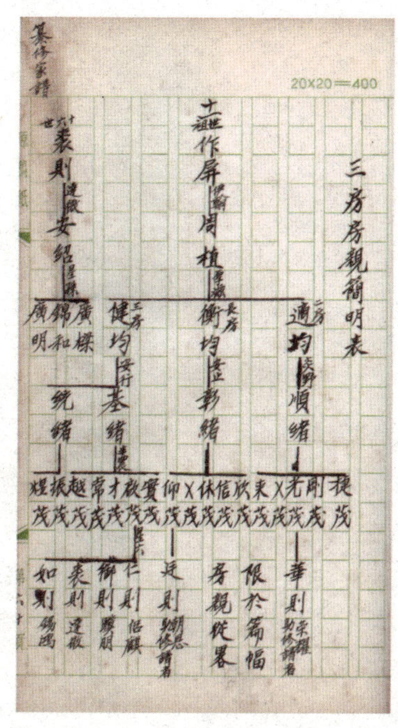

潘氏趁回鄉療養期間編彙了一本家譜，並在筆記中簡略記載，左上角「廣樑」即為潘氏。（潘廣樑筆記）

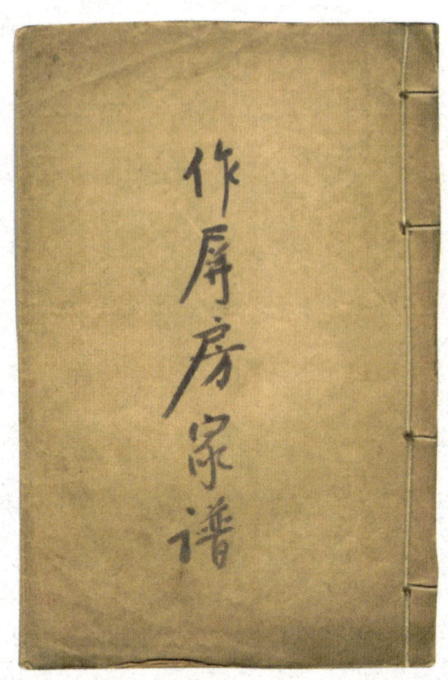

家譜封面。（潘廣樑遺物）

作屏祖房家譜原序

子孫生而相聚，聚久則分，因其分而聚之，離而合之，非有世系記述不為功，此譜諜之不容或缺者也。我十一世祖作屏翁，為清雍正間邑庠生，迺國學生敬菴翁之四子也，翁生五子：鵬亭、肅翔、凌漢、作屏、北峯，遂分異為五房焉。

初，我始祖碧巖翁，於明洪武廿四年，自會城遷居潮連鄉獅山之傍，由是開族。歷十世而敬菴翁以忠厚傳家，其後十二世而漸盛，十三世而日益繁衍，而廬居日益散處，遂蔓延稠錯於獅山之環，而或別托

家譜序言。（潘廣樑遺物）

於他鄉他邑者。

我十一世祖作屏翁，十二世厚滋祖，十三世而榭均、適均、健均三祖，遂分別為三房焉。各立門戶，茲閱六世矣，而廬居亦散處於企石、中巷、龍蟠里或別遷矣。然而對于譜系向無纂修，則纍世之源流昭穆之遠近，或且茫然不辨，錦良恐焉憂之，每欲竭其一得之愚，討帙成譜，而居鄉之日少，作客之時多，人事紛紜，久未實現。

嗟乎！家運不齊，命途多舛，先君（安邦公）五歲失怙，李太安人撫孤成人。錦良生十歲而孤，賴母氏劉茹苦鞠育，年十五，輟學就食於外，自穗而港，十載於茲，毫無建樹，深自慚愧，然而對于譜事，固未嘗一日去諸懷也。客歲夏，錦良以足疾羈留港地，屢醫罔效，母命須易地返鄉，冶療庶收事半功倍之效。竊念此次居鄉療養需時，倘不乘時修譜，後此恐遙遙無期也。乃取伯祖驥朋公遺下之手抄蒼祖房族譜，以為依據，但見其出自蠹蟫之餘，殘缺多有，而所載又僅存厓略，於各祖之生終年月，及山葬何處，多所罣漏，蓋族譜範廣，故略而未詳也。

錦良不憚求詳，分別往各祖祠，尋求本房各祖考之生終年月，葬於何山，與及先人行誼，暨各祖妣之家世，其有事實根據者，逐一詳記。族譜僅載至十二世止，錦良不度德量力，續載本房十三世以下各祖，長房叔祖廷則公與二房叔祖華則公，更以方針指導，於親支衍別，得之口述，得之目擊者，一一筆之彙為家譜。

自是某為某祖所自出，某為某祖所從分者，眾其始皆本於一祖，我輩應同體相關，敬所尊而愛所親，以副我先祖肇造之遺澤，承先啟後，發揚而光大之，豈不盛哉！

錦良列十八世內，以份則卑，以學識疎慵，以質則頑，亦何敢謬任己見，駕軼前輩，以為一時職舉哉。第念家乘久湮，聊以存其本源，俾後之覽者，或將因是而擴續之，詳考之，以成一完善之家譜，錦良與有榮施焉。

時在

民國廿三年歲次甲戌仲春

十八世孫錦良序于企石祖屋

家譜序言。（潘廣樑遺物）

（十五）病愈返港

當吾復康返港之日，正女卧病在牀之時也，造化小兒，旋迴肆虐於兩者之間。嗟嗟！釁端屢起，變故頻仍，斯誠舊恨未消，而新愁沓來者也。然而莫謂天心不測，最能磨礪困境，苟使人事無乖，便可挽回造化。正如吾之返港也，以困頓之身，旋即獲得工作，生計有賴，女亦喜占勿藥，身軀無恙，乃知否能轉泰，屯可回亨，豈盈虛無數，而明晦有時耶。

吾此次以足疾居家療養，母親盡力調護，歷時九月，漸告康復，當養息之際，張媽突來一函，云其女抱病兩月，屢醫無效，速吾返港。吾向知女多慮善感，重以吾病傷其心，讕言勞其形，有動乎中，必搖其精，此乃致病之媒，向之所以病吾者，今轉而病女矣。

其初不以病訊告知者，殆不願增吾之病累也，今以病訊飛告者，情非得已，其病勢之嚴重，不待智者而後知矣。嗚呼！吾運不齊，女命殊苦，倘其身若蒲柳，未秋先零，則吾行負神明，而抱無涯之戚也。

吾此時憂心如焚，不俟雙足完全復原，遂別母離家，匆匆赴港，相見之下，恍如隔世，見女雙瞳深陷，形容枯槁，曾幾何時，前後判若兩人，事至如斯，吁可嘆矣！時適醫生到診，事畢，吾私問之，據云「此屬少女陰憶症，其勢非輕，徒賴藥石難為功，必需先順其意，投其所好，令其心平氣和，然後投以湯藥，則事半而功倍矣。」醫者之言，洞燭其隱，醫者意也，亦為吾意料之所及也。

吾抵港後，寄居於舊同事王錦棠家中，時王君已轉業服務於英商義品放款銀行[68]，工作稱意。吾每日例往視女疾，一月後，其疾不藥而愈，誠如醫者言，心理勝於藥物治療也。

溯自民國廿二年（1933），癸酉六月，吾患軟腳病，九月還鄉療養，至翌年六月，返回香港，再逾一月，行動才完全恢復自如，而癱瘓幾達一年矣。其間人事變化，不但精神與肉體，備受磨折，而且將數年來之積存，以備結婚費用者，亦因而耗去殆盡，今幸無恙歸來，惟阮囊羞澀，迎親之期，尚需有待也。

差幸返港後兩月，得王君推薦吾在其服務之公司任事，與王君雖不同部門，仍屬公司同事，洵稱有緣巧合。公司所屬之樓宇，為數不少，尤以九龍之太子道，及界限街一帶之高尚住宅為多。吾受僱為管理太子道樓宇租賃事宜，待遇尚稱優厚，以太子道188號地下為辦事處，食宿於斯，允許吾與家人同居，其如吾未有家室何。[69]

吾日常工作，有關客人租樓或遷出等事，經常以電話與公

68 義品放款銀行（法語：Crédit foncier d'Extrême-Orient，意為遠東土地信貸），又稱義品洋行，是一間已結業的比利時－法國銀行。該銀行創辦於1907年，最初名為天津法比興業銀行（Société franco-belge de Tientsin），1910年定名為義品放款銀行。其香港分行在1911年開設。

69 太子道188號今日已經改建，但對面的太子道西190至220號今日仍保留着戰前義品放款銀行戰前興建的一排四層建築。它們現在屬於二級歷史建築物。詳見「太子道西／園藝街」：https://www.ura.org.hk/en/project/heritage-preservation-and-revitalisation/prince-edward-road-west-yuen-ngai-street。

司聯繫，而物產部之西人雅倫，隨時前來視察業務，是故除星期例假得以外出，稍事消遣外，餘則不能越雷池半步，生活未免單調枯寂，但吾素性恬靜，絕不以為嫌，且工作毫無拘束，暇輒附庸風雅，讀書寫字，莳花養魚，以此自樂。

吾在職期間，曾先後介紹誼伯子容盛元與柱姆子潘瑞泰任潔清樓宇工作。蓋誼伯容鎮乾，家境大非昔比，其子盛元株守家鄉，賦閒已久，由於彼是初次出外謀生，未諳世故，因向雅倫竭力請求，畀以此職，雖然低微，儘可徐圖進取。回憶吾父逝世時，誼伯嘗照顧吾家，此次稍盡棉力，聊表寸心於萬一耳。

放工後，彼等常來聊天，每屆週末，王錦棠與李書池輒作不速之客，興之所至，則把酒言歡，或玩牌消遣，甚或聯牀共話。香港地有留食不留宿之語，今既可留食，亦能留宿，與居處於一房間或一床位者，判若雲泥，是故晚間，尚不致寂寞無伴也。

（十六）在港成親

民國廿五年乙亥十二月初九日 公曆1936年1月4日

兩儀定位，即肇陰陽，萬物推原，咸歸配偶，求巧合之媒，需煩月老，作姻緣之主，應由家長。詎乃變生肘腋，好事多磨，幸而情比金堅，眷屬終成。是故禮重親迎，詩詠好逑，斯所以正人倫之始，成家室之原也。

吾訂婚前後，迭遭挫折，遂致蹉跎歲月，未能完婚，於茲達三年零八月矣。近兩年來，生活稍有寸進，時至今日，鄉間慈母，思媳心切，來示命吾前往女家，致意娶事，徵得同意，吾母遂在鄉籌備娶媳事宜，如往海邊洪聖殿擇日迎娶也，請族長醒予代寫禮書喜柬也，及將香港結婚地點與婚期，通告親屬等等。由此可見鄉間對於婚嫁事，無論貧富，一視為重典。

據女母張媽意，主張循三書六禮，及以大紅花轎為迎娶儀式。三書六禮，由來甚古，吾聞之耳熟，惟未能詳也，至是始知，三書是文定、納徵、及親迎，需分別用大紅箋封書寫，故名三書，還有一書，是三代庚書，將曾祖、考之諱號履歷等，皆逐項開列，乾坤兩宅，互相交換，為婚姻中之主要証物。納采、納吉、問名、納徵、請期、親迎，是謂六禮。凡此繁雜事項，在家鄉卻是上傳下例，奉為金科玉律者，但僑居香港，地狹親稀，環境懸殊，似應因時制宜，除三書及三代庚書外，其他則撮要就簡，不必全部履行也。

由於女家在香港，而我則居於九龍，相隔一海，往返不便，於是在女家附近之大道西122號二樓，賃一房一廳，以為結婚之所。時吾母在鄉，早已摒當一切，來港主持娶事。

舊式嫁娶，例由父兄或伯叔作主婚人，吾父兄皆早世（逝），乃請在省行醫之從伯卓臣為主婚人，由於彼以醫務羈身，未能前來，然而親友之喜帳賀儀，均冠以從伯之名，其實此不過象徵式而已，於此亦可見舊婚禮對主婚人之如何尊重也。

親迎前夕，母親循鄉例，請王錦棠父親為吾上頭，參花掛紅，參拜天地，忙了一夜。翌日午前，打發花轎儀仗，前往女家迎親，似此繁文縟節，罄竹難書，幸得在港親友少峯嬸、榮棟弟、李書池夫婦、王錦棠父子等，整日協助，得以順利完成婚禮。

維時瑞卿表姊，已往湖南與胡氏子成親，寶衡兄又適以店務往陽江收賬，皆未能前來會宴，心殊悵焉。尤其是表姊，遠居異省，望風懷想，昔日恩情，誰不依依，惟有遙祝其家庭美滿，後會有期也。

此次結婚，繁雜所需，實不敷應用，幸得從弟榮棟以其儲款相借，才能順理竣事。溯自訂婚於民國廿一年（1932），壬申歲，四月十二日，歷三年另八月之人事紛紜，至民國廿五年（1936），乙亥十二月初九日成婚，時吾年已廿八，婦少吾八歲，恰屆雙十之年矣。

新婚才半月，已接近除夕，乃奉母偕妻，遷回太子道188

1936 年 1 月 4 日，潘氏與張女成婚，並與母親合照。（潘廣樑遺物）

號居住，同度新歲。此樓宇乃英商[70] 義品放款銀行物業，亦為吾之服務地點，公司早已允許俾吾與家人同居者，在此寸金尺土之香港地，長安實不易居，今能與母妻同居於一舒適之洋房，寧非厚幸耶。

新歲過後，又屆新婚滿月佳辰，當此時也，適三弟於年初四自佛山來香港，往中環 十字頓[71] 詢問榮棟，始知吾之住址而來相會。吾與弟失去聯絡，五載於茲矣，可能由於其在外之生活不佳，不欲以近況相告，連尋常竹報，亦懶於執筆，但未

70　應為比利時公司。

71　指「十字頓果子廠」，該舖以陳皮梅聞名，店舖設於德輔道中 162 號。

太子道 188 號旁的義品放款銀行物業。（香港建築歷史研究者 Charles Lai 黎雋維提供）

潘氏與妻子和母親曾經居住的太子道 188 號地下，現在是一間商店（圖左）。旁邊的 190 號則未有被重建。潘氏在這裏整理第一本筆記，亦在這裏開始感到戰爭的硝煙味。（編者攝於 2025 年）

知有無念及慈母倚閭長望之苦也。

母親因弟，曾一度思憶成疾，今見其無恙歸來，老懷堪慰，且逢新婦滿月之辰，於是命婦殺雞為饌，酬神祭祖，共慶一家團圓。同時吾輩預祝母親五十三歲壽辰，誠一舉而三喜也，吾母生辰，本在正月十二日，但母每年此日，持齋素食，今仍不願意破戒復葷，故是日饔餐，全家均素食，並無宴客，祇請李書池前來替我們攝一張全家照片，以留紀念而已，蓋李兄具有攝影藝術，其作品且甚豐也。

吾之工作地點，乃一新型西式樓房，內有辦事室、飯廳及兩睡房、浴室、水廁俱全，吾工作於斯，食宿於斯，無上班下班之煩。工餘之暇，輒與母妻賞花遣興，於天階之上，樂敍天倫，雖未能養尊，亦可云處優也。

吾之薪金，本足以維持一小家庭之生活，惟在結婚時之繁費雜用，透支不少，是以按月須還婚債，家庭之生活，則未免淡薄矣。吾母談笑自若曰：「汝家固貧賤也，我處之有素矣，汝能安之，我亦安矣。」

母又曰：「我未有女，當視媳如女，以愛女之心而愛媳也。」婦能善事其母，聞言寧毋有動於中，以事母之心而事姑乎，吾知其必可能也。是以姑媳之間，能和諧共處，然則精神上所得之安慰，勝於物質上之享受也。

潘氏在 1936 年母親 53 歲生辰時，特別請好友李書池為他們拍下全家福。（潘廣楳遺物）

（十七）還鄉祭祖

禮云：「男子二十冠而字。」又云：「新婦至家，厥明盥饋，始見舅姑，三日而廟見，擇日而祭之。」然則鄉村之男子，婚而冠以字。新婦歸而謁祖先，殆猶有古之遺風焉。雖然，其間環境不齊，儀式有隆簡之別，而其意義則一也。

吾在港成親，倏經兩月，新婚夫婦，理應還鄉祭祖，並宴親人，蓋鄉人之在外結婚者，類多如是，殆不忘木本水源之義也。惟還鄉雜項，如陞字、祭祖、宴會等，在在需財，而囊橐所餘，實不敷用，意欲待之異日補行，但母意以為若不乘時竣事，異日身為人父，然後還鄉陞字，則未免貽人以話柄也。

吾母於是斷然脱售其僅有之飾物一雙金手鐲，得款以備在家宴會之需，吾當時見母將其心愛物，一旦為之易主，深自不安，但母反而表露其快慰心情，旋且提前還鄉，準備各項事宜。

時值仲春，日麗風和，適逢吾鄉一年一度之洪聖巡遊賽會，遂趁此普鄉同慶之際，去函告母以行期，偕婦乘輪歸家，清晨抵達北街海岸，即見根伯玉姐二人，在碼頭相候，玉姐手携小包裹，伴婦同行，根伯則代挽行李，蓋彼二人是受母命而來相接也。根伯玉姐本是下户，為人忠實，其先代鬻身於我先祖，先祖為之娶婦，由是子孫世世為僕。吾基於人道立場，從不以僕丁看待，文明時代，實不應有主僕之分，今偶然有所觀感，故於此而贅言之。

我等離開碼頭，即乘小艇渡江，便是故鄉也。沿途所見，氣象萬千，適遇神遊經過，鳴鑼喝道，肅穆莊嚴，事神人物，作明代衣冠，華貴尊嚴，分文武兩班侍衛，神像之後，有後擁隊，手執旗幟，簇擁而行，以助聲威，沿途駐蹕受祭。吾婦初到家鄉，睹此威儀，驚為奇觀。

回憶年前，香港慶祝英王佐治第五[72]之銀禧大典[73]，彩燈遊行，蔚為巨觀，惜為車輛交通所限，大有盛會無舒展之地。鄉村則不然，以四晝連宵之迴旋式暢行無阻，不為交通所囿。巡遊過後，餘音嫋嫋不絕，粵劇依然開鑼，其熱鬧情形，有過之而無不及。至於巡遊花絮，前文略有論及，玆不復贅。

我們一行四眾，抵達企石閘口，根伯先行回家報訊，維時廣盈雜貨店族兄光樾，招呼吾等入店內進茶，同時玉姐在其手提包內，取出我倆結婚時所穿之長衫及掛裙，着吾夫婦分別穿上，然後回家，蓋此禮服，乃母親於日前還鄉帶歸，以備應用者。玉姐遂携婦並肩而行，如大襟之伴新娘者然，在族眾共睹之下，而婦未免有羞人答答之態。

是時，屋內喜聯高張，親人滿座，鄉例習慣，凡屬隔海親戚之來赴喜事者，輒逗留多天而後歸，夜間則與主家之鄰親聯床共寢，是故李開振舅父母，容鎮乾誼伯，暨好姑愛姊等，不愁夜無宿所也。

---

72 英皇佐治五世，George V（1865 － 1936）。

73 1935 年，為慶祝英皇佐治五世登基 25 週年，當時社會領袖組成英皇佐治五世銀禧慶典籌委會，舉行慶祝活動。銀禧慶典會景巡遊由 1935 年 5 月 6 日至 5 月 8 日舉行。

潘氏祖屋有四間房，是潘氏堂兄弟一起生活的住宅，潘氏與母親和祖母住在圖中左邊的一間房。潘氏在此一起生活的堂弟耀成，其孫潘植明（右一）現時負責打理祖屋，並將之變相視為這個宗系的祠堂，擺放了很多祖輩所用的遺物，包括右邊有過百年歷史的木桌。（編者攝於 2025 年）

吾家為一金字掛兩廊之古老建築物，有一廳四房，一廊一廚，及兩天階，面積廣寬，屋後原有園林書館，內有一廳兩房，穀倉草房各一，館前為一小圃，植有花木，此兩座建築物，皆為我曾祖父之遺下物業。但自祖母逝世後，此大好之園館，隨被拆卸，將材料出售於人，而居此館之親人，遷回祖屋居住，由是人口增加，而有房荒之感。蓋我五宅名下睡房僅得一個，倘吾婚後居家，實不敷用。母親早有見及此，於數年前，在屋傍建一簡陋小館，預備為母晚年頤養之所，是以此次回家居住，尚無偪促之感。

鄉人於受室前夕，例有陞字之舉，是為主要婚物，吾鄉人也，應從鄉例，所以此次回家，特請從叔瑛紹為吾補行陞字儀式，字架用木製，成橫方型，髹以紅漆，寫上所取之字，謂之「大字」，以別於表字（或稱別字），然後祭告天地，將字架參花掛紅，擂鼓放爆，懸於大廳壁間，是謂「陞字」。吾名廣㮾，別字楝昌，因而命字嘉熾，殆取「爾熾而昌」[74] 之意歟。

吾族人由十八傳起，循序用宗祠之楹聯語以為字派，不容混亂，全聯曰：「嘉猷煥發新基業，懿德光昭衍世傳。」吾為十八傳，是以取聯首之「嘉」字為班派也。陞字既畢，母親命玉姐携備全盒祭品，隨吾夫婦往謁祠堂，後拜家神，旋請各親人來家受拜，一如新婚者然。

鄉間每逢慶事，多有宴會，尤其是娶親，主家之富豪者，動輒大事鋪張，嘉餚美酒，質量俱佳，連宴三四天。而普通之家，大都重量而不重質，雖屬粗菜，亦必湊成九大碗，此乃習俗相沿，未有或缺者。吾家此次設宴，殆亦類是，除白切雞、燒鵝、大肉三碗硬外，其他六碗，則為魷魚、蝦米、粉絲、笋蝦、肉皮、魚蛋之類，配以大量蔬菜，務使碗內菜無缺，樽中酒不空，如此而已。

是日午後，長幼咸集，先後設席，筵開八桌，隨意所至，各適其適，豪於酒者既醉，徒餔餟者且飽，直至夜幕低垂，油燈高照，而慶未瀾。勝陽叔耀成弟[75] 等提議，謂吾成婚於外，

74 出自先秦奚斯的《魯頌．閟宮》：「俾爾昌而熾，俾爾壽而富，黃髮台背，壽胥與試。」指不太熾烈的燃燒而得以長久的昌盛的意思。

75 潘氏堂弟，耀楨的兄長，與潘氏在祖屋一起成長，筆記多次提及，其後代是現時與編者仍有緊密聯繫的鄉間親人。

理應在家補行玩新婦之樂，在座各人，隨聲附和。母親乃命根伯夫婦，將大廳從新佈置，復命玉姐權作大襟，以利行事。蓋鄉間之玩新婦，自古已然，於今尤烈，如新郎携新娘繞行廳中各桌數匝，是謂「過堂」。案（按）兄弟說出四句幽默或諧趣之句語，而要新娘隨聲說出者，謂之「提四句」。新郎與新娘之鞋互相交換，穿着而行，是謂「同鞋」（諧音）[76]。還有獨出心裁，以考驗新婦之智力遊戲，花樣百出，不勝枚舉。時至深夜零時，各人始興盡而散。

此次家宴，適逢鄉會，故倍形熱鬧，雖有繁文雜事，但一舉手一提足，儘有便人代勞，不若在港結婚時之疲於奔命也。當家慶事畢之際，正鄉會興濃之時，吾家巷口之「迓聖地」，歷年不替，陳列金豬供品，候神「鑾聖」，古色古香，有聲有色，成不夜之天。吾母子及婦以兩日之頻繁酬酢，至是如釋重負，於是及時行樂，時親戚有未回家者，聯袂往祠堂，參觀迓聖，並參看蜿蜒天矯之紗龍，穿插龍門於祠前之空地，千變萬化，活潑如生，嘆觀止矣，城市中人，罕有此奇妙眼福也。

76 與「同諧白首」同音。

（十八）返港生活

溯自民國十一年（1922）初春，離家出外覓食，自時厥後，對於故鄉潮連，久矣若即若離，初則寄留廣州，虛度六載；繼而僑居香港，迄今九年，乃至成家於斯，立基於斯，香港不啻是吾之第二故鄉也。

賽會過後，旅外還鄉者，大都乘時掃墓，然後離鄉復職，而來自各鄉之戚友，亦多分別回家，鄉村漸趨寧靜，鄉民又回復本來之淳樸生活矣。吾以職責所在，不能久留鄉土，母親於是將家中什物，檢拾一切，一家三口，又離鄉別井，重返原來之香港地，共同生活矣。

由於吾之成親也，需要分別在港鄉兩地行事，費用因而增加，曾先後借用族弟榮棟之款，數在不少，迄未璧還，時感不安，乃倣龐公義會之設，自為會首，得各友相助，認會一兩份，於是集腋成裘，彙還榮棟，今後需要按月供會，如購物之分期付款者然。於是量入為出，是故家庭之內，生活淡泊，使吾非四年前，因病而致失業經年，經濟上可能無此拮据。

然而人生得失，冥冥中若有主宰，苟非以病失去舊業，何由得就新職，無論以目前之薪金工作及住居而言，均駕凌舊職之上，雖然目前暫困，而母妻皆能安之若素，孔子云：「啜菽飲水盡其歡，貧士養親之樂也。」

而鄉親有來港探訪者，見吾一家人，同居於一舒適洋房，尚以為履豐席厚，乃一小康之新家庭也，又安知虛有其表，外強而中空耶，然此隱衷，只可為知者道，難與外人言也。

明 胡文敬公戒子弟語云：「薺鹽菽水，藜羹糲食，滋味悠長，子孫切不可厭之，自古聖賢，多出於此。孔子曰：飯蔬食飲水[77]。汪信民曰：人生咬得菜根，則萬事可做，彼八珍九鼎，亦不過一飽耳，何補焉。」聊以此語自我解嘲。

其實當今強隣壓境，抗戰軍興[78]，華北、華中，盡遭蹂躪，人民顛沛流離，在驚恐艱苦中過活，反視香港僑民，生活在安定之中，以此例彼，寧不為之感慨萬分。然則吾家目前之生活，殆遠勝於戰地難民者多矣。

蓋自民國廿年（1931）瀋陽事變[79]，日本侵略東三省後，野心無時或已。乃時至今年（民廿六）（1937）7月7日，再發動北京 盧溝橋事變[80]，全面戰爭，由是爆發。我國軍民一心，敵愾同仇，全國喊出「抗戰到底，最後勝利」之口號，雖然戰事結束，未可預期，不過有此決心計劃，實為健全之信號，當和

77 出自《論語．述而》，「子曰：『飯疏食飲水，曲肱而枕之，樂亦在其中矣。不義而富且貴，於我如浮雲。』」形容清心寡慾、安貧樂道的生活。

78 指軍事行動的開始。

79 即「九一八事變」，指日本關東軍於 1931 年 9 月 18 日在中國東北瀋陽市附近發動的軍事行動。當日，日本駐守在中國東北的關東軍炸毀了南滿鐵路柳條溝地區的一段橋樑，並聲稱是受到中國軍隊的故意破壞。當晚，關東軍炮擊瀋陽，並進攻吉林和黑龍江，最終在 1932 年 2 月佔領東北全境。

80 即「七七事變」，指 1937 年 7 月 7 日發生在北京豐台盧溝橋的中日軍事衝突，被視為抗日戰爭爆發的起點。當晚，日本駐豐台的支那駐屯軍部隊在盧溝橋附近結束軍事演習，稱演習地點傳來槍聲，並有一名士兵失蹤，要求進入宛平城搜查，但被國民革命軍第二十九軍拒絕。隨後，日軍攻擊盧溝橋並砲轟宛平城。最終日軍佔領平津地區，抗日戰爭亦全面爆發。

平回歸之時，乃我國土重光之日，人民過着安定幸福生活，香港我僑之地位，改善提高，世界各地之華僑亦然，此乃作者衷心之所期待者也。

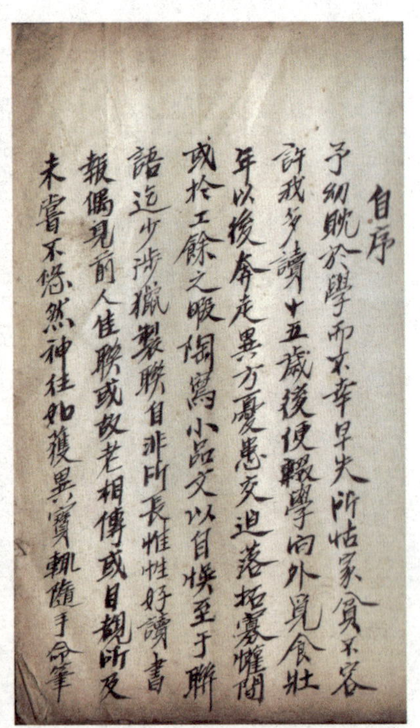
自序

予幼耽於學而不幸早失所怙家貧不容許我多讀十五歲後便輟學向外覓食壯年以後奔走異方憂患交迫落拓寡懽閒或於工餘之暇偶寫小品文以自娛至于聯語迨少涉獵製聯自非所長惟性好讀書報偶見前人佳聯或故老相傳或目覩所及未嘗不悠然神往如獲異寶輒隨手命筆

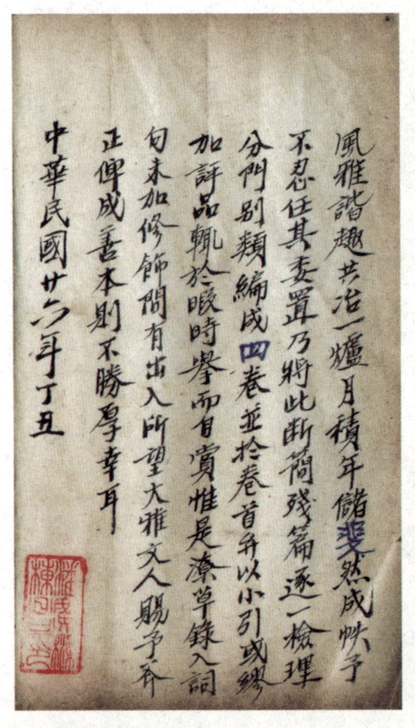
風雅諧趣共冶一爐月積年儲裒然成帙予不忍任其委置乃將此斷簡殘篇逐一檢理分門別類編成四卷並於卷首弁以小引或綴加評品輒於暇時擧而自賞惟是潦草錄入詞句未加修飾間有出入所望大雅文人賜予斧正俾成善本則不勝厚幸耳

中華民國廿六年丁丑

潘氏所著的《今古名聯》1937 年寫成，是他首批自撰書本，主要是搜羅他所看過的對聯、字謎等，並分門別類，合計 924 頁。圖為《今古名聯》序言。（潘廣椝遺物）

家事雜記（二）

1938-1959

證書

清淨局職工總外寓

清字第　號

會員姓潘名良

年　歲新會縣人

今遵守本寓一切議

決案及章程入會特

給以證書存據

正　主席

副

續編家事雜記序

昔黃魯真譔有日記歷書不輟，稱為家乘。予才識膚淺，烏足語此。然而，人生過程脫不了悲歡離合，及夫得失窮通之複雜事態，苟當時無文記錄，則事過情遷，印象稍縱即逝。前事不忘，後事之師，何由反省知所改勉耶。

嗟夫！飽歷滄桑，半生潦倒，年矢每摧，兩鬢漸呈班白者矣，今也幸而困難克服，生計粗定，在工餘之暇輒與翰墨為緣，乃將歷年來斷續寫下之生活片段予以整理，次第繕正，以續前編之早年回憶錄，名之曰「家事雜記」，庶幾一脈相承，順序成章也。

其間有繁者或簡之，略者或詳之，缺者或補之，乃將當時之生活照片及有關文件摘取一二，弁於篇端，使圖文並列而有其真實感，俾下一代偶爾翻閱本冊，回首前塵，温故而知新，然則本記之續編，所以有不能已焉者，歟是為序。

時在

1959年[1] 歲次己亥孟春於香港第二街49號住所

1　原文使用民國紀年。

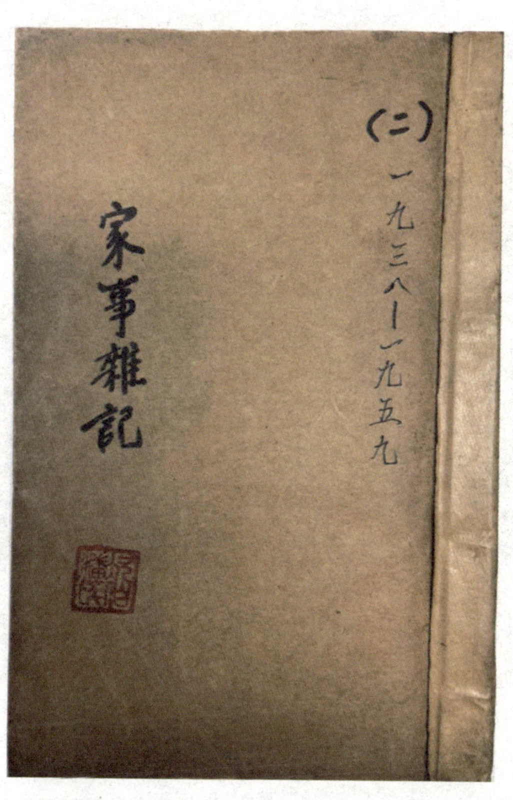

《家事雜記》封面

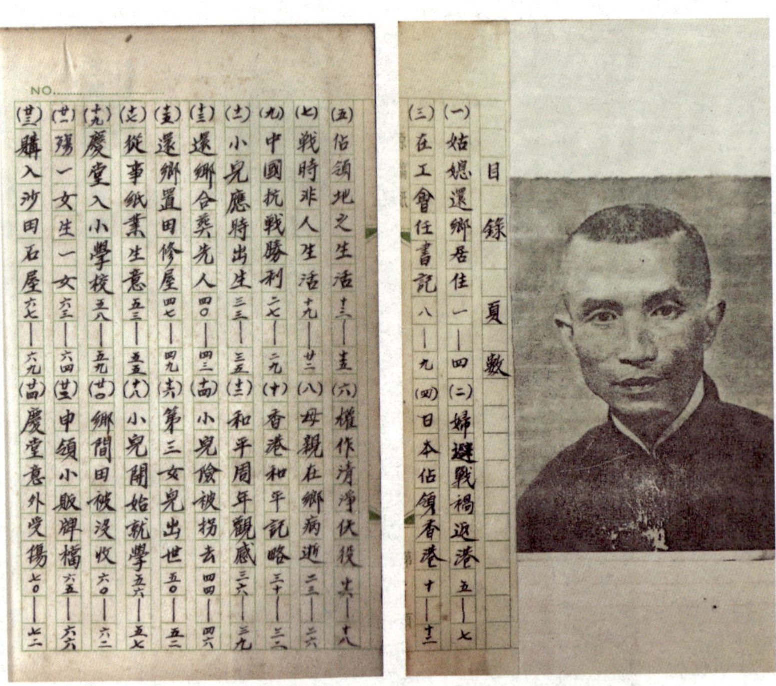
目錄　頁數

《家事雜記》目錄

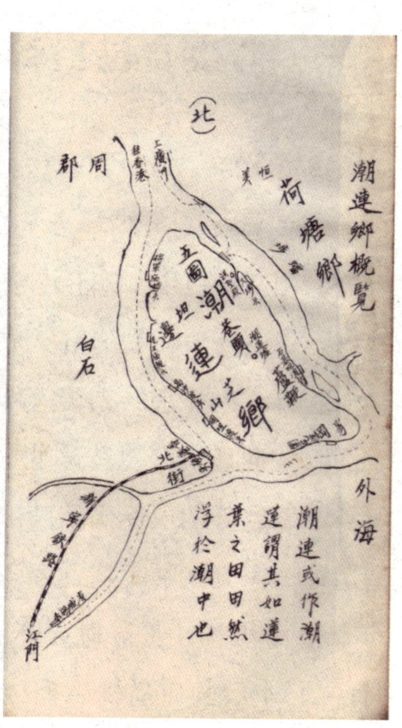

《家事雜記》中的地圖，部分為潘氏手繪

編按：第二冊開首潘氏羅列出香港、新會、五邑和珠三角等自繪或影印本地圖五張。可以看出，潘氏雖然心繫家鄉潮連，但時移世易，他已將香港視為第二故鄉。（摘自潘廣樑筆記）

（一）母妻自港回鄉

戊寅 1938　7月17日（六月二十日）[2]

余年弱冠，孑然一身，自廣州來香港，時在民國十七年（*1928*）戊辰四月十二日也。荏苒十年，十年人事幾翻新，當時以一身之外無長物，寖至成家立室，天倫共樂，寧非厚幸。

蓋自三年前余結婚後，即與母妻同居於公司樓宇，豈惟居處舒適，抑且朝夕團敍，本一愉快之家庭也。雖由於結婚時之所需，以致分期償還婚債，家用未免節約，然至本年初，債務清還後，家庭生活，從此漸入佳境矣。

然而世事白雲蒼狗，變化萬端。蓋自民國廿六年（*1937*）7月，日本發動盧溝橋事變後，烽煙瀰漫至華中各省，當地富人，紛紛携資南下香港，作海外寓公。大抵中國每一次動亂，則香港多一次受益，公司屬下之樓宇，從前多有空置者，至是遂為此輩高等難民，賃作居停，而告額滿矣。

公司以余所管理之樓宇，工作繁忙，於是派出兩名職員，協同辦理租務事宜，並以租務處，亦即余之住所，改作寫字樓，形成一國三公，職權上遂分而不一矣。

寫字樓既不能居住女眷，吾母與婦，不得不另租屋別居，時母以貧血病在牀，而住屋今非昔比，居處狹隘，不宜養痾。

2　從第二冊開始，潘氏日期寫法開始由之前的農曆為先，改成西曆為先。

於是告假，與婦伴母歸鄉療養，並將在港之一切傢俬，帶歸應用，念此次歸家，可能有一長時間居住也。迨抵家後數日，母病稍瘥，余以有婦在家侍奉，遂獨自返港復職。

（二）婦避戰禍返港

己卯 1939 3月9日（正月廿二日）

余服務於義品放款銀行屋宇部之太子道租賃處，向與家人同居於此，待遇本不薄，但自租賃處改作寫字樓後，不但與家人需分別居住，而且工作上受到制肘。余對此職務，無意繼續戀棧，於是毅然離去服務五年之舊地，轉而任事於尖沙咀 比利夫酒店[3]，蓋友人王錦成受職於斯，由彼介紹，得以在此任職為管房也。

維時中 日戰爭正激烈，中國沿海重鎮，相繼失陷，華南門户之廣州市，亦於去年（民廿七）10月被敵侵佔。敵以江門為廣州後屏，為鞏固後防計，於今年春，發動來犯，江門又繼廣州而淪淊矣[4]。

吾鄉潮連與江門僅隔一衣帶水，風聞敵軍隨處搜索婦女取樂，當時人心惶惶，不可終日。母親為策萬全計，命婦背負在鄉出生甫半歲之小兒，聯同卓臣伯之女阿金，乘夜搭木船，在驚濤駭浪中，取道中山至澳門，轉乘輪船來港，蓋此時江 港輪船早已停航矣。

當時母親自以體弱，不禁風浪，深恐半途不能支持，會發生意外，累及婦孺，寧獨守家園，未與婦同行。同時母意以為

3 尚未能找到有關資料，可能是尖沙咀 Palace Hotel 的音譯。

4 江門於 1939 年 3 月底淪陷。

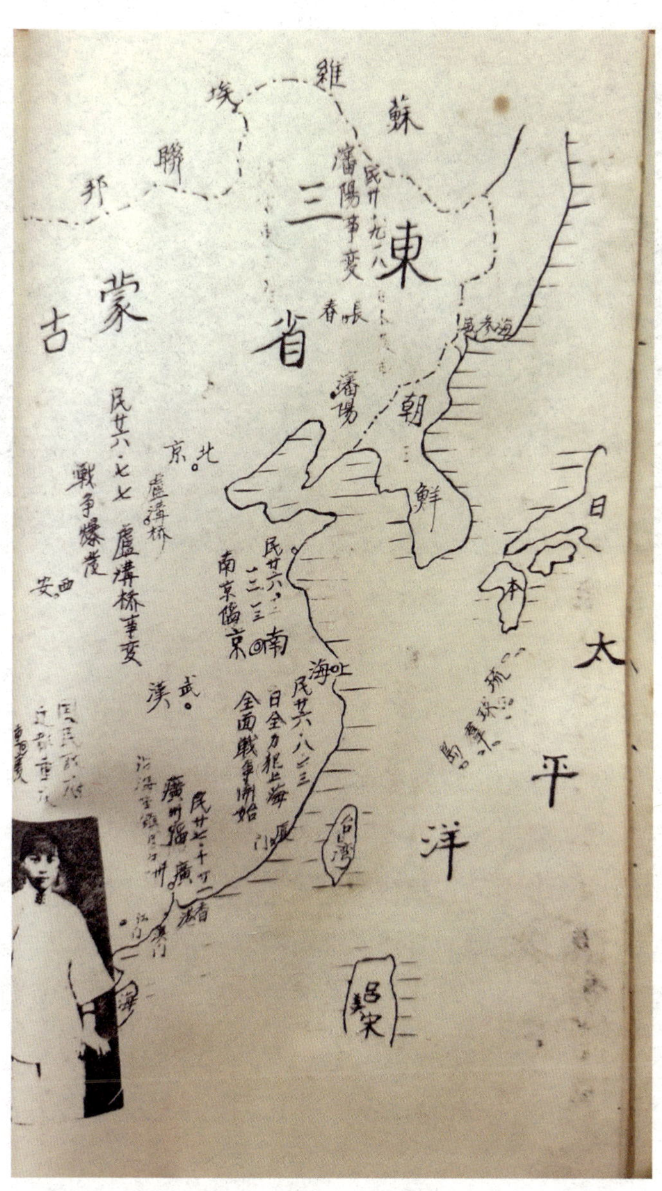

潘氏筆記的一大特點是他很喜歡自畫地圖配合內容。這篇提到妻子為逃避戰火從潮連逃回香港，潘氏在地圖中標示過去幾年日軍侵華情況，並配以妻子照片。（摘自潘廣樑筆記）

第二街 24 號地下現在是一間車房。（編者攝於 2025 年）

在家，亦可看管去年帶歸之家具，以待時局寧靜後，媳婦還鄉居住時，有所應用，母親之顧慮，可謂周詳。

婦抵港後，不忘舊地，賃居於西營盤 第二街24號地下。第二街乃她生長之地，與外家近在咫尺，但與余之工作地點，則距離頗遠。

戰前西營盤正街街景。（香港歷史研究社李澤恩先生提供）

（三）歐戰影響本港 附在工會任事

庚辰 1940 12月5日（十一月初七）

當中國抗戰正烈之際，亦歐洲戰爭之時，去年（民廿八）*(1939)* 9月，英 法兩國，向德宣戰，同時日本與德 意兩國，訂軍事同盟，二次世界大戰開始。本年初，港督宣佈本港進入非常狀態，英婦孺開始離境，美僑亦奉命準備回國，其他各國僑民亦然，敵僑早已被禁營中。其時比利夫酒店，住客日形減少，於是大量裁減員工，余是其中之一，遂告失業，副閒於三弟家中。

先是，吾弟廣明已在佛山成親，於去歲携眷來港，在旺角上海街居住，旋在港九革履總工會[5]任事，會址在廣東道393號四樓[6]。本年杪，工會之書記，因事離職，吾弟遂推薦余承其缺，職司文牘，及會計進支事宜。

溯自來港十二年，向任洋務工作，至是改絃易轍，服務於社團，作筆墨生涯，當此風雲日迫，時局緊弛不常，但求棲身有所，他非所計也。

---

5 現稱港九鞋業職業工會。工會成立於 1920 年，最初名為僑港華履工會，不久後改稱革履工會，並帶領鞋業工人參與 1925 年省港大罷工。香港淪陷期間工會被迫停運。重光後工會復會，並於 1948 年更名為港九鞋業職業工會。

6 今日已無廣東道 393 號，因為廣東道街號曾經更改，393 號應位於山東街一帶。1938 年 *Street Index* 載 394 號為 992 號，即山東街與廣東道交界處。John Whyatt, *Street Index of the City of Victoria &, &c., Hong Kong* (Hong Kong: Noronha and Co., 1938) p. 223.

1945 年廣東道 393 號所在的旺角地區航空照片。

戰前革履工會所在的廣東道 393 號樓宇，即現時的廣東道 991 號，位於山東道交界。（編者攝於 2025 年）

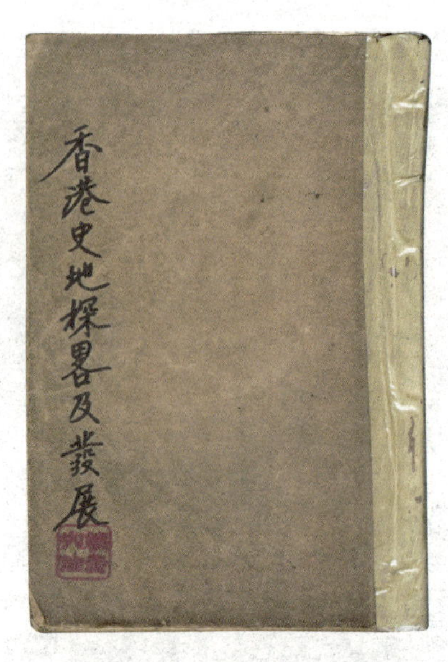

潘氏關於香港的第一本著作：《香港史地探略及發展》在 1941 年 6 月、即日軍入侵香港前半年完成。其內容主要摘錄自《香港百年史》和《香港與九龍租借地史地探略》兩書。潘氏其後於 1970 年增補個人內容。（潘廣樑遺物）

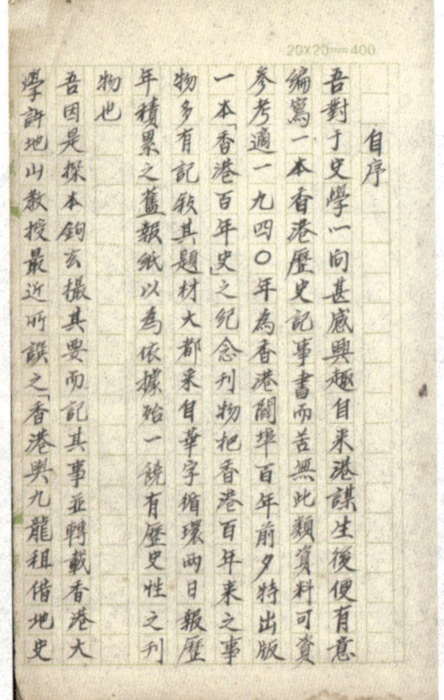

自序

吾對于史學一向甚感興趣自來港謀生後便有意編寫一本香港歷史記事書而苦無此類資料可資參考適一九四〇年為香港闢埠百年前夕特出版一本「香港百年史」之紀念刊物把香港百年來之事物多有記敍其題材大都采自華字循環兩日報歷年積累之舊報紙以為依據殆一饒有歷史性之刊物也

吾因是採本鈎玄撮其要而記其事並輯載香港大學許地山教授最近所譔之「香港與九龍租借地史

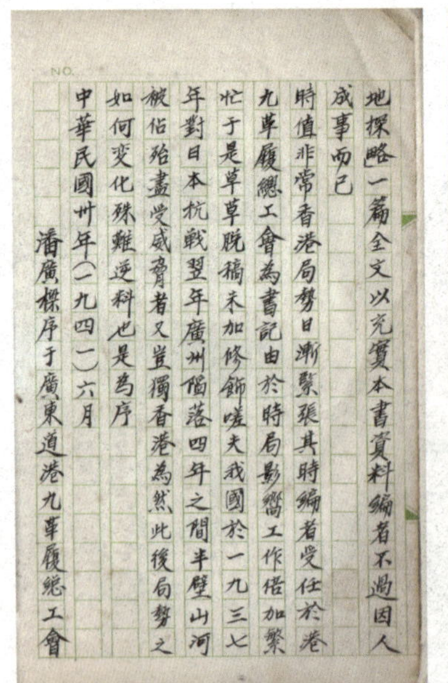

地探略」一篇全文以充實本書資料編者不過因人成事而已

時值非常香港局勢日漸緊張其時編者受任於港九車履總工會為書記由於時局影響工作倍加繁忙于是草草脫稿未加修飾嗟夫我國於一九三七年對日本抗戰翌年廣州陷落四年之間半壁山河被佔殆盡受威脅者又豈獨香港為然此後局勢之如何变化殊難逆料也是為序

中華民國卅年(一九四一)六月

潘廣樑序于廣東道港九車履總工會

《香港史地探略及發展》序言。（潘廣樑遺物）

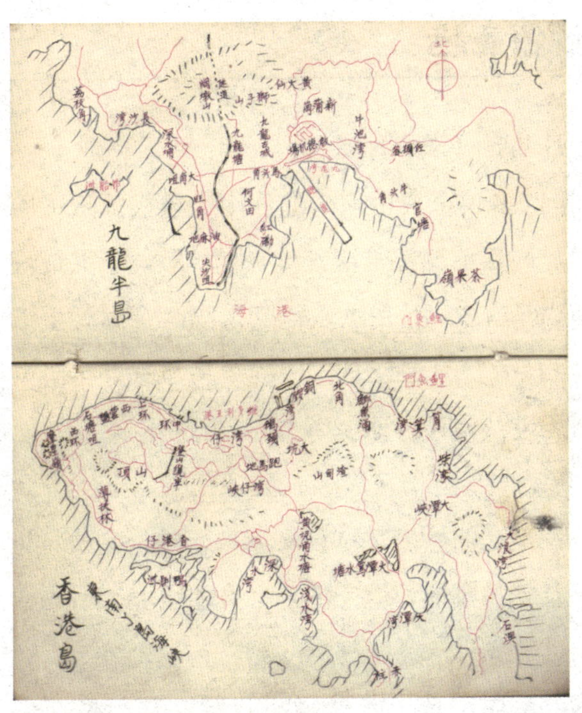

《香港史地探略及發展》開首有多幅自繪的港九新界和亞洲地圖。（潘廣椺遺物）

（四）日軍佔領香港

辛巳 1941 12月25日（十一月初八）

中 日全面戰爭四多年來，中國半壁江山，幾盡被鐵蹄所蹂躪，國民政府早於四年前遷都重慶，作長期抗戰，爭取最後勝利。敵人野心勃勃，乘德 意在歐戰得利之際，企圖席捲東南亞。於民國卅年（*1941*）12月8日，發動太平洋戰爭，向英美兩國宣戰，侵略香港及南洋各地。

是日（8日）拂曉，日空機自廣州飛臨啟德機場上空，大肆轟炸，香港戰爭，至是開始。敵軍自深圳入新界，進攻九龍地區。11日，英軍及警員盡撤，退守港島，九龍全境，頓成真空狀態。

余當時在旺角 革履工會天台俯瞰，目擊歹徒[7] 搶劫公行，及敵軍入境之一切人類最醜惡暴行，呈現眼前。13日，九龍半島完全受控制，派空軍轟炸赤柱火藥庫，硝煙高衝雲端，及以越山炮射擊港島南部英軍基地，山後濃烟密佈，西環貨倉一帶，火光燭天[8]，炮聲振耳欲聾，恐怖統治人間。

16日，炮聲停止，港海一片寧靜，祇見一小汽船，豎起日旗向港島方面進發，據説是向英軍招降者。17日，炮聲復起，比前加甚。19日清晨，証實敵軍已在北角登陸，經過一星期之

7 相信此處所指的是當時一邊帶領日軍入城一邊搶掠、被稱為「勝利友」的匪徒與三合會成員。

8 當時日軍向卑路乍砲台開火，擊中前面的貨倉導致大火。

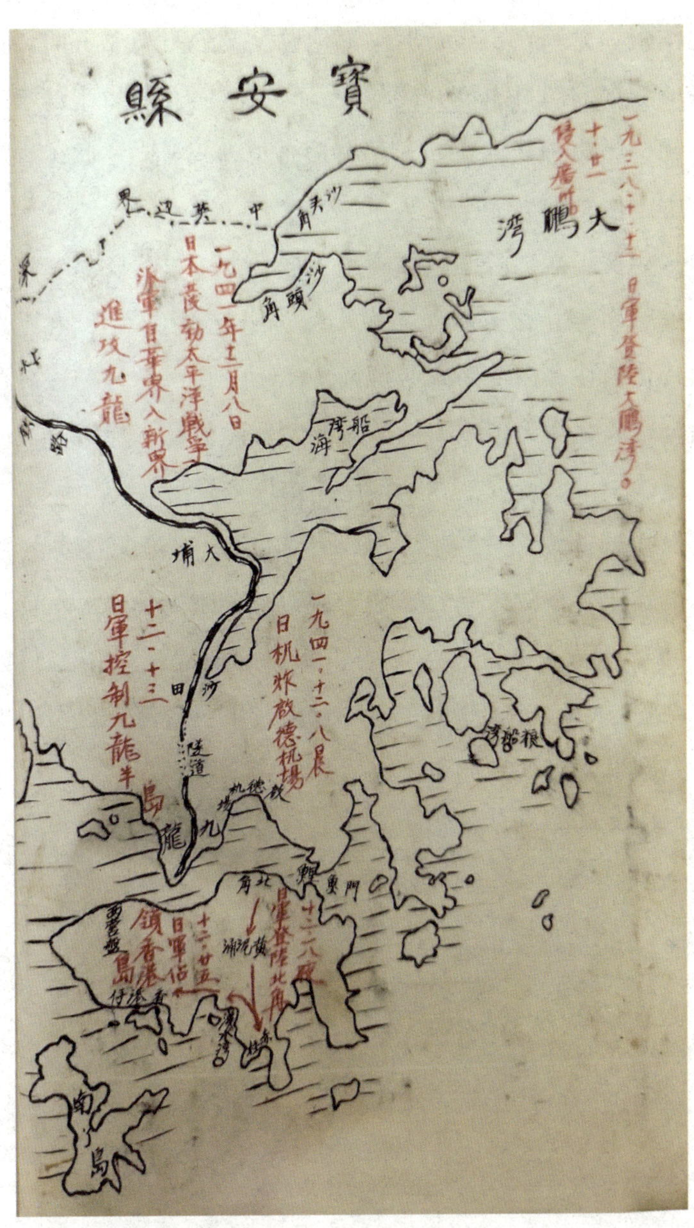

潘氏在此篇的自繪地圖中描述日軍侵港的重要日子。（摘自潘廣樑筆記）

逐地作戰，尤其在東南及西半部地區。至25日下午五時，港督楊慕琦[9] 宣佈向日軍酒井隆[10] 投降，旋在尖沙咀 半島酒店簽訂降約，戰事停止。翌日，酒井隆成立軍政府[11]，此後香港成為日本之佔領地矣。

當兵燹馬亂之際，余與妻子各居一方，失去聯絡，牽掛欲絕。迨戰事停止後五日，渡海小輪，未見復航，港 九兩地，依然禁止來往。余此時歸心似箭，急不及待，於是前往旺角避風塘合數人之力，以重資僱一小艇，冒險偷渡，歷近一小時之驚浪駭濤中，終於安然在西環尾魚市場登岸。

沿途蒼涼滿目，海傍倉庫，餘燼未息，燚氣撲鼻。西營盤非軍事地帶，故未受大破壞，婦與子雖飽受驚恐，幸皆告無恙，此番相恍，如隔世。嗟乎！婦以避難返港，以為得策安全，詎喘息甫定，又歷史重演，普天之下，幾無一處可以安身立命，戰爭帶來人類命運，亦云慘矣！

---

9 楊慕琦爵士（Sir Mark Aitchison Young, 1886 – 1974）為英國殖民地部的官員，曾於錫蘭、塞拉利昂及巴勒斯坦等地任職，並先後出任巴巴多斯總督（1933 – 1938）及坦噶尼喀地區總督（1938 – 1941）。1941 年 9 月獲任命為第 21 任香港總督，但僅三個月因香港淪陷成為戰俘，先後被囚於香港、台灣及東北。他在 1946 年 5 月復任港督，提出「楊慕琦計劃」欲推行政治改革，但因時局及其他因素，計劃未能實現。他於 1947 年 5 月任期屆滿退休。

10 酒井隆曾任日本駐中國多個軍事要職，包括駐濟南武官、駐天津日軍參謀長及第 23 軍司令官等，曾參與濟南慘案、《何梅協定》等中日摩擦事件。1941 年 11 月，他以中將軍階擔任廣東第 23 軍司令官，指揮所部於翌月入侵香港。他曾於香港短暫擔任軍政廳廳長。戰後，他因為日軍在香港等地犯下的戰爭罪行受審，於 1946 年 9 月 30 日在南京雨花台被槍決。

11 香港淪陷後，日本陸軍第 23 軍成立了「軍政廳」實行軍政，由該軍司令酒井隆統領。

（五）佔領地之生活

壬午 1942

日人佔領香港時，恰正香港開埠百年大慶，殊有「百載繁榮一夢消」之感！本年3月，日軍政結束，轉入民政，磯谷廉介[12] 取英人楊慕琦之港督職權而代之。首除舊政，厲行新法，舉凡商業、照牌、文件，除中文外不准附加英文，或可以日文代之，尤其政府文件。至於街道，亦多所易名，如德輔道中易名中昭和通，皇后大道西改西明治通，西營盤為水城區等等，撲朔迷離，不勝枚舉。

市面之通貨幣制，以軍用手票[13] 為本位，初期以一兑二比率，套取戰前之港幣，其後更變本加甚，為一兑四之比，但以一元軍票購物，僅值戰前港幣之一角，其貶值程度殊足驚人，從此居民所積存之港幣，被其掠取無遺。

至於食米來源，目前雖告斷絕，惟戰前米商與政府合作，早有預備，儲倉白米，估計可夠居民兩年食用。但大部份卻為日軍用作軍糧，餘小部份，以公價配給市民，每人每日為六兩

12 1942 年 2 月 20 日，日軍成立「香港佔領地總督部」，由磯谷廉介陸軍中將出任總督一職，至 1944 年 12 月離任。在磯谷廉介擔任總督期間，日軍從香港奪取各種物資、實行日化教育，並將香港的街道及地名改為日文名稱。日軍還推行「強制歸鄉」政策，迫使香港居民遷走。

13 軍用手票簡稱為軍票。香港淪陷後，日軍宣佈軍票為香港唯一合法的交易媒介，並規定港幣和軍票的兑換率為 1 兑 2。隨後在 1942 年 7 月，日軍將兑換率改為 1 兑 4。港幣和其他貨幣一概禁止流通，私藏港幣其後更被定性為違法行為，藉此強迫市民交出港幣和外幣。

四錢（約242克），居民大都以饘粥雜糧，來補充裹腹。

香港為一孤島，糧食生產，幾等於零，在海道未通前，薯、瓜、芋、菜之雜糧來源，端賴新界及深圳菜農供應，人口多，產品少，供不應求而漲價。回顧戰前，外來糧食，充斥市面，降價脱售，當時有「穀賤傷農」之語。世事輪迴轉，今日農民，成為天之驕子，既温且飽，雖大腹賈亦有不如，不禁慨夫言之。

由於交通工具缺乏，新界農作物，轉運困難，雖有火車局部通至上水，但每人限帶物品卅公斤，而農產品皆屬笨重之物，量少則無補於事，故當時大不乏人，利用四轆木頭車，為輸運農作物工具，用人力循大埔道前往大埔 上水，採購運銷港 九。

吾夫婦是時之生活，殆亦如是，經常晨早由上水合力推動滿載農物之小車，經過約八小時之長途跋涉，輾轉運來香港，賴以為活。由於大埔道是依山築成，上下斜坡，倍覺吃力，艱苦之情，莫可言喻！

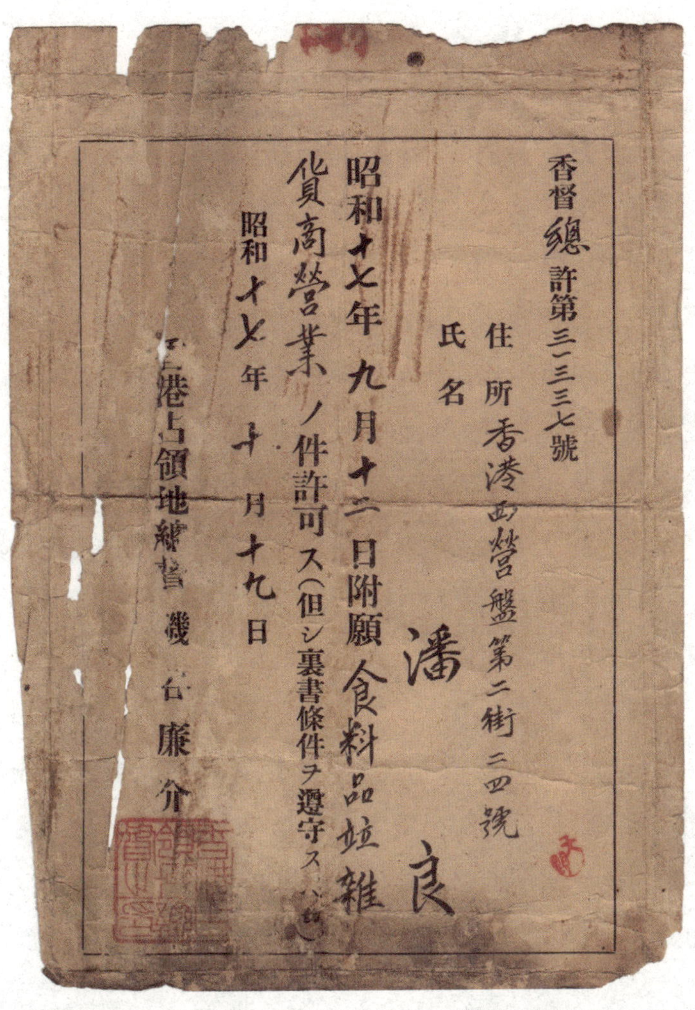

香督總許第三一三三七號

住所 香港西營盤第二街二四號

氏名 潘良

昭和十七年九月十二日附願食料品竝雜貨商營業ノ件許可ス（但シ裏書條件ヲ遵守スヘシ）

昭和十七年十月十九日

香港占領地總督 磯谷廉介

1942 年以香港總督磯谷廉介之名向潘氏發出的銷售營業許可證。（潘廣樑遺物）

（六）權作清道伕

癸未 1943　10月1日（九月初三日）

嗟乎！國難當前，家恨紛至，念臨年老母，獨留故里，晚景堪虞。痛五齡幼子，難逃劫運，罹病致夭。吾夫婦此時內心之痛苦，比之肉體之所受者而更甚。環觀目前香港之僑民，其肉體遭受折磨者，比比皆是，何獨吾二人為然，舉凡大陸淪陷區之人民，皆處身於深水熱火之中矣。

然而香港仍有不少紈絝子弟，對時局毫無動於中，依然醉生夢死於糜爛生活中。於是有勢力者，乘機發亂世財，承餉在港 九兩地，開設賭博、鴉片、娼妓等，有如雨後春筍，蓬勃一時，而日政府亦藉此為一大宗之稅收，反映其他行業，大都陷於癱瘓狀態中。

自野間賢之助就任香港憲兵隊長[14] 後，凡被認為無業流民者，則強行拘禁遞解出境，此時此地，有職業者，才可以保身。余所以不得不適應環境，用潘良之名，應徵為清淨伕，以圖苟安，清淨伕工作，純粹為民眾服務，清潔街道而已，並未有替日人作任何事務也。其月薪僅得軍票四十元[15]，及日給食米十二兩八錢（*約484克*），故當時有真工夫假食用之語。然

14　淪陷後，香港警務處被香港憲兵隊控制，華人與印人警察成為「憲查」。
15　圓。

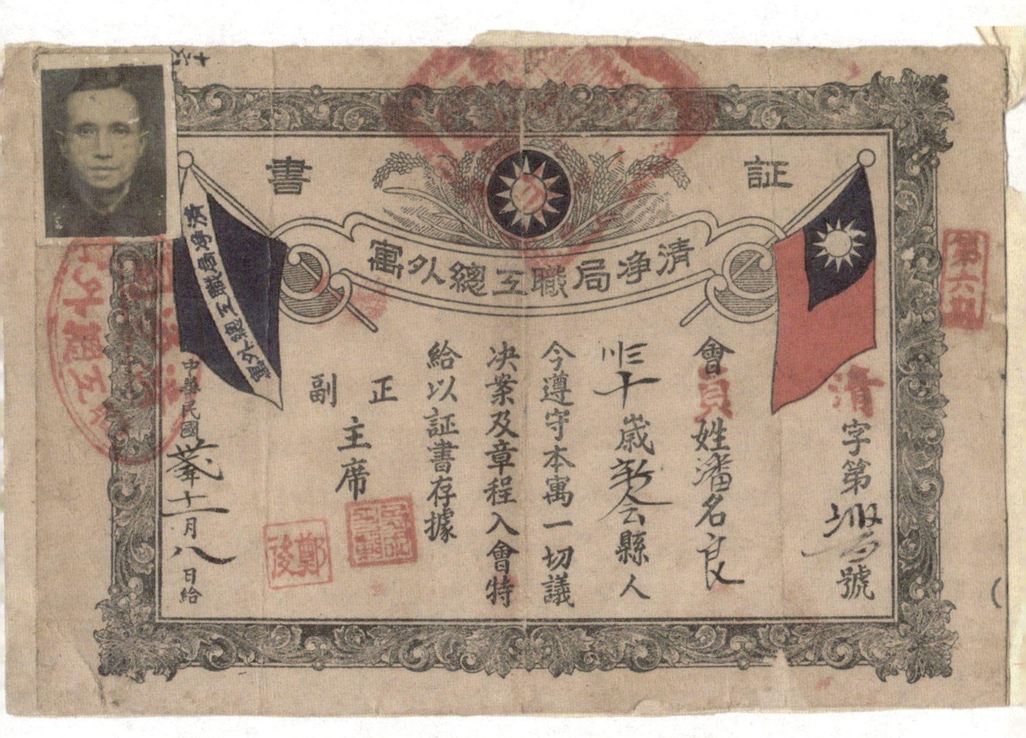
證書

清淨局職工總外寓

清字第　號

會員姓潘名　

年　歲新会縣人

今遵守本寓一切議決案及章程入會特給以證書存據

正主席

副

中華民國　年十二月八日給

清淨局職工總外寓（清道夫宿舍）於 1943 年發給潘氏的證書。（潘廣樑遺物）

而，普通市民，尚未有此享受也，蓋市民所獲之食米配給量，僅及此數之半。

余在日治期間，從不用我廣椝之原名，此次清淨局招僱清淨伕，所以用潘良之名應徵。其實，余嬰兒時，本取名錦良，此次不過取此單名而已。吾鄉潘炳杜老師，別號耀庭，後改鷂騰，其音相同而義有別，是殆有隱衷歟？若是，余何妨引此為例，從權更字，蓋亦未可虛拘。

余生逢亂世，以樗櫟之材，豈能與勝大任之楝椝同日語哉。然而，余雖不才，生活於混濁之地，尚能潔身自愛，不致同流合污，有辱家國，亦不失為一介良民，此吾名之所以更椝為良者，豈徒然哉。

潘氏在筆記中表示，為展示自己不與媚日者同流合污和作為一介良民，在二戰時改以潘良為名。圖為他遺下的「潘良」圖章。（潘廣椝遺物）

（七）戰時非人生活

甲申1944

自太平洋戰爭爆發，英 美與中國聯盟，並肩作戰。去年9月，歐戰意大利投降。今年3月，美 英聯軍，在比斯麥海戰[16]大勝。7月，美 澳軍反攻太平洋群島，中 英聯軍，進擊南洋各地。而香港方面之日軍基地，常被盟機轟炸，波及民房，無辜犧牲者，時有所聞，夜間隨時執行燈火管制，頓成黑暗世界。

潘氏在此篇加插書刊中敘述日軍暴行的內容。（摘自潘廣樑筆記）

16 Battle of Bismarck Sea，香港一般譯俾斯麥海戰。戰役發生於1943年3月，美國陸軍第5航空隊（Fifth Air Force）和澳洲皇家空軍（Royal Australian Air Force）聯手消滅日軍前往新幾內亞的增援船隊，至少約2,800名日軍陣亡。

而日政府更濫發百元大額軍票，年前發出之十元軍票，衹作輔幣用，小額軍票，便形同廢紙，通貨惡性膨脹，物價飛漲，人不聊生矣！而「香港之虎」憲兵隊長野間，容縱部屬，草菅人命，作摔角、灌水等刑，尤為駭人聽聞。

兩年前，余曾往上水採購雜糧，寄宿天發客棧，夜闌人靜，常聞悲慘呼聲，發自右隣邊區憲查部。日間輒見日本憲查，審訊所謂奸細，或爆竊倉物者，嚴刑迫供。首先施以摔角，或灌水酷刑，怵目驚心。日人孔武有力，緊握所謂犯人之雙手，反身負於背後，將其摔之於地，凡數次，被此一摔，壯者暈厥，弱者重傷致死，日軍則視作摔角以取樂，據説，此是日本國技，謂之柔術。

另一種灌水刑，與摔角刑之殘酷，不相伯仲，其刑法是先將所謂犯人，躺身地上，用注水之膠喉，灌入其人口腔內，使其腹部膨漲，然後用床板壓其腹上，合數人之力立板上，使灌入之水，復由口鼻噴出，受刑者奄奄[17] 一息，雖被釋出，亦不久人世。

上述兩種酷刑，乃余親自目擊，而日人亦任人觀刑，以為殺一儆百。凡被認為對彼不利者，寧枉毋縱，以「莫須有」之罪，犠牲於鐵蹄下者，不知凡幾。更有涼血漢奸，財迷心竅，甘作敵人鷹犬，殘害同胞，尤為痛心疾首。

年前，南洋各地，為日軍所控制，有一段時期，由安南[18]

17 作者寫「懨懨」。

18 越南古名。

第二街 24 號旁的元福里，原本是一條直通上第三街的小巷，隨後被新建住宅大廈截斷。圖為接近第二街的一小段。（編者攝於 2025 年）

運米來港，稍資挹注。轉入今年，戰事日亟，臨近決定戰局階段，海空權為聯軍所控制。至是外來食糧，再告斷絕，香港糧食，日形見絀，除公務員外，其他平民食米，則停止配給。

其時居民無力購米者，大都以木薯粉與西提粉充飢，甚有飲鴆止渴，而吃豬糠或蔴麵者，於是餓殍載道，目不忍睹。吾居右側元福里[19] 口，死亡者日凡數起，成為公眾殮房，西營盤醫院對上之花園仔運動場[20]，變成亂葬崗，此恐怖局面，為香港歷史上所未有。

抑尤有慘絕人寰，令人髮指者，憲查隊日常巡視各街道，

19 元福里原本直通第二街和第三街，後來被東南大廈截斷。文中此段是指連接第二街的一小段。

20 即現香港佐治五世紀念公園。

1945 年第二街所在的西營盤航空照片。

被其認為無業流民者，立即拘捕，謂之拉難民，集合成羣，用船送往港外荒島，任此羣難民，自生自滅，凡遭遞解出境者，百無一生。於是無力謀生者，紛紛自動疏散，間關返回內地，求取一線生機。

幸而余當時仍作清道伕，雖微不足道，亦算有業傍身，得以度過此難關。夜間復作人力車伕，替人作代步工具。吾婦亦與同居晚嫂販故衣往東莞 石龍售賣，所得工資，除匯歸鄉間

二戰時期花園仔航空照，紅圈為亂葬崗位置。（日據香港空間史研究計劃提供）

筆記中提到的亂葬崗位於現時香港佐治五世紀念公園內。（編者攝於 2025 年）

母親外，吾夫婦藜羹粗食，賴延殘喘。然以此視無力求生者，已算幸運，且余體魄本羸弱，戰前屢患腳氣症，動輒經年累月，不能行動，但在動亂期間，如有神助，其病若失，否則不堪設想矣。

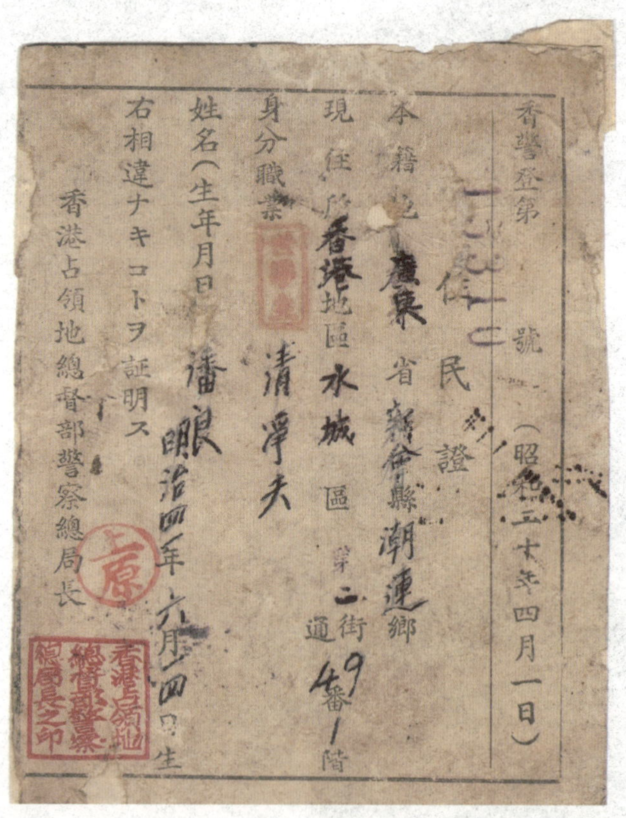

香警登第　號（昭和二十年四月一日）

住民證

本籍地　廣東省新會縣潮連鄉

現住所　香港地區水城區第二街通49番1階

身分職業　清淨夫

姓名（生年月日）　潘眼　明治四年六月四日生

右相違ナキコトヲ証明ス

香港占領地總督部警察總局長

總督部警察總局在 1945 年 4 月 1 日向潘廣椺發出的「住民證」，上面列明姓名、祖籍、被改日本名稱後的住址和職業等。此文件相信是潘氏用作傍身、避免遭日軍逮捕押解出境的重要證件。（潘廣椺遺物）

（八）母親在鄉逝世

乙酉 1945　6月27日（五月十八日）

當歐戰停止，盟軍反攻太平洋 南洋各地，戰爭面臨結束之際，而鄉間突以噩耗傳來，云母親在家不幸以病去世，身後事早由親人代為辦理矣。聞訊之下，有若晴天霹靂，震塌心靈！

嗚呼！兵連禍結，母離子散，生不能承歡膝下，歿不能親視含殮，余罪上通於天，百身莫贖者！惟有節哀順變，在港成服，妥安先靈，俟戰事結束，然後還鄉重修墓地，如此而已，夫復何言！

回憶民國廿七年（*1938*）夏，在鄉與母別後，以為雖暫相別，終當久於相處，孰料戰禍連結，道途修阻，一別竟成

潘氏母親劉氏。（摘自潘廣樑筆記）

永別，悲夫！嗚呼！生命不辰，吾祖及父兄，皆不幸早世（逝），既無叔伯，終鮮姊姑，門庭冷落，形影相弔，母氏守節，甘貧自力於衣食，上事家姑，下撫孤兒，含辛茹苦，以長以教，至於成人，而終未能與兒媳長敍久安，致抱無涯之慼，成終身之恨也。

余幼而失怙，今又失恃，母之口澤尚存，而父之手澤未泯，前塵往事，宛如在目，思之愴然！吾父一生忠厚，族眾推舉管理永思、西齋、敬菴三祖嘗，不幸未竟而歿，吾母忍痛用余名字，繼父管理，逾年期滿，始清楚交代下任，族眾咸無間言者。吾母粗知文字，蓋吾祖母乃順德孝廉李文甫翁女，深通經史，母深受祖母陶薰，故在管理祖嘗期間，於辦理租收、祭祀事宜，能順理成章，未始無因也。

吾兄弟幼時，劣性好玩，間被母斥責，但從未聞有不吉利語氣，如「衰」或「死」之字眼，出諸母口。不但對兒如此，族人或以盛氣相向者，亦未嘗見母以惡語相報，是故一生與人無忤。嘗訓吾兄弟曰：「吾無以教汝，惟吃虧二字，一生受用不盡。」余謹識之。吾祖母秉性慈祥，母氏性善，既根於天性，殆亦耳聞目染歟。

余年十五，離鄉出外覓食，工微薪薄，未盡奉養，迨來港後，始有工資而養。曾一度以足疾株守家園，雖獲痊癒，而囊橐無餘，吾母談笑自若，處之泰然。母雖生長於舊禮教家庭，但對兒媳並不墨守成法，隨時代而轉移，是故姑媳之間，諧和共處，未始非偉大母愛，有以致之。

七年前，余隨母病還鄉，母在病榻執余手而言曰：「若吾死後，汝能力所及，當奉移汝祖父母，及父與大母四先人骨殖，與吾合葬一穴，俾汝兄弟掃墓時，不致東尋西覓也。且汝兄弟，長年在外，居鄉日少，各先人墓地，每被山泥所掩蓋，若不及時改葬，深恐日久失修，可能迷失方向，難於尋覓也。」余泣而志之，不敢忘。

當日軍之陷江門也，吾母顧慮周詳，立命媳婦離鄉赴港，以策安全，寧獨守家園，顧存家具，俾兒媳異日還鄉，有得應用。母用心良苦，從此過其孤寂生活，連綿六載，以此而終，嗚呼痛哉！

先妣氏劉，閫號巧歡，世為荷塘鄉蟠埗望族，迺榮勝翁之十女也。初、先考安紹府君娶荷塘 恒美 李仲三翁長女，無嗣，續娶先妣，生三子：長錦和追字嘉煦；次錦良，更名廣樑，字嘉熾；季錦智，更名廣明，字嘉煒。妣生於前清 光緒九年，癸未正月十二日亥時；終於民國卅四年，乙酉五月十八日巳時。享壽六十有三歲（1883－1945）。

（九）中國抗戰勝利

乙酉 1945 8月15日（七月初八日）

日本自侵華以來，泥足深陷，中國戰場，牽制日本全部陸軍，美 英聯軍，又復掃蕩太平洋及南海之日本海軍。本年5月，德國投降，歐戰結束，盟軍更獲得制空權。7月，中 美英聯合國發表波次坦宣言，致最後通諜，勸日本投降，不從。8月上旬，原子彈炸廣島及長崎，日本無法抵抗，終於15日，日皇裕仁宣佈無條件向聯合國投降。中國八年抗戰，至是完全勝利，國土重光。

9月2日，日外相重光葵，代表日皇，在東京灣 美主力艦米蘇里號[21]，向聯合國簽署降書，由聯軍最高統帥麥克阿瑟主持，中國軍令部長徐永昌代表中國受降。9日，日駐華最高指揮官岡川寧次代表日政政府向國民政府簽署降書，在南京中央軍校禮堂舉行，由中國 陸軍總司令 何應欽主持受降典禮[22]。

當大戰結束日，距吾母逝世時，未及兩月。嗚呼吾母！飽經戰患，兒離媳散，終於未及目睹和平，合家團聚，以娛晚

21 美國海軍戰艦密蘇里號（USS Missouri BB-63），1941 年開始建造，1944 年下水服役，曾參與硫磺島及沖繩等戰役。日本投降後，雙方在密蘇里號上舉行簽字儀式。

22 二戰中國戰區受降儀式 9 月 9 日 9 時在中華民國南京市中央陸軍軍官學校大禮堂（現為中國人民解放軍東部戰區軍史館）舉行，大日本帝國陸軍中國派遣軍總司令岡村寧次大將簽署降書，向同盟國代表、中國戰區中國陸軍總司令何應欽無條件投降。投降書中日文各一份，儀式歷時 15 分鐘。

景，今觸景傷情，痛定思痛，使人不能忘懷之沉痛回憶。

此次戰爭，起源於民國廿年（*1931*）9月18日，日本發動瀋陽事變，侵佔東北，製造「滿洲國」。廿六年（*1937*）7月7日，再發動盧溝橋事變，全面戰爭，由是爆發。至卅四年（*1945*）8月15日，日本投降。計日本侵華歷十四年，中國抗戰凡八年零卅八日。中國終於光復台灣與澎湖列島，達到領土完整，廢除治外法權，取消不平等條約，實現中山先生遺囑。今後蘄求永久和平幸福，使世世代代，無復再逢慘酷之戰爭也。

（十）香港和平記略

乙酉 1945　9月16日（八月十一日）

自歐戰意大利　德國先後投降，三軸國只賸下日本作最後之掙扎，香港在此期間，物質缺乏，已達極點，市民生活，與市面秩序，陷於極端混亂之狀態中。

當時每個市民心情，祇在期待戰事早日結束，因此有人每天秘密收聽重慶電台[23]，廣播戰事真實情形。至8月14日，已從重慶廣播上，聽到日本投降消息，但日皇投降詔書，是在15*（日）*頒發。本港華僑報，至16日刊載此項令人振奮之消息，同時香港廣播電台，發出此項廣播，市民歡欣若狂，更有燃放爆竹者，是時市面物價反常，各類糧食，不斷下跌至三分二，香煙與燒酒，反而漲價三分之一。

8月18至20日，日本總督[24]　田中久一[25]　發表佈告，宣佈盡力維持治安，以待聯軍接管，同時宣佈停止執行強制歸鄉辦法，縮短宵禁時間，以及正金　台灣兩銀行，不限制提款等措施。

23　日本佔領香港期間，市民被禁止擁有能接收盟軍廣播的收音機。在戰俘營和拘留營中，曾有人因為收藏收音機而被日軍審判處死。可是，仍有市民、戰俘，以及被拘留者收藏收音機，並把最新戰況廣傳，因此不少市民已知道日本行將戰敗。

24　即香港佔領地總督。

25　田中久一（1889 － 1947），日本陸軍將領，第 23 軍軍長，1945 年初兼任香港總督，戰後因戰爭罪行被處決。

一九四五年日本軍人在香港投降，夏慤海軍少將向日本代表宣

九月十六投降儀式在香港

一九四五年九月十六日下午四時，日本投降儀式在督憲府舉行，日本係向英、中、美、加四國投降，當日出席受降者有四國已代表在，夏慤少將以英國代表及香港軍政府總督身份作為受降之主席，此外，我國代表為潘國華將軍，美國代表為康遜上校，加拿大代表凱氏上校。代表日本投降者二人，一為日本南支派遣軍參謀長，兼香港日本陸軍司令岡田梅吉少將，一為日本華南艦隊指揮官藤田類太郎中將。日本兩代表分別在英、中、美、加四代表前，以毛筆簽署降書之上，隨後即將佩劍解下，繳獻與夏慤少將，日本兩代表黯然退下，儀式僅歷時十五分鐘，夏慤少將即發表宣言，從事香港之復興繁榮工作，隨後升旗典禮即告完成。

歷史性的日本降書

此一具有歷史性之日本降書，內容如下：一　簽立降書人岡田陸軍少將及藤田海軍中將，茲根據一九四五年九月二日在東京簽立投降文書第二條所載，任何地域所有日本武裝部隊及日本轄下部隊，均須向聯合國列強無條件投降，因此，余等代表日本天皇及日本帝國大本營，以吾人及轄下所有部隊，請向夏慤海軍少將作無條件投降，並負責履行少將或其授權之人所頒發一切訓示，及發出一切必要之命令，俾能實施少將之訓示。一九四五年九月十六日，在香港總督府簽立，簽降書人岡田梅吉，香港日本陸軍司令。藤田類太郎日本華南艦隊指揮官」。（経）

潘氏在筆記中摘錄書刊有關日軍投降過程的內容。（摘自潘廣樑筆記）

直到8月31日，負責接收本港之夏慤[26]海軍少將，率艦抵港，指令日軍派代表，赴港外担竿島三里處之指定地點洽商，

26　Cecil Harcourt（1892－1959），英國皇家海軍將領，於1945年8月率領艦隊到港。今日金鐘夏慤道以他命名。

接收本港事宜。港府當任總督楊慕琦，及輔政司詹遜[27]，自集中營釋出，楊氏返英休養，詹氏設立港府臨時辦事處，夏慤成立軍政府。

根據當時港府點查户籍，發給米証，統計港島方面人口，總數計為廿一萬九千五百一十三人。但關於九龍及新界人口數字，未見報告，若以港島人口作推測，估計全港人口，約五十八萬左右？

本港之光復紀念日，雖擬定為今後每年8月30日，但本港日軍實際正式投降儀式，係在9月16日。是日下午四時，在督憲府舉行，出席受降者，有英 中 美 加四國代表，夏慤少將以香港軍政府總督為受降主席，中國受降代表為潘華國中將，代表日本簽降書者，為「香港日本陸軍司令」岡田梅吉，及「日本華南艦隊指揮官」藤田類太郎[28]。

此次日本聯合德 意軸心國，企圖用武力分別征服歐 亞兩洲，演變至第二次世界大戰，及發展至現階段之今日，豈特本港市民，飽嘗三年零八月之痛苦，凡在戰區之人民，皆受蹂躪，人類之慘遇，實史無前例，吾人在痛定思痛之餘，而應有所認識者也。

---

27 Franklin Gimson（1890 – 1975），英國殖民地部官員，於 1941 年 12 月初到港上任，但不久香港即淪陷。他在赤柱拘留營中嘗試維持殖民管治政府形式上的存在，直至 1945 年 8 月 28 日他離開戰俘營建立臨時政府。

28 作者誤植為「籐」。

（十一）小兒應時出生

乙酉 1945　12月24日（十一月廿日）

香港和平稍後，市場買賣，繼港府拒收日人所發之軍用手票，恢復用戰前之港幣為法定貨幣。港府此項措施，以為安定本港金融，而市民則苦矣，因為市民所存者，大都是以血汗換來之軍票，至是如獲石田，等如廢物，然則今日市民之生活，殆與淪陷初期之生活，無大差別，此乃和平在香港之一大刺諷！[29]

余當時所存，亦僅有軍票，絕無港幣，而婦已身懷六甲，需財料理，生活頗感惶惑。幸而有一輛生財工具之手車，亦可說是余唯一之資產也。蓋余在日治後期，曾作清道伕，同時購入一架手車，以為副業，車牌號「三九七」，當時車牌，編至一千二百號，迨和平後，港府規定全港島手車，照戰前發牌，以五百〇三號為額，在此限額以外，一律取消，不准在市面執業，故當時小市民有一二輛有牌手車，等於有一部資產也。戰前之手車伕，大都是潮州及惠州人為之，今則廣府人亦有之，余便是其中之一，殆為時勢使然也。

由於本港戰前遺下之汽車，大都不是被毀於戰火，亦因汽油奇缺，而不能駕駛。於是用人力推動之單車、三輪車、手車等之古老交通工具，極一時之盛，大有時光倒流之感，尤以手

29　英軍重佔香港初期，軍政府廢除軍票，重新使用港幣，市民所持軍票頓成廢紙。

車，最為市民樂意僱為代步，以其便利而舒適也。是故操手車工作，雖然吃力，東奔西跑，而所獲代價，並不淺鮮，殊非其他任何勞動工作，所能比擬，「下等工夫上等錢」，是指當時之手車伕而言，此亦戰後初期，都市之畸形景象也。[30]

余自操手車業後，家庭生活，漸趨好轉，時婦懷孕已屬足月，是日午前，由同居好婆，陪婦前往修打蘭街2號林惠如七姑接生處留產，午後三時，舉一男，母子均安。時為乙酉年，十一月廿日，距離戰後，不過四個多月。

余結婚十年，膝下猶虛，今始得此子，雖不致有老蚌生珠之謂，亦未免有老牛舐犢之感，遂隨意喚之曰「牛仔」。此小生命成胎於動亂之間，出生於和平之後，未受戰火驚恐，未始非幸運之兒也。

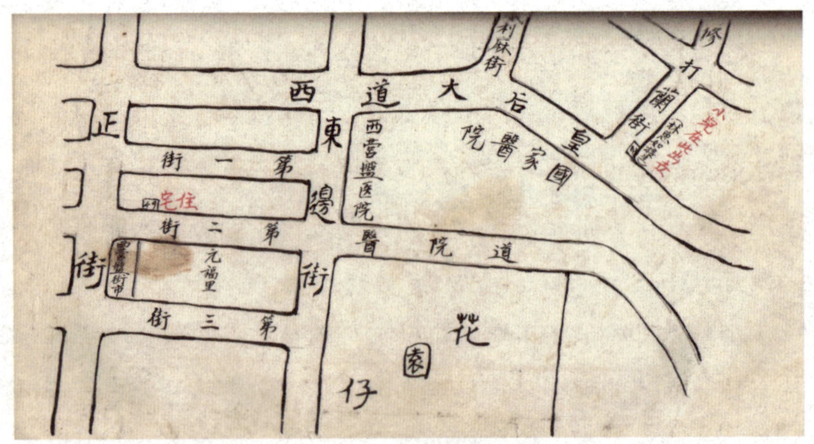

潘氏繪製地圖顯示住所、次子出生地點和附近設施。（摘自潘廣樑筆記）

30　根據潘氏子女憶述，潘氏當年經常在上環水坑口一帶等待客人。

（十二）和平週年觀感

丙戌 1946　8月15日（七月十九日）

今天是第二次世界大戰結束一週年，爰將戰後見聞所及，特別是與中國人具有關係者，略述一二，以紀念此饒有歷史性之和平日，今之視昔戰爭之殘酷，亦猶後之視今和平之可貴也。

大戰後，美國將其賸餘之軍用罐頭食品[31]，運來香港，配給市民，留下罐殼如山積，殼為銻質，有以人工將其邊緣修平，便為一現成之盛餸器具，誠廢物利用也。余與張永生內弟合作，收購此類空罐，加以修飾，從火車運往廣州推銷，可能物以罕為貴，甚為當地人所樂用，瞬即售罄，由此可稔戰後一年，物質依然缺乏之如何程度也。

余售貨既畢，偷閒在久別重逢之省會，作兩日之環市遊，亦可說是乘時視察戰後之遺迹，七十二烈士墓，中山紀念堂，五層樓，第一公園，及海珠橋等之歷史性大建築物，其間雖有毀壞，但並不嚴重。城西之沙面地區，則完全改觀，沙面是於1847年[32]被英 法人佔據後，近百年來，華人不得自由出入，戰後物歸原主，東西兩橋暢行無阻，殊令人有今昔之感！

至於長隄一帶，四鄉渡船，已完全恢復航行，尤以省 港

31　可能為聯合國善後救濟總署（United Nations Relief and Rehabilitation Administration, UNRRA）之援助。

32　此處敘述有誤：沙面於第二次鴉片戰爭後造地而成，在1859年才成為英法租界。

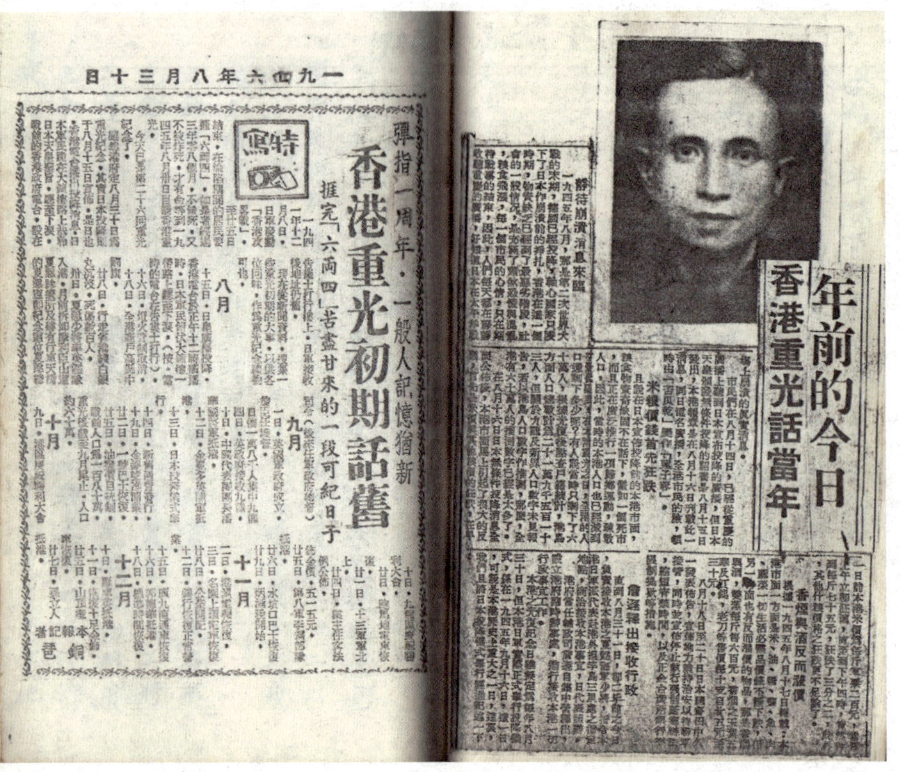

一九四六年八月三十日

特寫

彈指一周年，一般人記憶猶新

香港重光初期話舊

捱完「六兩四」苦盡甘來的一段可紀日子

八月

九月

十月

十一月

十二月

本報記者 銅琶

靜待崩潰消息來臨

米糧價錢首先狂跌

香煙與酒反而漲價

年前的今日 香港重光話當年

潘氏在筆記中摘取報刊有關重光一週年的內容，並附有自己照片。（摘自潘廣樑筆記）

兩地之交通，更為暢達。西隄 省 港輪碼頭、與大沙頭火車總站，貨運頻繁，更見有日本軍人在該兩地，為旅客作挑伕。長隄一帶亦有許多身穿殘舊軍服之日人，服役為清道伕。通衢大道，輒見頑童拊掌高喊：「中國勝利，日本掃地」，一唱百和，頑童可謂謔而虐，而日人聽若不聞，報以苦笑，或點首、或招手，反向頑童表示善意，猶令人感慨萬分！

據當地人士透露：「戰後華南及南洋群島之殘餘日軍，現仍陸續分批遣返日本。廣州方面，仍有近萬日軍，候船返國，在未返國前，我國當局，給予食住，並曉諭人民，切勿對其仇視，保持泱泱大國之風度。」

反觀戰時，日人之統治香港也，其一切措施，懸如天壤。日人自視崇高，唯我獨尊，凡途經日軍站崗前，需要立正鞠躬，以示尊敬，否則認為藐視皇軍，餉以巨靈之掌，甚或拳足交加。此類事件，在香港而論，本微不足道，今見日人前倨後恭，我國能以德報怨，故慨夫言之。易曰：「謙受益，滿招損。」旨哉斯言！

好戰者服上刑，遠東國際法庭[33]，已開始審訊日本戰犯廿五人，包括日首相東條、關東軍、土肥原、坂垣等。有關香港方面，則總督磯谷及田中，在中國受審，憲兵隊長野間及金澤，由日解港受審；磯谷在南京判入獄；田中在廣州判處決；

33 遠東國際軍事法庭是在第二次世界大戰結束後，由同盟國設立的國際軍事法庭，負責審判日本戰犯，旨在追究日本在戰爭中所犯的罪行。除東京外，香港等地亦設有分庭處理各級戰犯。

野間與金澤在港皆判死刑。至於發動大戰之意首相墨索里尼，被國人處決；德總統[34] 希特勒，在聯軍入柏林前自殺；日首相東條在受審前服毒。三軸心國主腦人物，無一善終。

大戰結束，各國力量，重新調整，歐洲國家，無復戰前強盛，反視亞洲民族，卻開始擺脱殖民地束縛，如火如荼，踏上獨立更生之途。中國亦從外人手中，收回各省之租借地，厥後「租界」名詞，已成陳迹，台灣、澎湖列島，復歸我國版圖，該島在五十年前，割於日本者。

據1946年，美國政府一項報告：「美軍在戰時，損失四十多萬，平民死亡一千二百萬人以上。」[35] 戰勝國家之代價如此龐大，而戰敗國家之損失，當然不止此數，至於其他參戰國家之人財損失，有若恒河沙數，無法計算。

中 美 英 蘇四國，為謀戰後世界永久和平，擬定一個新國際組織，命名「聯合國」，已在紐約 成功湖畔[36] 成立。但願此世界性之新機構，永久建全，引致人類永久幸福，而我們居住在太平山下之人民，過着太平之新生活也。

---

34 應為總理。

35 美國沒有確實平民死亡數字，有估計是約 6,000 人，大多為商船隊人員。此 12,000,000 平民死亡可能為筆誤。 詳見 “Costs of the war,” Britannica, link: https://www.britannica.com/event/World-War-II/Human-and-material-cost。

36 Lake Success，聯合國臨時總部所在地，直至 1951 年。

（十三）回鄉合葬先人

丁亥 1947　3月17日（二月廿五日）

香港自軍政轉民政，楊慕琦復任港督後，市面事物，大致回復正常。念吾母於戰爭末期，不幸病逝故鄉，當時由親人草草代為殮葬，窀穸未安。本年清明，原擬還鄉修理母墓，嗣以小兒適患天化症，致未能成行。乃至半年後之今日，適逢節屆重陽，遂決意偕家小還鄉省墓。時港 江輪船航期，與戰前無異，夜發而晨至。

戰前，吾鄉潮連，市井閭閻不絕，望衡對宇，乃至戰時，不少為了求取生存，寧將其所住之祖屋拆卸，將甎瓦木料售出，換取糧食，以延殘命，尤以羅巷 苹岡 畹蘭里 甘邊等隣近村落，幾無一屋建全，連饒有歷史追遠性之世鄉賢馬氏大夫祠，亦蕩然無存，此一連三進之大建築物，徒供後人憑弔遺址，發思古之幽情已耳！

吾村坦邊，以龍蟠里較有破壞，其他四坊，尚無大變動。吾家門庭依舊，但人事已全非，此次歸來，慈容已杳，親人寥落，文紹伯（卓臣）、瑛紹叔、錦堂、錦龍二兄，皆不幸歿於戰爭期間，錦成兄夫婦，早已遠赴上海謀生，是故此間祖屋，衹由耀成一家大小居住。回憶余在港婚後，回家設宴時，親人齊集，充滿熱鬧氣氛，今則滿屋蕭條，撫今追昔，情何以堪。

余之睡房及小館，所有傢俬什物，存者皆屬破敗，但亦寥寥無幾，連廳間之先人遺像，余之結婚相，親友贈送之鏡屏，

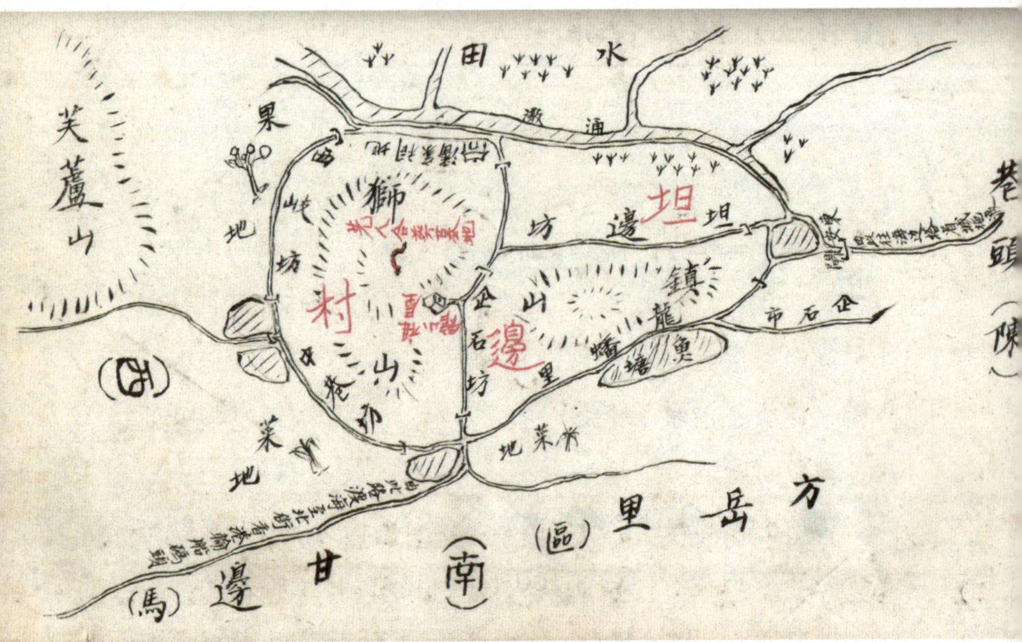

潘氏自繪地圖詳細顯示 1947 年時潮連地域用途分佈和先人墓地位置。（摘自潘廣樑筆記）

及多年來所藏之古典書籍等，亦皆無一存在！凡此珍貴紀念物品，自母親棄養後，無人能推己及人，代為保存，奈何成之盡心血，棄之如泥沙，吾母死而有知，當亦為之疾首於九泉之下！

余行裝甫卸，即登獅山省視母墓，墓地在屋背大榕樹對上山巔，山面平坦而開朗，坐西向東。此墓地原為母親生前所號定，預為身後安息之所，並囑咐日後與祖考、妣等四先人合葬於此，俾後人便於拜掃也。此言猶在耳，事豈忘心。

余即往見燦叔，告以擬將先人改葬事，據燦叔說：吾母之葬事，由彼與耀成合辦，當時用薄板釘棺入殮，入土不深，根據常理推測，至目前可能將骨殖起出改葬也。

於是吾等一行三人，渡海往江門，購備金塔五個，由彼二人動工，將我祖父母、暨父親與兩母五先人之靈骨，次第起出，奉移合葬於吾母原葬之地。當日因限於環境，未能及時另製新墓碑，乃將祖父墓地原有之拜桌一具，移置合葬墳墓正中，暫作標識，拜桌號曰「達微 潘公之墓」，傍刻有「積餘堂立石」五字，積餘堂乃曾祖啟茂公之堂名也。同時並將祖母李氏，父親安紹公，及兩母李 劉二氏之墓桌，分別置於合葬墓地之四角，俾易認識。除安紹公墓桌，旁刻上余之乳名「孝男錦良立石」外，其他三墓桌，則皆刻上「積餘堂立石」。余今所以特別在此詳細列明者，俾為日後重修墓地時之備忘錄，有所根據也。

（十四）小兒險被拐去

戊子 1948　2月29日（正月二十日）

光陰如流，轉入今年，小兒牛仔，已滿兩歲零兩個月，活潑好動，經常由婦之細妹看管，向安無異。是日下午三時半，隨其母往本街口購買生果之際，一轉瞬便不見其踪，當時尚以為獨自返家，但遍尋不獲，至是懷疑其被歹徒拐去，或遭受任何意外之事。

自和平後之兩年間，旅美 四邑 華僑，紛紛抵港，轉輪返鄉，與家人團敍。蓋其眷屬多數鄉居，大都有財而欠丁，風聞彼輩留港期間，有暗出重金，向貧家求取兩三歲之男孩，攜歸家鄉，作為螟蛉子，以彌憾事。而歹徒利其多金，遂不擇手段，四出誘拐此類小孩，圖取此不義之財。若是，則牛仔之失踪，可能與此事大有關連。根據近年來，本港報章，頻載嬰兒失踪事件，然則空穴來風，未必無因也。

當時驚惶萬狀，除往警署報案外，同時籲求稔熟人等，分途追尋，婦以刺激過度，曾一度暈眩，醞釀達兩小時，依然如石沉大海，毫無絲迹。

當悲痛失望之餘，突見隣人琼姑，手抱牛仔平安返家，吾夫婦驚喜若狂，至是牛仔失蹤之迷，纔告真相大白。蓋琼姑向在石塘咀貨倉，以揀選舊報紙工作為活，是日下午五時，放工返家，途經第二街尾，橫過薄扶林道，突見牛仔一人，徘徊於郵政局（俗稱馬房）對面之巴士車站，並未見有親熟人携帶，

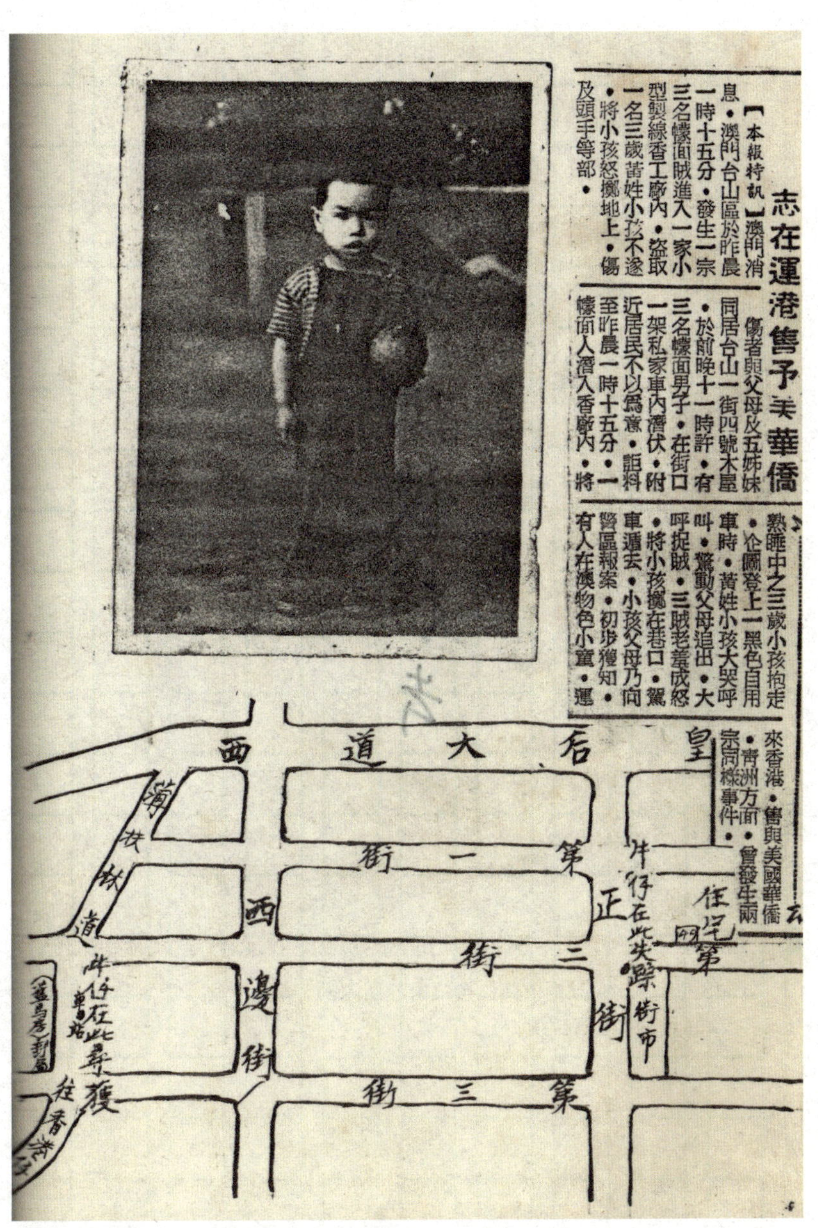

志在運港售予美華僑

【本報特訊】澳門消息，澳門台山區於昨晨一時十五分，發生一宗三名幪面賊進入一家小型製線香工廠內，盜取一名三歲黃姓小孩不遂，將小孩怒擲地上，傷及頭手等部，傷者與父母及五姊妹同居台山一街四號木屋，於前晚十一時許，有三名幪面男子，在街口一架私家車內潛伏，附近居民不以為意，詎料至昨晨一時十五分，一幪面人潛入香廠內，將熟睡中之三歲小孩抱走，企圖登上一黑色自用車時，黃姓小孩大哭呼叫，驚動父母追出，大呼捉賊，三賊老羞成怒，將小孩擲在巷口，駕車遁去，小孩父母乃向警區報案，初步獲知，有人在澳物色小童，運來香港，售與美國華僑，青洲方面，曾發生兩宗同樣事件，

兒子險被擄走，潘氏在筆記中繪劃地圖講解涉事位置，並配以「拐子佬」新聞報道和兒子照片。（摘自潘廣樑筆記）

1948 年 6 月 14 日相信在影樓拍攝的全家福，當時是兒子差點被拐走後幾個月。（潘廣檪遺物）

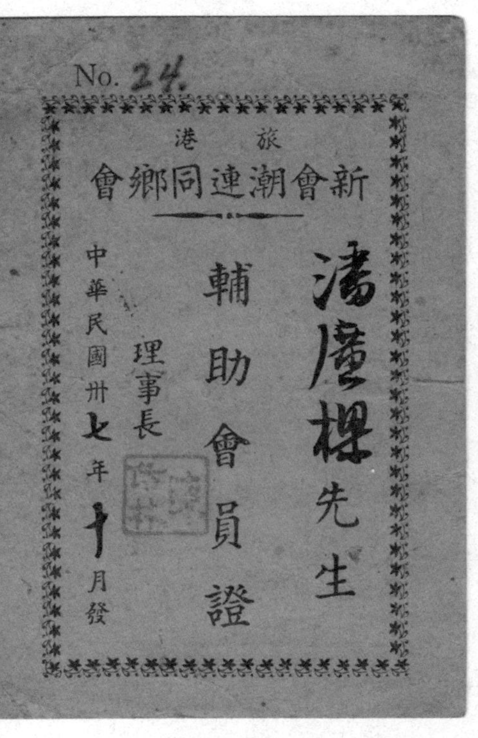
No. 24.

旅港

新會潮連同鄉會

潘廣樑先生

輔助會員證

理事長

中華民國卅七年十月發

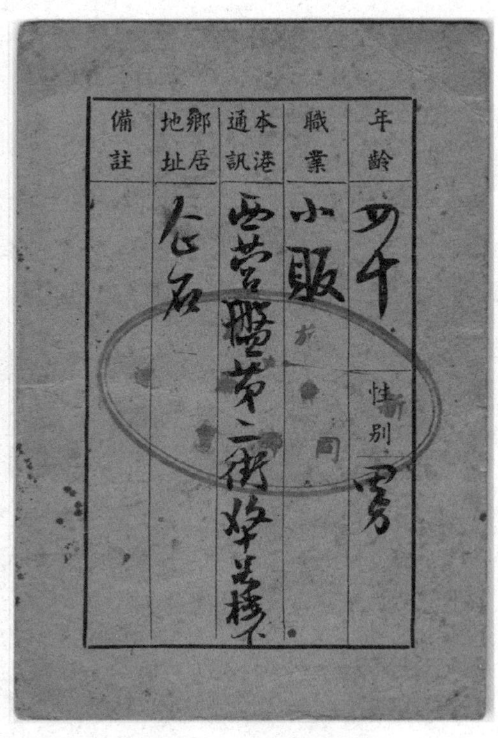

年齡	職業	本港通訊	鄉居地址	備註
四十	小販	西營盤第二街[illegible]樓下	[illegible]	

性別：男

潘氏生前曾參加宗親會和商會，包括旅港新會潮連同鄉會。圖為同鄉會在 1948 年 10 月所發的會員證。（潘廣樑遺物）

因而好奇上前問之，當時牛仔身傍有一大漢，行動詭秘，一見琼姑，即發足遁去。據在此候車之人說：此小孩實由遁去之人，帶至此車站，可能意欲候車往香港仔[37]。以上乃琼姑所說之經過情形也。

綜是以觀，則此大漢，居心拐帶，昭然若揭，而毫無疑問者也。此次變起率然，稍縱即逝，若非琼姑及時發覺，一旦離開市區，則雖鐵鞋踏破，亦無覓處，今獲骨肉團圓，實徼天之幸，乃琼姑之力也。

37　前往香港仔後即可以乘船離港。

（十五）回鄉置田修館

己丑 1949 3月17日（二月十八日）

父母之邦，聖人所重，余舉家居留香港，而祖墓廬舍皆在故里。竊念樹高千丈，落葉歸根，懲前毖後[38]，一旦環境迫人，需要還鄉居住，而家無恒產，何所恃以為活，言念及此，心殊惶惑！

差幸和平後，吾夫婦在港，克勤克儉，略有所蓄，於是偕家小還鄉一行，參觀鄉間一年一度之洪聖巡遊盛會。乘時由耀成作中，用潘棟昌堂名義，以港幣二千元[39]，買受坦邊坊潘克昌堂 潘景韶名下水田坵，該税一畝二分（*一畝約為674.5平方米*），坐落坦邊 涌尾頭石路傍，由於該田鄰近涌激，取水容易，可無旱涸之虞，且交通便利，殆一肥沃之村邊田也。

該田暫租於甘邊人現居中巷之佃農馬奕江耕耘，訂明每年收回租穀六大籮，授權耀成將之售出，所得之款，用作拜掃各先塋之用。

祖屋側之小館，乃吾母於十五年前所手建，由於日久失修，上蓋呈損毀，於是構工加以修葺，同時並將館地鋪上紅大階磚，粉飾一新，顏其額曰「念慈館」，誌不忘也。有此館舍，明春偕三弟及家小還鄉省墓時，大可以容納多人居處也。

留鄉期間，曾與耀成 耀楨渡海往白石鄉，先後拜掃作屏

38 作者誤植為「瑟」字。
39 1948 年底，香港《工商日報》每份 1 毫，可作比較。

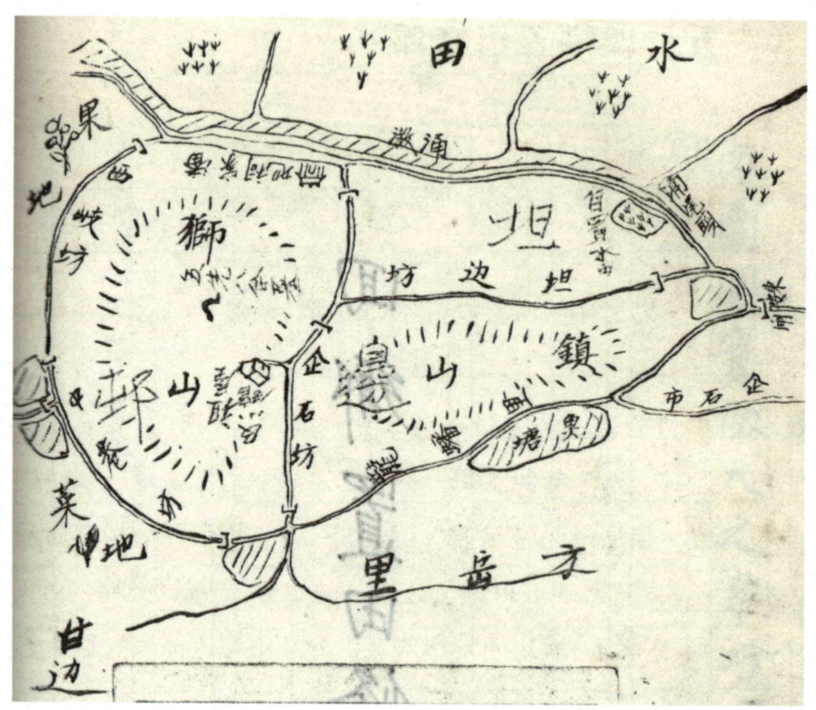

自繪地圖顯示潮連購買田地位置。（摘自潘廣樑筆記）

妣及安行妣，並往圓仔山省啟茂公墓。由於曾祖墓久未拜掃，所有墓地上之石碑、拜桌，及護墳之青石基，皆被人盜去，祇留下石柱上半橛，刻上「潘界」二字者，於是權豎墓中，暫作標誌，異日補立新碑，重修墓地，此乃本房子孫之份內事，不容或緩者也。

稍後，携牛仔往屋背獅山掃墓，獅山為坦邊主峯，本族先人，多葬此山。往昔山上蒼松古樹，翠蔭蔽天，自淪陷期間，族人為應付環境需要，砍伐殆盡，今成牛山濯濯，此數百年之參天古木，毀於一旦，殊堪痛惜。我十二世祖厚滋考妣，合葬在獅頸坐北向南；曾祖妣墓則在獅腩偏東。同時拜掃五先人合墓，該墓地是於年前草草建成者，預期明年今日，當偕三弟還鄉省墓，然後建築灰墳，重立新碑，以垂永久。

（十六）三女出世

庚寅 1950　10月25日（九月十五日）

余原定本年二月，偕三弟還鄉，重修五先人合葬之墓地，而事與願違，中國發生史無前例之大政變，半年前，港 江輪船又再度停航，兩地交通，完全斷絕，吾所以不能不將原定計劃，暫行擱置，等待時局澄清，交通恢復，後再定行止。

自大戰結束後，不久，國民黨與共產黨談判決裂，互相交兵。去年（1949年10月1日）共產黨在北京成立人民政府[40]，旋即統治整個大陸，本港與內地之水陸交通，又繼淪陷時而中斷，大陸城市與鄉村之一切事物，完全改變。事先廠商早已紛

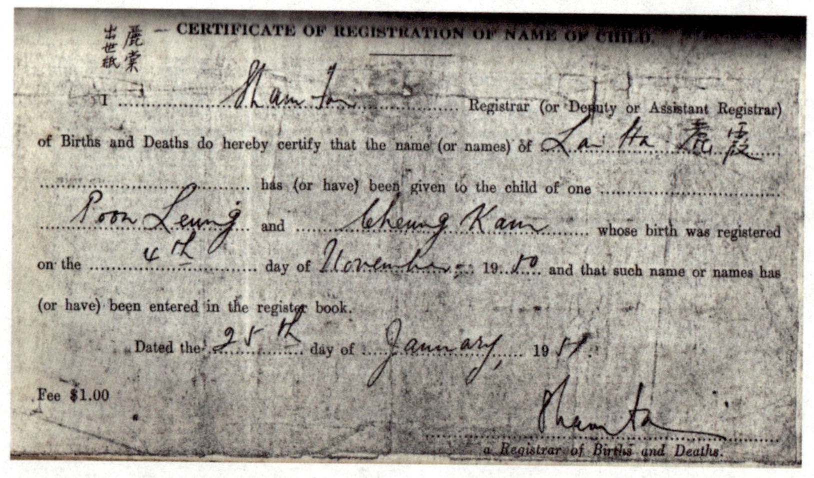
出世紙 麗棠

CERTIFICATE OF REGISTRATION OF NAME OF CHILD.

I .... Registrar (or Deputy or Assistant Registrar) of Births and Deaths do hereby certify that the name (or names) of La Ha 麗霞 .... has (or have) been given to the child of one Poon Leung and Cheung Kam whose birth was registered on the 4th day of November 1950 and that such name or names has (or have) been entered in the register book.

Dated the 25th day of January, 1951.

Fee $1.00

.... a Registrar of Births and Deaths.

潘氏夫婦三女麗棠（原稱麗霞）的出世紙。（摘自潘廣樑筆記）

40　1949 年 10 月 1 日，中華人民共和國成立。

1950 年春潘氏一家五口攝於香港動植物公園。（潘廣樑遺物）

紛遷港，經營工業，造成香港之經濟，趨於繁榮，連帶余所操之手車工作，亦大有進益，一家五口之生活，賴以安定。

吾家自三女麗霞在西邊街贊育醫院[41] 出世後，現有兒女三人，次子牛仔，年有五歲，次女笑霞，是兩年前六月，在東華醫院出生者。關於兒女之排行次序，應有補充一述，余之長子長女，皆不幸夭折於離亂之間，是以牛仔與笑霞，論次序應排行第二也。

嗟夫！吾家兩代之長男，皆不育而夭，長兄錦和歿時，年甫十齡，余與三弟之長男，亦殤在幼年，皆不克長成繼業，是可嘆也！

41　1955 年遷至醫院道現址。

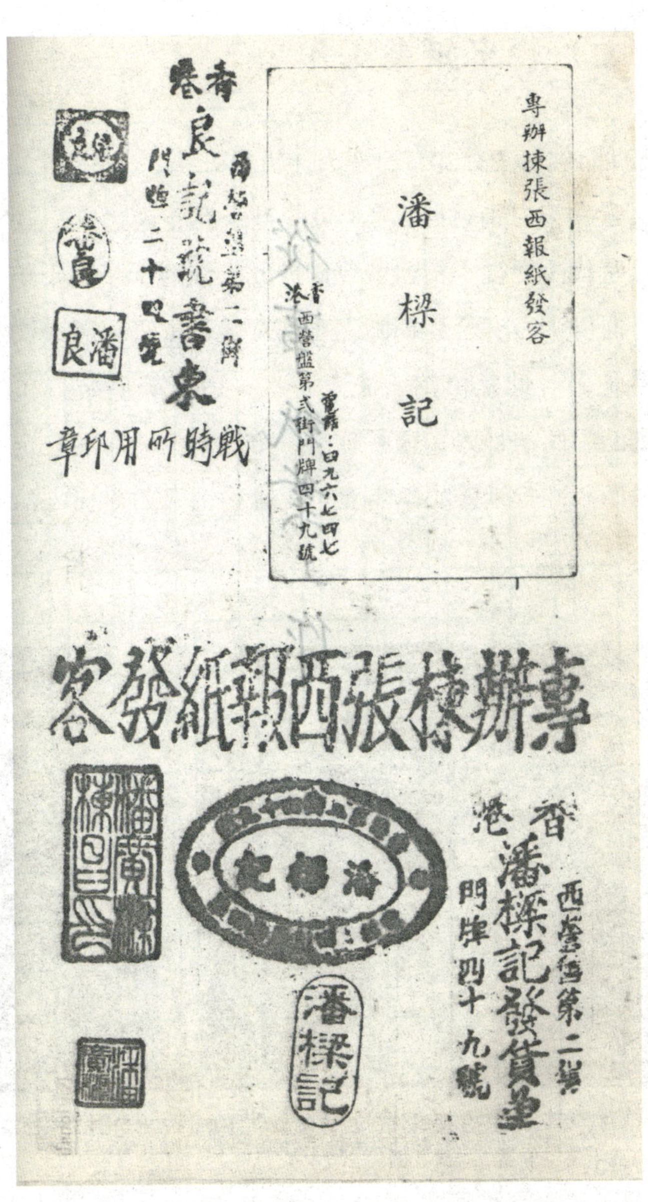

潘氏在二戰時期開始使用圖章，之後從事紙業生意時也有專用印章，甚至印發卡片。圖為潘氏在此篇中將他所用的圖章印影印展示。（摘自潘廣樑筆記）

（十七）從事紙業工作

辛卯 1951　2月20日（正月十五日）

西營盤第二街之49號[42]，可說是余在香港之唯一老家，蓋自日治時代，便從本街24號遷居於此，倏經十年。十年世事幾滄桑，向以東方安全島稱謂之香港，突被太平洋戰火波及，頓成劫難地區，此是由治入亂之時也。迨至戰事結束和平實現後，香港工商業勃興，遠勝戰前，市民生活，趨於安定，余亦棄工從商，經營紙業小本生意，至是香港又由亂而入治之新階段。

編者父親憶述，第二街 49 號就位於西營盤街市旁邊小巷出口對面。圖為從小巷向北望向當年住宅位置。（編者攝於 2025 年）

42　第二街 49 號木屋現已連同附近舊樓改建成新式住宅。

1951 年夏潘氏與兒子攝於虎豹別墅。（潘廣樑遺物）

吾家之從事紙業工作，並不自今始，遠在大戰前，吾婦曾從事是項工作，在西環或石塘咀貨倉，從事揀選來自美國之舊報紙工作，是故此次自作經營，自然駕輕就熟，工作上不需假手於人，收購本港中西舊報紙及各類雜紙，夫婦分工合作，在家裏加以整理，切成大小適中之紙張，分別貫以鐵線，然後發售於肉食店及鮮魚檔，用為包裹其售出之各類肉食之用。與其說是營商，毋寧說是家庭之手工業也。

雖然工作繁雜，日夜辛勤，總勝於寄人籬下，以求斗升之利，是為余在生活上一大轉捩，蓋自十年來，余之工作，向無定業，今操紙業為活，殆為今後之固定職業歟？

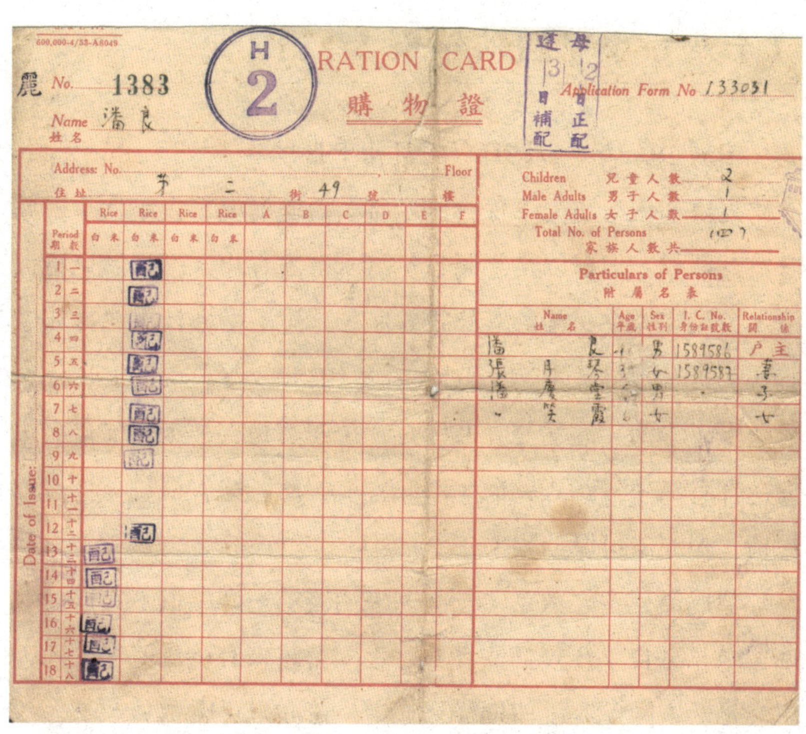

600,000-4/53-A6049

麗 No. 1383

H 2

RATION CARD
購物證

逢 每
13 12
日 日
補 正
配 配

Application Form No 133031

Name 姓名 潘良

Address: No. ... Floor
住址 第二街 49 號 樓

Children 兒童人數 2
Male Adults 男子人數 1
Female Adults 女子人數 1
Total No. of Persons 家族人數共 (四)

Date of Issue:

Period 期數		Rice 白米	Rice 白米	Rice 白米	Rice 白米	A	B	C	D	E	F
1	一		配								
2	二		配								
3	三		配								
4	四		配								
5	五		配								
6	六		配								
7	七		配								
8	八		配								
9	九		配								
10	十										
11	十一										
12	十二		配								
13	十三	配									
14	十四	配									
15	十五	配									
16	十六	配									
17	十七	配									
18	十八	配									

Particulars of Persons 附屬名表

Name 姓名	Age 年歲	Sex 性別	I. C. No. 身份証號數	Relationship 關係
潘良	[illegible]	男	1589586	戶主
張月琴	[illegible]	女	1589587	妻
潘慶雲	[illegible]	男		子
〃笑霞	6	女		女

二戰後香港物資短缺，政府向居民發出購物證作配給糧油之用，並以家庭為單位。圖為 1951 年政府向潘氏一家發出的購物證。（潘廣樑遺物）

（十八）小兒讀幼年班

壬辰 1952年　3月5日（正月初十日）

光陰如流，小兒牛仔轉入今年，已逾七歲，去年秋季，原意為其開學，但婦以是年屬盲年（未有立春），不宜為兒童啟蒙，於是在家中，權教其認書習字，「案上翻墨汁，塗抹如老鴉。」可為當日詠也。

今年季節，適逢雙春兼閏月，俗認為是吉祥年，婦舊事重提，擇日為牛仔正式啟蒙，應此吉歲，此雖婦人俗見，惟母愛深情，似亦未可厚非也。

竊以為兒童之啟蒙，乃上開宗明義第一課，似不宜過於草率，來日方長，今後仰沾春風之化，希將來有所成就，此固天下父母，人同此心，然則從俗從權，蓋亦未可虛拘矣。

時本宅毗隣有一模範幼稚園，專課幼齡兒童以顯淺字句，預為入小學之課程。本年春季，於是用潘慶堂名字，報名上課，為下學期插班生，蓋全港學校皆為秋季始業也。

由於牛仔本屬乳名，若在同學班中稱呼，殊不雅聽，所以此次入學更名，以正視聽。慶堂出生於二次世界戰爭後四月，未蒙戰禍，殊為慶幸，因命其名曰慶堂，蓋吾姪輩之名，下皆從堂也。

1952 年潘氏三名子女在影樓合照。（潘廣樑遺物）

（十九）慶堂入小學

癸巳 1953　9月2日（七月廿四日）

鐘聲慈善社中小學校[43]，為教育司署補助之社團學校[44]，學費遠較私立學校廉宜，校址在上環大安台。是年秋季，招考小學一年級新生，時慶堂讀幼稚班已有年半，略識之無，於是前往報名應考。

事後探悉，當日考題分十類，有筆試及口試之常識，與初級算術，考生答中大部份者，可能有入選希望，此無他，學額有限，而應考者眾，校方不得不嚴加甄別，以定取捨。由此可覘香港之清貧失學兒童之多，反映政府補助學校過少，興辦官立小學，俾多量適齡兒童，得有入學機會，猶為當前急務。

迨入學試揭曉，慶堂幸而榜上有名，稍後參加學校之開學禮，為一名小學生。

43　鐘聲慈善社於1947年租下上環普慶坊大安台10號至13號開辦小學日夜校，翌年創辦中學部。1989年始，學校遷入屯門區，更名為「鐘聲慈善社胡陳金枝中學」，繼續提供教育服務。

44　此處作者所指應是辦學團體所辦之學校。根據教育條例，辦學團體指任何社團或法團而獲教育署署長批准作為其所指明的學校贊助團體。

鍾聲慈善社███中小學校

一九五三年度上學期 學生成績報告表

初學 一 年級 今 班 學生 潘慶堂 本班人數 40 名次 7

科目	平時考試總分數	評語	附記
國文	77.9	品學尚屬	1學年成績任何四科或學年實得總平均分數不及
作文	/		2學年成績任何六科以上不及格者，降級一年。
讀書			3操行成績分甲、乙、丙、三等，丁等即予斥退
造句	71.5		
選文	/		
尺牘	77.5		
字課	83.2		
書法	69.2		
抄默	79.8		
經學	/		
英文	/		
算術	93.6		
珠算	/		

操行 乙

實得總平均分數 78.66

教務主任

級任

一九五四年一月廿八日發

潘氏次子、編者父親升小一後的首份成績表。（摘自潘廣樑筆記）

1953 年潘氏（左）與友人到訪沙田，當時沙田仍是荒蕪之地。12 年後政府決定開發沙田為新市鎮。（潘廣樑遺物）

再序

我本是一介窮措大，用勞力來謀取生活，既不能寫好文字，自然不是雅士，但對于集聯語和集謎語，都很感興趣，每每借以排悶解愁，作精神上的食粮。然而在這大動盪時代和大前進的氣氛中，也許有人以不合時宜，加以譏誚，但我覺得人類生活是多方面的，對于一部分文藝之薰陶，和人生興趣之滋養，至

《今古名聯》1953 年增序。（潘廣楔遺物）

（二十）鄉田被沒收

甲午 1954 2月14日（正月十二日）

世事雨詭雲譎，千變萬化，以毛澤東為首之中華人民共和國建立四年後之今日，中國數千年之歷史文化，與及民間一切習俗，隨時代一掃而光，代之以新法例，城市則大小工商業，統歸國營，鄉村則私人土地，盡屬公有。凡在易手前，藉耕地以畝租值者，今則視為剝削貧農，治地主以應得之罪，重者發放邊疆勞役，甚有被處死者。

五年前，吾罄其所蓄，在鄉購入水田一畝（*一畝約為674.5平方米*），以備不時之需，當時將田出租於佃人，但未及一月，從弟耀楨函徵吾意，取回自耕。半年後，中國便發生史無前例之大政變，在此短速時間，始終未得過任何收益。

近得自耀楨鄉訊云：去年鄉間曾多次開會討論，關於追究居留外地地主之事，僉以吾雖有一些水田在鄉，但從未收過租值，罪應末減，免予追究，得以置身度外。

當大陸之清算地主也，吾始聞而駭，中而疑，終乃釋焉。念以數年心血換來之物業，一旦毀之於無形，心中[45] 甚為惶惑[46]。但反視鄉親之有大量田地被沒收，而仍受懲罰，以致慘淡收場者，則又不復自感，而反哀為財所累之人。

但引為憾事者，厥為我鄉間五先人合葬之墓地，當時草草

45　原文為「中心」。
46　原文為「徨感」。

而成，預算兩年後，然後還鄉修竣。詎時移事易，港 江輪船久未通航，交通轉折，往返需時，且風聞大陸方面，嚴查入境僑民身份，此時此地，不能不頓改初衷，暫不打算還鄉修墓，以免麻煩，悵望雲天，悲感萬分！

自中國人民政府[47] 成立後，大陸人民紛紛湧入香港，據1951年港府普查全港人口，統計一百七十萬人（和平時只六十萬人）。立法局立例實施限制外地人民入口，並發給全港十二歲以上居民身份證，港府同時發給臨時購物証[48]，指定米商以每斤（*約0.5公斤*）二毫配給食米予每户居民。由是物價平抑，社會安定，未始非港督葛量洪[49] 關懷民食明智之舉，吾身受其利，因而補述之。

47 指中華人民共和國。

48 戰後香港面對食米和其他必需品短缺問題，並成立「政府穀米批發處」向市民簽發「購物證」，市民憑「購物證」配米，每人每五天配米五斤（此處應為香港斤，即每斤 604.8 克，五斤即為 3.04 公斤），每斤售價 5 角。政府實施配給米糧制度至 1954 年 8 月撤銷。

49 Alexander Grantham（1899 – 1978），1947 年接替楊慕琦擔任港督，直至1957 年；著有回憶錄 *Via Ports*。

（二十一）殤一女生一女

乙未 1955

我家在是年農曆三、四兩月間，一連發生兩件不尋常事件，三月次女不幸病死，四月幼女安然出生，兩事發生時間，相距僅一月另二日。

次女笑霞年屆七歲，性靜而不好動，是年初已開始唸書，一向體弱多病，我夫婦經常為其健康憂慮，但屢治罔效，最近醫生斷定彼所患是骨癌症，以一小孩而患上此惡疾，祇有盡人事而已！是年三月初四日卒不治，殤於瑪麗醫院[50]，我夫婦不忍任由醫院隨便處理，乃託荷里活道 德壽長生店 區君為其辦理後事，葬於新界 和合石墳場B段137號。

在悲傷之餘，乃將三女麗霞更名麗堂，蓋不願以霞音令婦觸情興感也。但另一原因，乃我子姪之名皆從堂字，吾以為子女同是一般生育，當一視同仁，何必在名字上分開階限，此次三女更名麗堂，亦是原因之一。

失之東隅，收之桑榆，在次女歿後逾一月，而幼女便在西邊街 贊育醫院出世，取名艷堂，母女皆安。時在乙未歲，四月初六日酉刻，即公曆1955年，5月27日也。

50 瑪麗醫院 1937 年啟用，位於西高山山腰，面對西博寮海峽。日佔時期，醫院曾被日軍佔領和徵用作為軍用醫院。1945 年 10 月 1 日，香港重光後一個多月，瑪麗醫院便開始重新投入運作。

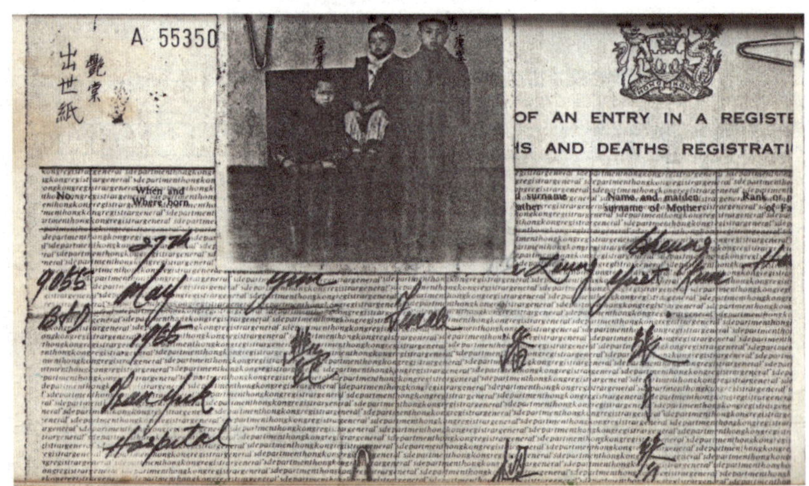
A 55350

艷棠 出世紙

OF AN ENTRY IN A REGISTE

HS AND DEATHS REGISTRATI

No.	When and Where born			surname ... Father	Name and maiden surname of Mother	Rank or ... of Fa
9055 B&D	27th May 1955 ... Hospital	艷	Female	潘	張	

潘氏在此篇放進四女的出世紙的影印本，並附有她三名兄姊照片的影印本，以示對因骨癌離世的次女笑霞的懷念。（摘自潘廣樑筆記）

1955 年秋天，潘氏（左二）與兒子（中）到訪澳門。當時離潘氏次女骨癌去世幾個月。（潘廣樑遺物）

（二十二）領取小販牌檔

丙申 1956 3月10日（正月廿八日）

自經營舊報紙手工業後，四年來日以繼夜，不斷工作，家庭生活，賴以維持。但由於一房之地方有限，除放置紙張外，幾無餘隙，祇有向上層發展，年前曾建一閣樓，仍感不敷應用，若於附近另賃一些地方，豈惟難求有此適合地點，就算有，亦租金昂貴，非力所能為。

在此複雜環境支配下，不得不另謀補救辦法，於是向小販牌照管理局[51] 申請，領取一個小販固定攤位於距離不遠之東邊街，幸而獲准，每年牌照費六十元，相當廉宜。乃以售賣中西舊書籍為副業，同時利用此攤檔，以為貯藏一部份報紙，賴此稍為疏通房內之貨品，不致過於擠迫，在此寸金尺土之香港地，未始無多少補助。

51 當時小販管理和發牌由市政局負責，當時的小販牌照襟章上會有 Hawker Licensing Office 的印章。

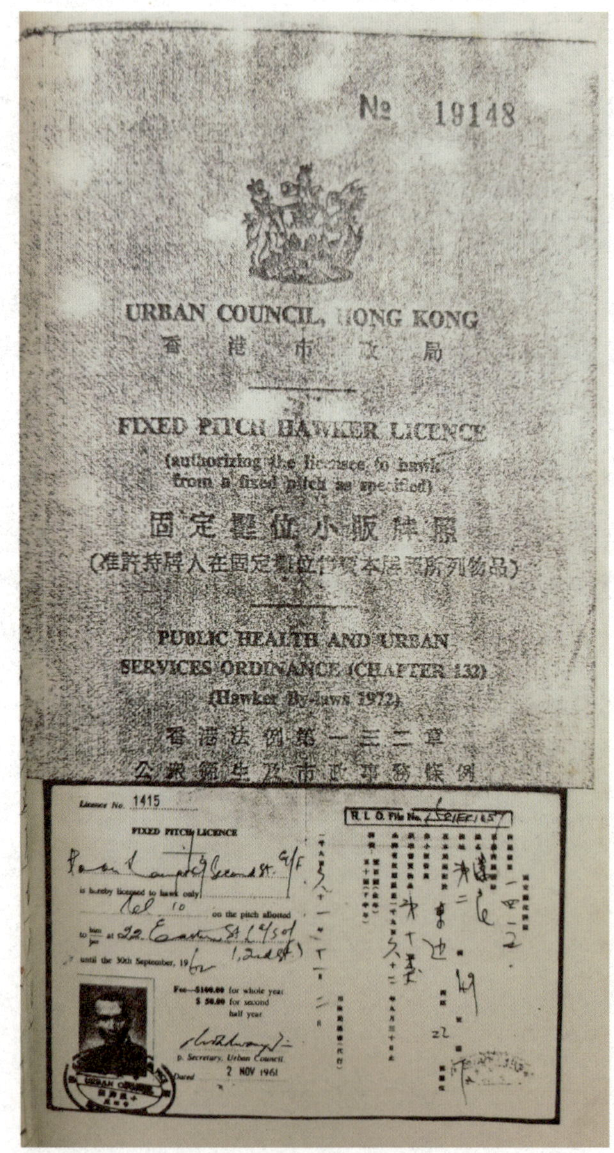

№ 19148

URBAN COUNCIL, HONG KONG

香港市政局

FIXED PITCH HAWKER LICENCE

(authorizing the licensee to hawk from a fixed pitch as specified)

固定攤位小販牌照

PUBLIC HEALTH AND URBAN SERVICES ORDINANCE (CHAPTER 132)

(Hawker By-laws 1972)

香港法例第一三二章

公眾衛生及市政事務條例

Licence No. 1415

FIXED PITCH LICENCE

is hereby licensed to hawk only

on the pitch allotted

to him/her at 22 Eastern St.

until the 30th September, 1962

Fee—$100.00 for whole year

$ 50.00 for second half year

p. Secretary, Urban Council

Dated 2 NOV 1961

R. L. O. File No.

潘氏 1956 年申請固定小販牌照，攤位位於東邊街 22 號。圖為筆記內附加的牌照影印本。（摘自潘廣楳筆記）

U.S.D. 15 7800020
3,300-5/69-B76263

№ 29016

URBAN COUNCIL FIXED PITCH LICENCE
PITCH CARD

Licence No.: 5358
Name: Poon Kwong-leung
To hawk: Cl. 3
Pitch No.: 22, Eastern St.
In front of: 1, Second St.
At side of:

p. Secy., U.C.
Date: 7 NOV 1969

Valid Until 30/9/70
No fee payable—issued with licence

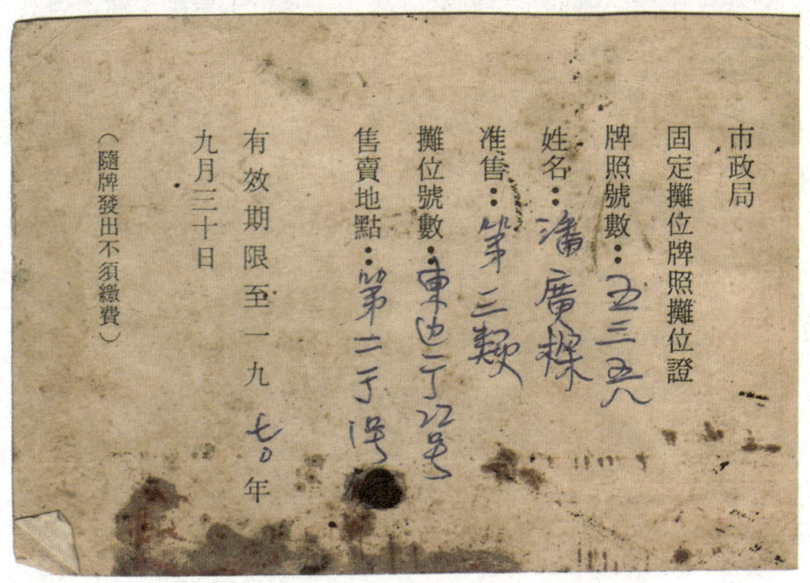

市政局
固定攤位牌照攤位證
牌照號數：五三五八
姓名：潘廣樑
准售：第三類
攤位號數：東边街22号
售賣地點：第二街1号
有效期限至一九七〇年九月三十日
（隨牌發出不須繳費）

市政局 1969 年向潘氏發出的固定攤位牌照攤位證。（潘廣樑遺物）

（二十三）購入沙田石屋

丁酉 1957 7月7日（六月初十日）

新界 大埔理民府[52]，鑒於沙田 荔枝園[53]木屋區，容易引致火患，飭令拆遷，同時開闢沙田頭新村[54] 東北山麓一帶為第三區，興建平民石屋仔八十多間，授權沙田鄉公所辦理一切，每間取價一千二百元，出售於木屋居民。但售出有限，餘額甚多，鄉公所於是變通辦法，示意港 九市民，可申請購買。吾得自現居於沙田之小姨阿英，通知此事，以其屋價廉宜，乃前往分別用我夫婦及另一親戚之名，申請購入三間。

此等小屋，每間可供四五人居住，乃依山建築，而山勢高低，迂迴曲折，故屋貌相同，而環境各異。主事人乃用抽籤方法，配予各屋主，以免爭執，結果，我夫婦抽得十五號及廿八號兩屋，在同一低層地點，一間在街頭，一間在街尾，洵稱巧合。至於用親戚之名所抽得之四十二號屋，乃在半山區，在往返上，則遠不及低層兩屋之便利也。

而且兩屋皆地處邊緣，得天獨厚，可以拓地擴建，尤其是廿八號屋，枕山面溪，側瀕山坡，於是構工鑿山移土，得曠地

52 大埔理民府是英國租借新界後最早的民政中心，負責沙田、大埔和北區的鄉郊事務。

53 沙田火車站附近。

54 位於沙田頭村村後的山谷。因應沙田新市鎮發展，山腳部分的平房區、寮屋和工場於 1978 年被清拆，地皮發展成豐盛苑和周邊道路。

在這自繪地圖中，潘氏展示新購沙田石屋的位置和連接西營盤的交通。（摘自潘廣樑筆記）

航空照中沙田石屋在 1963 年時的模樣。（Lands Department and Hong Kong Geodata Store）

逾百呎，可作休憩之所，復築石成隄，環繞屋前，以固地基，隄邊遍植青竹，有林泉之風光，無市區之喧擾，比之現時所居，空氣混濁，市聲亂耳，誠不可同日而語。

吾對此山居小築，心神嚮往，而草草勞人，目前未能入居。乃權將此三間小屋，個別出賃於當地人居住，由此亦可得些收益。念鄉間之物業，早已煙消雲散，今得斯小築，亦稍償憾事，聊以此自我安慰。

（二十四）慶堂意外受傷

戊戌 1958 6月25日（五月初九日）

慶堂就讀之鐘聲學校，兩年前已自上環 大安台舊校舍，遷往西環尾維多利道[55] 新校舍上課，新校背山面海，環境幽美，設備完善，但與住所距離頗遠，上學放學，須乘公共車輛來代步。

是日慶堂放學，適下微雨，當循維多利道往車站時，突有一輛載貨之單車，隨後駛來，駕車人可能因貨重路滑，失去控制，撞入學生羣中，慶堂首當其衝，當場受傷倒地，其左便大髀，被單車尾鉄挖起一片大肉，深至見骨，差幸未傷及骨絡*（骼）*，否則情況當更為嚴重。

學校向有鐘聲救傷隊員長駐校內，故能及時救護，並即送往瑪麗醫院救治，同時派人通知我夫婦，可見校方措施適當。猶令人難忘者，厥為校務主任羅其新，以其自用車，載我夫婦往醫院看視慶堂，經過醫生施手術後，情況良好。出院後羅主任復親臨我家致問，並駕車送慶堂往醫院換藥，關懷備至。

當慶堂之受傷也，學校已開始一年一度之升級大考期，當時慶堂尚有五課因傷未考，校方准予異日補考，得以升上六年級之畢業班。而當慶堂之在家裏養傷也，又適在學校放暑假期

55 現稱域多利道。

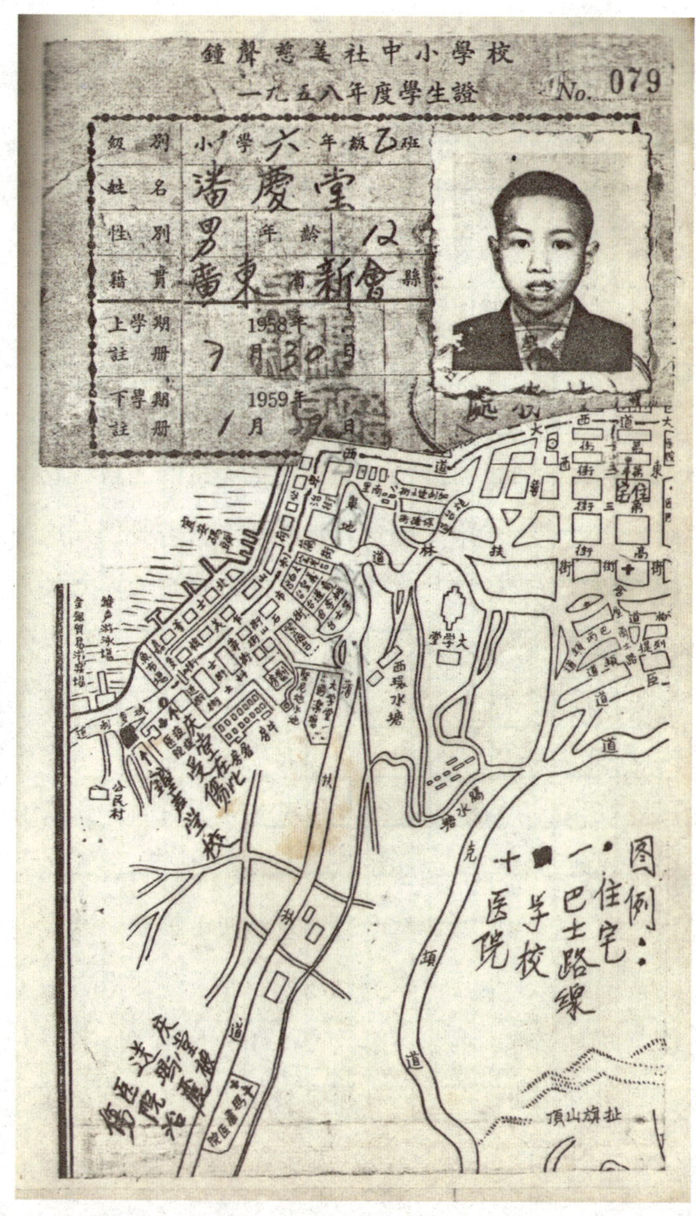

潘氏在此自繪地圖中鉅細無遺地展示次子受傷地點、住所和瑪麗醫院的位置。上面則附有次子當年的學生證。（摘自潘廣棎筆記）

內，不需告假療養，未有虛耗時光，亦不幸中之幸。

慶堂自6月下旬受傷，至9月4日學校開課，慶堂仍裹着綳帶上學，而其大髀間之一片大疤痕，是永遠不能磨滅，以後見此痕迹，當亦知所警惕。

（二十五）慶堂入伯南書院

己亥 1959 9月5日（八月初三日）

本年7月26日，慶堂在鐘聲中小學校小學六年級修業期滿畢業，並參加香港教育司署主辦之小學會考[56]，獲合格証書。

慶堂完成初等教育階段後，本可以在本校繼續升中學。但吾鑒於香港乃華洋雜處之都市，青年人必須中 英文滙通，始克有為。慶堂因是而轉學於伯南英文書院[57]，校址在第三街103號[58]，為一新建之現代化書院，乃民選議員陳樹垣紀念其先君伯南（濟棠）將軍者。

書院教材雖以英文為主，而中國文學如國文、歷史等，亦為其中課程之一部份。吾以為時下莘莘學子，必須中 英文並重，不容此消彼長，庶能適應現代社會生活環境之需要。

56 香港小學六年級會考俗稱小學會考，於 1949 年由教育司署創立。考試合格的學生有資格獲得官立或資助中學的學位，未合格的學生則需尋找私立中學的學位。小學會考在 1962 年被香港中學入學考試取代，並於 1978 年停止。

57 伯南英文書院於 1959 年創校，現已閉校。首間校舍位於西營盤第三街。翌年，在七姊妹道設北角校舍。

58 即現時第三街休憩處和怡豐閣的位置，從舊地圖可見其校舍位於第二街和第三街之間。

Pak Nam English College

103, THIRD STREET.

HONG KONG

校徽及學生證

Student's Likeness

Name (in English) H. T. POON Name (in Chinese) 潘慶堂

Class P. 6 A Admission No. 075 Sex Male

Date of Birth 24.12.1945 Place of Birth Hong Kong

Date of Admission 9.9.1959 Religion

※Home Address No 49th Second Street

Ground Floor Hongkong Telephone No.

SPECIMEN SIGNATURES OR CHOPS

潘廣樑		
Parent/~~Guardian~~ 家長簽名	Principal 校長簽名	Class Teacher 班主任簽名

※ Please Notify the School of any change of Address immediately.
如有變更地址請即通知學校當局

潘氏次子的小學會考證書、畢業證書和中學入學證。（摘自潘廣樑筆記）

HONG KONG EDUCATION DEPARTMENT

香港教育司署

JOINT PRIMARY 6 EXAMINATION CERTIFICATE

小學六年級會考證書

This is to certify that

Poon King Tong

英文　中文　算術　常識

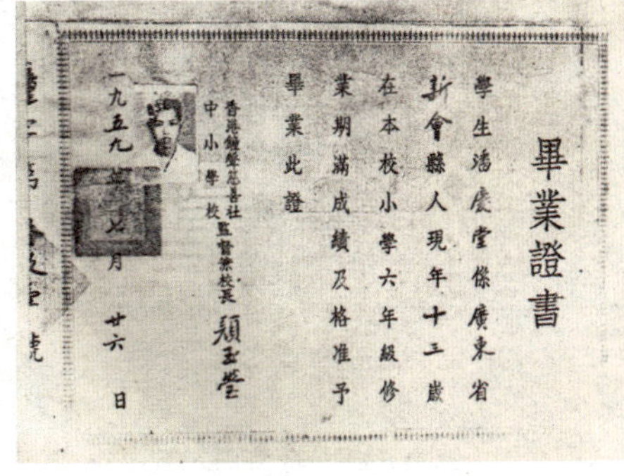

畢業證書

學生潘慶堂係廣東省新會縣人現年十三歲在本校小學六年級修業期滿成績及格准予畢業此證

香港鰲聯慈善社中小學校監督兼校長　顏玉瑩

一九五九年七月廿六日

伯南英文書院現址，現已變成公園和店舖。（編者攝於 2025 年）

家事隨筆

1960-1979

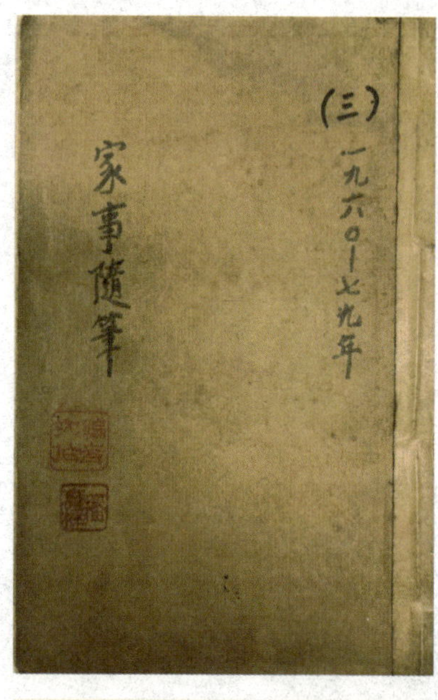

《家事隨筆 （三）》封面及目錄

20X20＝400

六十—七十年代家事動態

60 投保火險及人壽保險
61 銀婚紀念
61 兩女同校唸書
62 慶堂中三班兼讀「工專」
63 鄰樓大火險被殃及
64 購入永豐樓一層
65 銀行倒閉遭受損失
65 慶堂中學滿入工務局
66 另購第一街口單边楼
67 新樓落成喬遷入伙
68 慶堂工業專門校畢業
69 艷堂升學入玫瑰書院
70 張作鴻次子國文上契
71 麗堂出閣
72 慶堂成親
73 兩老先後入院施手術
73 長孫立基出世
74 慶堂升職任助理督察

NO.

74 艷堂學滿出任售貨員
75 女孫美基出世
76 四十週年羊毛婚紀念
76 艷堂見習護士生
76 立基入幼稚園
77 七十壽辰
77 廣州之遊與家鄉之行
78 艷堂護士學校畢業
79 為鄉屋落成回鄉主持
79 內外孫動態：
家榮出生　淑賢再
立基先後讀小學
美基淑貞及　基也
先後入幼稚園

（一）投保安全保險

庚子 1960 2月11日（正月十五日）

近十年來，大陸人民，不斷湧入本港，人口由是激增。大凡人烟愈稠密地區，則意外損害成份愈高，而意外損害，無過於火警。尤其在風高物燥之冬季，火警頻頻發生，此類新聞，無日無之，居處於木樓之小市民，大有岌岌可危之感。

我之住所，與左右鄰居一帶，皆屬舊式木樓，萬一任何一層樓宇，發生火警，則池魚之殃，實難逆料，每念及此，不寒而慄。為防範於未燃（然），謀求財物得以保障，則投保火險，似不容緩，並非姑作「杞人」之憂也。

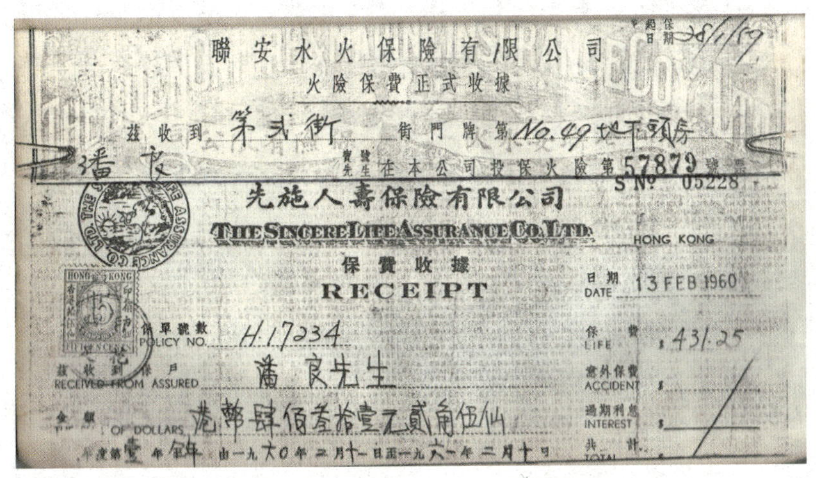

聯安水火保險有限公司
火險保費正式收據
滿保日期 28/1/59
茲收到 第弍街 街門牌第 No.49 地下頭房
潘良 寶號/先生 在本公司投保火險第 57879 號

S Nº 05228
先施人壽保險有限公司
THE SINCERE LIFE ASSURANCE CO. LTD.
HONG KONG
保費收據
RECEIPT
日期 DATE 13 FEB 1960
保單號數 POLICY NO. H.17234
保費 LIFE $431.25
茲收到保戶 RECEIVED FROM ASSURED 潘良先生
意外保費 ACCIDENT $
金額 OF DOLLARS 港幣肆佰叁拾壹元貳角伍仙
過期利息 INTEREST $
年度第壹年 全年 由一九六〇年二月十一日至一九六一年二月十日
共計 TOTAL

潘氏在筆記中列出當年購買的保單影印本。（摘自潘廣樑筆記）

潘氏 1960 年所著的《中國歷史提綱》，內容為各朝代帝王世系圖和簡介。（潘廣樑遺物）

有親友何順寧，向在中環 金龍酒家[1] 任事，閒常作保險經紀為副業，因而託其在聯安水火保險公司，為我家投保衣物保險六千元，此乃年前之事也。今復由何君介紹，在先施 人壽保險公司[2]，為我夫婦投保人壽儲蓄保險各五千元，此亦居安思危，積穀防飢，以備不時之需而已。

至於投保火險後，在下列情況下，都可以得該公司的賠償：一、意外失火，二、鄰居失火影響，三、雷電燒燬，四、救火時所發生的水漬，五、救火時所造成的不可避免的物質損失。

1 相信是指已結業的上環金龍酒家，位置在現時德輔道中 188 號金龍中心。

2 先施人壽保險有限公司成立於 1914 年，屬先施集團。

自序

我國歷史攸久，在黃帝以前，為酋長時代，多不可稽，黃帝以後，為君主時代，史籍歷有紀載，其演變過程，大致分四階段：自黃帝至戰國，為上古開化時代；自秦至宋，為中古全盛時代；自元至清，為近古退化時代；民國以後，為現代變化時代。

予質魯而性好古學，自漢迄清二十三史，深欲博覽，第紀載紛繁，浩無涯岸，苦難貫串，思得一簡捷法，以為提綱挈領，因取綱鑑輯覽之帝主相承，及在位年表，詳加分析，绘就歷代世系圖，以便省覽，於開國

《中國歷史提綱》序言。（潘廣樑遺物）

（二）慶祝銀婚紀念

庚子 1961 1月25日（十二月初九日）

歐俗結婚後，每隔五年，行紀念禮，循序曰木婚、曰錫婚、曰水晶婚、曰磁[3]婚、曰銀婚。香港風氣，則以結婚廿五年之銀婚較為重視，輒有大事慶祝者。至於滿五十年之金婚，及六十年花燭重逢之金剛石婚[4]，則彌足珍貴，而更為隆重。

溯自民國廿五年，乙亥十二月初九日（1936年1月19日），在港結婚。在此悠長歲月，夫婦二人，幾許掙扎，共苦同甘，廿五年來如一日。今幸家庭生活，漸趨安定，值此饒有意義之

潘氏在筆記中提及親友送贈祝賀其銀婚的雙喜銀碟和銀盾照片。（潘廣樑遺物）

3 瓷。

4 鑽婚。

1961 年 1 月 14 日，潘氏夫婦慶祝銀婚紀念，到影樓拍攝全家福。（潘廣樑遺物）

紀念日子，豈可任其平淡渡過，此銀婚之所以稍事慶祝也。

是日也，在家裏祇具薄酌，祭祖先，宴親友，聊以誌慶而已，並非假酒樓大事鋪張也。而親友厚饋良多，尤以婦之姨媽所贈之雙喜銀碟，及鄉親何順寧之雙喜銀盾，均刻上鐃有紀念性之字句，彌覺意義深長而可貴。

（三）姊妹同校讀書

辛丑 1961 9月4日（七月廿五日）

1956年，麗堂已開始在本街西營盤學校就讀；1960年，艷堂亦進入該校讀幼稚班。本年9月2日，姊妹二人，同時轉學於新會商會學校[5]，校址在上環 居賢坊，為一純粹之小學校，乃旅港熱心邑人之所捐建者。

時麗堂考讀三年級，艷堂則開始一年級，在年齡比率上，麗堂智慧似不及艷堂，艷堂在幼稚班時，讀書能朗朗上口，但小時了了，未知大亦聰明否？

學校距離住所有一段路程，幸而所經過路綫，並非繁盛道路，車輛來往稀疏，上學放學，沿途有大者照顧細者，不必為了「馬路如虎口」而為其過慮也。

5 學校於 1958 年由新會商會與政府合作興建，同年校舍落成，分設上、下午校。1993 年轉為全日制學校。

1961 年，潘氏三名子女身穿校服到影樓合照。（潘廣榤遺物）

筆記中展示潘氏兩名女兒的學校照片。（摘自潘廣樑筆記）

（四）慶堂兼讀夜校

壬寅 1962 9月10日（八月十二日）

官立香港工業專門學院[6] 創於1937年，位於灣仔 活道，當時規模尚小。第二次大戰後，香港工業日形發達，政府於是動用公帑五百萬元，工商界捐助一百萬元，在紅磡新填地，興建一座宏大之新校舍。1957年落成，置備各儀器，分十二種類實用工業課系，召考中學會考合格生入學，造就工業專門技術人才。稍後，增設夜校，使在職之工業人員，得有機會投考入校求深造。

慶堂自入伯南英文書院肄業，迄今已屆三個學年，初期功課，成績平平，幸能及時反省用功，近期大考，名列前茅。今復用學徒身份，考入「工專」夜校，兼讀電器機械工程系初級三年班，以補充日校未有之課程。至是慶堂便日間照常在「伯南」上學，晚間則往「工專」受課，其好學不倦，亦強差人意。

吾幼孤家貧，讀書不多，以致學無所用，沉鬱半生。念往者既已，來者猶可追，故無論任何艱辛，務使慶堂能完成其基本之學業，希將來能學有致用，此固吾之夙願，亦慶堂份所應為也。

6 前稱香港官立高級工業學院，1972 年改稱理工學院。

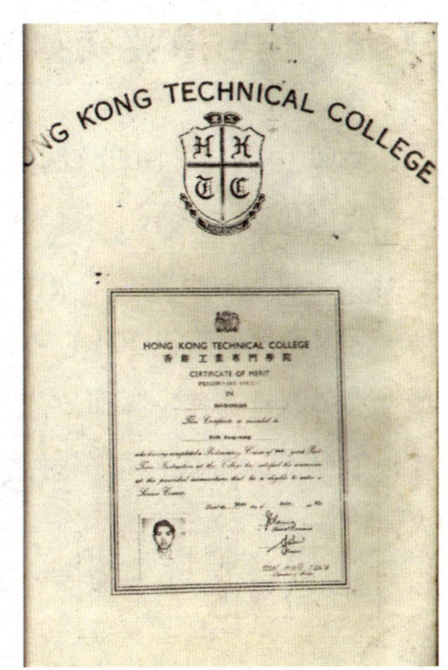

HONG KONG TECHNICAL COLLEGE

HONG KONG TECHNICAL COLLEGE
香港工業專門學院
CERTIFICATE OF MERIT
IN

潘氏在筆記後期比較多講述子孫學業，足見他對學識的重視。圖為其次子在香港工業專門學院的初級課程畢業證書。（摘自潘廣樑筆記）

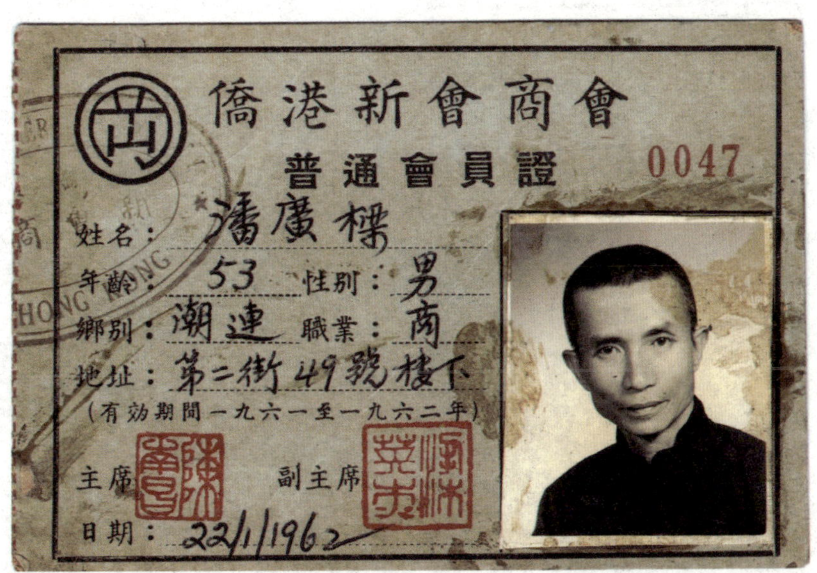

僑港新會商會
普通會員證　0047
姓名：潘廣樑
年齡：53　性別：男
鄉別：潮連　職業：商
地址：第二街49號樓下
（有效期間一九六一至一九六二年）
主席　副主席
日期：22/1/1962

僑港新會商會於 1962 年 1 月向潘氏發出的會員證。（潘廣樑遺物）

（五）住宅險兆焚如

癸卯 1963 6月10日（閏四月十九日）

我家居於西區第二街49號地下，不覺超過廿年，一向相安無異，詎是夜十時半，突受到一場大虛驚。事緣隔鄰47號3樓，因熨貼塑膠玩品工作，不慎失火，由於左右一帶，皆屬木樓，火勢蔓延甚速，瞬即波及其左隣45號，未及半小時，此兩幢樓宇之3、4樓各兩層，付之一炬，無家可歸者，二百五十人。

而與火場僅一牆之隔之右鄰49號，如有神助，屹然無恙。

一九六三年六月十一日

西營盤第二街深夜大火

兩幢木樓被焚

每幢燬三樓四樓共四層

住客一人失踪消防員一人受傷

筆記中此篇配合當年報章有關潘氏住宅旁木屋火災的報道。（摘自潘廣樑筆記）

1963 年潘氏與子女按傳統重陽登高，山下遠處相信是西環和大小青洲。（潘廣樑遺物）

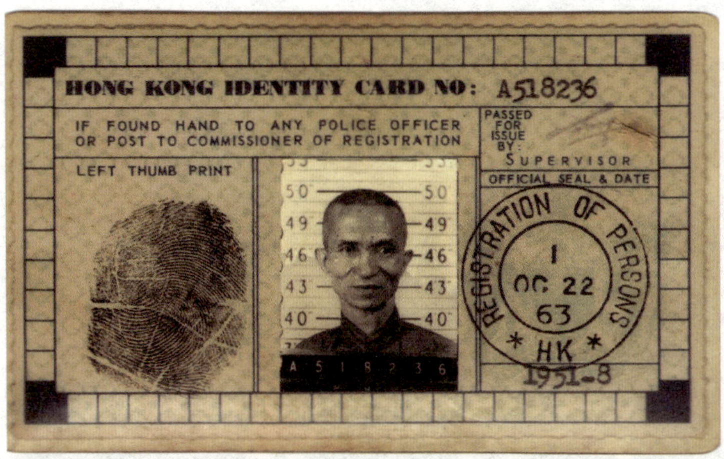

HONG KONG IDENTITY CARD NO: A518236

IF FOUND HAND TO ANY POLICE OFFICER OR POST TO COMMISSIONER OF REGISTRATION

PASSED FOR ISSUE BY: SUPERVISOR

OFFICIAL SEAL & DATE

LEFT THUMB PRINT

50 49 46 43 40

A 5 1 8 2 3 6

REGISTRATION OF PERSONS 1 OC 22 63 * HK *

1951-8

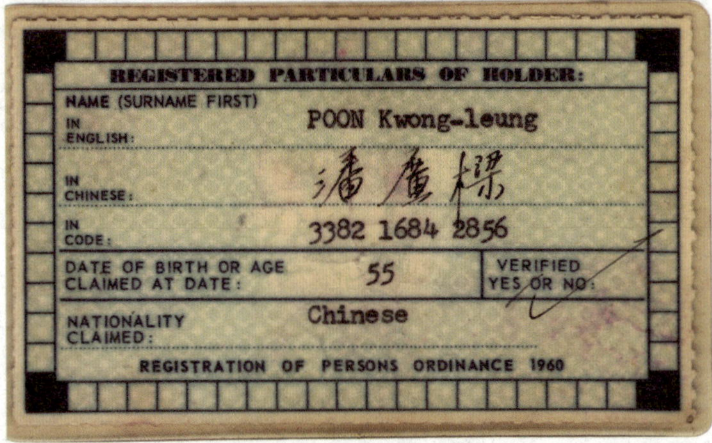

REGISTERED PARTICULARS OF HOLDER:

NAME (SURNAME FIRST) IN ENGLISH: POON Kwong-leung

IN CHINESE: 潘廣樑

IN CODE: 3382 1684 2856

DATE OF BIRTH OR AGE CLAIMED AT DATE: 55

VERIFIED YES OR NO:

NATIONALITY CLAIMED: Chinese

REGISTRATION OF PERSONS ORDINANCE 1960

香港政府在 1963 年向潘氏發出的身份證。當年身份證除了中文姓名外只有英文，與現今身份證的另一大分別是照片有英制身高標示，編者也因而得知爺爺身高 5 呎。（潘廣樑遺物）

然假使當時風向不改變，而仍舊吹東南風者，火乘風勢，則49號之現居，其不為火舌所吞沒者幾希矣。

雖然，我家對於火患，早有預防措施，歷年均有投保火險，萬一此次被牽累，保險公司照例有保款賠償，足可抵銷傢具貨物之損失。但是一向賴以維持生活之紙業，在此短促時間，殊難覓得適合地方，以繼續工作，長期之顧客，可能因此而消失，以後雖復業，生意勢難如前，則所得不足以償所失。

而且我歷年來所寫下之各類稿本，紛陳雜置於木架上，設此次被焚，致與家具同化灰燼，則所得之保款，亦難補償此憾事，因此類稿件，並非金錢所能買到，在我而言，是具有相當重要性者。然此可為知我者道，難與別人言也[7]。

7 二戰結束後潘氏回鄉發現所有書籍消失時，曾顯示痛心疾首之情。此處進一步顯示潘氏視書如命。

（六）自置樓宇一層

甲辰 1964 12月8日（十一月十五）

大戰後，香港人口，逐年增加，尤以近十年來，大陸人民不斷湧入，住屋追不上人口所需求，於是地產業及建築業，乘時崛興，以有利可圖，遂紛紛購入舊樓，拆卸改建，向上空發展，動輒十數層，分層出售。至是一座大廈，變成過百或數十個單位，產生相當數目之小業主，此為戰後香港房屋史上之一大變遷，而為戰前之所未有。

我家原屬一舊式木樓，去年曾受火警威脅，幸得保存現狀，但拆卸舊樓之風氣，有增無已，現居有隨時會收到業主之拆遷通知書。為未雨綢繆計，有意購買一層普通新樓，以備必要時，有一安居之所。

其時本街正在興建中之永豐樓[8]，行將落成，地點適中，適合一般普通家庭之所需要。戰後，我夫婦克勤克儉，薄有儲蓄，於是預購該樓之109號2樓一層，樓價三萬一千五百元，實用面積三百七十呎，每方呎伸值八十五元，香港向有寸金尺土之謂，似非言過其實。

吾初意以為新樓落成之日，乃舊樓拆卸之時，然而事出

8　永豐樓位於港島西營盤第二街 107 － 117 號，於 1964 年 12 月落成。

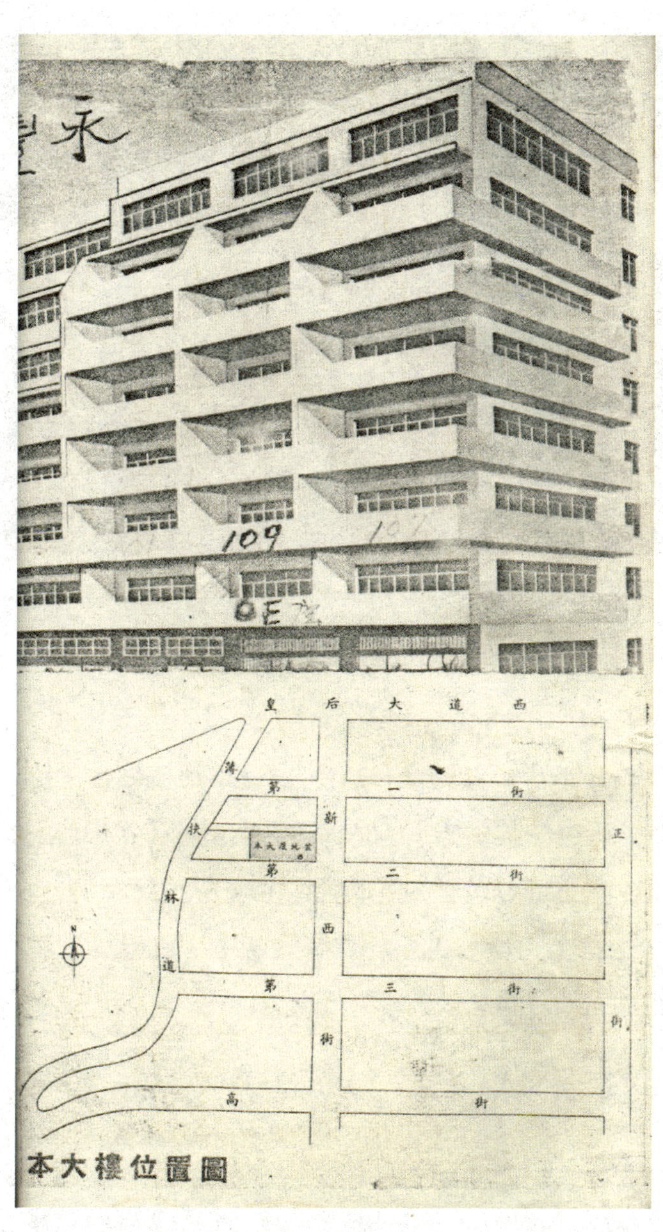

潘氏在此篇中加插永豐樓的售樓書，並標示了所購單位位置。
（摘自潘廣棷筆記）

永豐樓現況。（編者攝於 2025 年）

意表，由於最近中區 德明銀號[9] 破產事件所影響，建築業得不到銀行大量貸款支持，因是拆遷之風稍戢。在現居未有迹象拆建前，將不遷離現居，蓋現居是在地下，於所經營之紙張出入，較之樓上為便利也。於是將此新樓，出租於蛋商林炳居住，得此租值收益，以充裕家計。

9　應為明德銀號。原為錢莊，二十世紀四十年代初成立於香港，主要經營美元匯兑業務。1965 年，明德銀號發出的約值 700 萬港元的美元支票遭拒付，並開始傳出資金緊絀的消息，引發擠提。其後，明德銀號被政府接管，並宣佈因對地產放款過度而申請破產，自此倒閉。

潘氏 1964 年帶同兒子和幼女到香港佐治五世紀念公園留影。（潘廣槳遺物）

（七）銀行倒閉受損

乙巳 1965 4月14日（三月十三日）

由於去年底，德明銀號[10] 破產事件，人心浮動，謠言四起，引致香港史上之銀行最大風潮，有八家銀行，同時發生擠提存款，該八家銀行之現款，被提殆盡，弄致滿城風雨，旋由滙豐 渣打兩外資銀行，發表聲明，對各擠提銀行，予以支持，港府並派飛機赴倫敦，運英鎊來港代付提款，事始平息。

但廣東信託商業銀行[11]，以業務不健全[12]，未得到支持，無法應付存户之提款，迫於2月8日，宣佈停止營業。至4月14日，財政司宣佈「廣託銀行」無法復業，實行清盤，該總行暨廿六間分行，共有存户十一萬多户，總存款額一億四千多萬元，估計存户將可得回存款四成。

該行董事長為周竣年爵士，故為市民所信賴，我歷年均有款存入該行，當事變時，存款共達七千五百餘元，該款準備用來支付去年底，購入新樓之尾數者。今該款全數被凍結，經濟上受到重大打擊，至於將來得回存款百分之四十，尚遙遙無期，我居港以來，當以此次損失為最大。

10 應為明德銀號。

11 1931 年至 1965 年在香港營業的銀行，因擠提倒閉。

12 作者誤植為「存」。

一九六五年二月九日

港府授權銀行監理官接管廣東信託銀行

該行總行及港九新界分行昨同時宣佈暫停營業

【本報特訊】香港財政司昨晨簽署一項命令，授權銀行監理官林賽接管廣東信託銀行，此項措施乃屬需要，由於該行昨晨停止支付款項，而存戶大量提款，將該銀行之準備現金，提取乾涸。銀行監理官第一步驟，將為迅速檢定該銀行之財政狀況全貌，惟在目前，實在無法批評該銀行之財政情形。

本月六日，廣東信託商業銀行香港仔分行發生擠提後，翌日為星期日，照常營業，存戶提款者上午陸續減少，午後已回復常態，但元朗分行門前則排長龍，人數最多時超過二百人，元朗分行爲應付此不尋常局面，張貼佈告，延長營業時間至午夜十二時止，人龍至下午二時，逐漸消失，由于兩間分行均能應付存戶提款，一般人[illegible]

財政司對廣東信託銀行

[illegible]「該銀行之情況實已無法恢復營業，雖然不時有該行行將復業之消息流傳，惟此等報導，均屬毫無根據及未獲授權發表者」。

[illegible]「該行之董事迄未能立即籌措必要之巨款，作爲擠提中之付款及提供銀行之經營資金，以該行之處境而言，彼等能籌措此筆款項之希望，亦屬乎其微。」

潘氏在筆記中提及在 1965 年銀行風潮中損失慘重，圖為筆記內包含當時的報章報道。（摘自潘廣樑筆記）

（八）慶堂中學畢業就業

乙巳 1965 10月6日（九月十二日）

是年7月慶堂在伯南英文書院修業期滿，完成中學階段。由於慶堂在中學之中期，便入香港工業專門學院夜校，攻修電器機械工程系，目前已進入中級程度，如將來順利通過每年升級試程序，則尚有三年，便可完成高級之全部課程，故擬尋求一份與電學有關之職業，藉此可以充實其本身之技術，並可減輕家庭之負擔，從而繼續於「工專」夜校未竟課程。

因是，乃託親友盧華替慶堂在政府部門，求一適合其本人志趣之職位，盧君服務於工務司署[13] 有年，得其從中相助，經過投考之複雜手續，三個月來，大致進行順利，結果，幸被取錄，然非盧君之力不及此。

至是慶堂便開始進入加路連山道 工務局 電器機械工程部[14] 之電房為二級技工，總算學有所用。慶堂除日間在電房工作外，晚間照常返「工專」夜校上課。似此破題兒出門就業，能得一適合其本質之職業，躋身於技工之林，未始非厚幸也。

香港中學生畢業後，祇少數繼續升學，大多數找尋職業，在求職方面，大都趨向文員為白領階級，但吾認為本港自戰後，由轉口商埠成為工業埠，所以對慶堂此次進入電房工作，向工業方面求進取，甚感欣慰。

---

13 Public Works Department，於 1892 年至 1982 年存在的一個政府部門，負責政府各項工程。

14 1982 年改稱機電工程署。

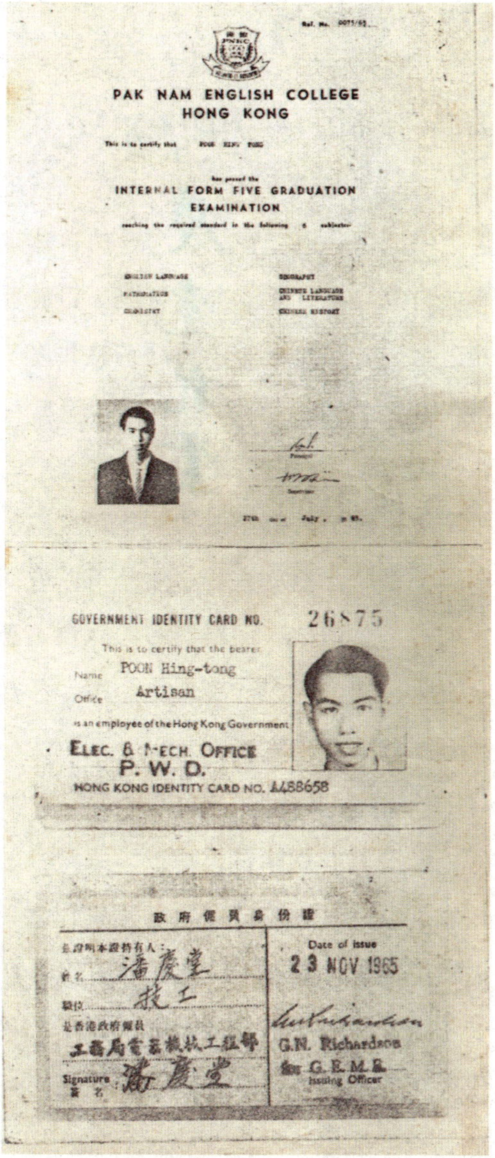

PAK NAM ENGLISH COLLEGE
HONG KONG

INTERNAL FORM FIVE GRADUATION
EXAMINATION

GOVERNMENT IDENTITY CARD NO. 26875

This is to certify that the bearer

Name POON Hing-tong

Office Artisan

is an employee of the Hong Kong Government

ELEC. & MECH. OFFICE
P. W. D.

HONG KONG IDENTITY CARD NO. A488658

政府僱員身份證

茲證明本證持有人：

姓名 潘慶堂

職位 技工

是香港政府僱員

工務局電器機械工程部

Signature 簽名 潘慶堂

Date of issue 23 NOV 1965

G.N. Richardson
for G.E.M.E.
Issuing Officer

圖為筆記內潘氏次子的中學畢業證書和進入公務員體系的證件影印本。潘氏次子一直任職政府，直至退休。（摘自潘廣樑筆記）

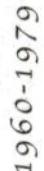

（九）賣樓買樓經過

丙午 1966 12月25日（十一月廿四）

我家向以收購舊報紙整理出售以為業，十五年來，不分晝夜，在狹隘之房間勞作過生活，久矣已成自然。乃至慶堂中學畢業後，幸能自立謀生，兩女亦漸長成，對於目前之生活環境，大有改善之必要。一年前，已將歷時悠久之家庭手工業結束，轉業小販，在西營盤街市附近[15]，擺賣家庭日常用品，而以東邊街之原有固定攤位為貯貨之用。

當結束紙業工作後，便計劃改換居住新環境，雖然兩年前曾置有樓宇一層，當時出租於人，必要時可以取回自居，但此座大廈式之永豐樓，伙數眾，而雜費多，認為不甚理想，並且擬將此層樓宇出售，得款另謀一標準之唐樓，作為永久性之安居物業，而人事紛紜，久未實現。

乃時至今日，據悉永豐樓之住客林炳，近年來之蛋業生意，所獲不菲，且聞其有意購置樓宇以自居。我夫婦因而乘便將事實坦誠相告，願將其現時所居之物業權轉讓，俾有款另求別居，林氏夫婦可能以入居後，謀事大都遂意，故對此次之提議，樂於接受。洽商結果，乃以三萬二千元之樓價成交，此後林氏便以原住客，成為其現居之新業主矣。

自永豐樓脫售成交後，即進行物色新住所，在各式各類之新樓選擇當中，則以第一街與東邊街交界處，正在興建中之一

15 檔口位於現時正街第二街和第三街之間。

潘氏為此篇所繪的地圖標示近年買賣的樓宇位置。值得留意的是，現時的高街當年仍是舊稱「第四街」。（摘自潘廣樑筆記）

幢單邊獨立唐樓，為最理想，該樓宇為一梯一伙，實用面積有四百七十二方呎，大於永豐樓逾百方呎，空氣充足，更非永豐樓所可比擬，正適合向所需求。遂即與建築商陳偉如洽購該幢之5樓連天台，該層樓宇，頗為搶手，有多人競購，卒以四萬六千五百元簽約成交，樓價雖高，但作為定居長遠計，自有其價值存在。該幢樓宇將於三個月後，可望全部完成。

（十）新居入伙雜記

丁未 1967 7月21日（六月十四日）

去歲杪，自將永豐樓二樓脱售，得款連同貯蓄，購入第一街2號五樓連天面全部，樓價及厘印税、律師費，合共四萬八千元。落成於今年3月，至7月1日，始將五樓全層，出賃於商人談炳居住，無獨有偶，與永豐樓之舊住客林炳同名。租賃期限五年。

至於天台，則留為自用，於是構工營造，全部採用鋼鐵為主料，大致以鋼架作支撐，上蓋石棉瓦，四圍鑲以鋼窗、鐵門、鐵閘、鐵欄、及鐵花架等，復在鐵門入口樓梯上，建一閣房，開窗口及築露台等，閱時三月竣工，顏曰「潘園」。建設

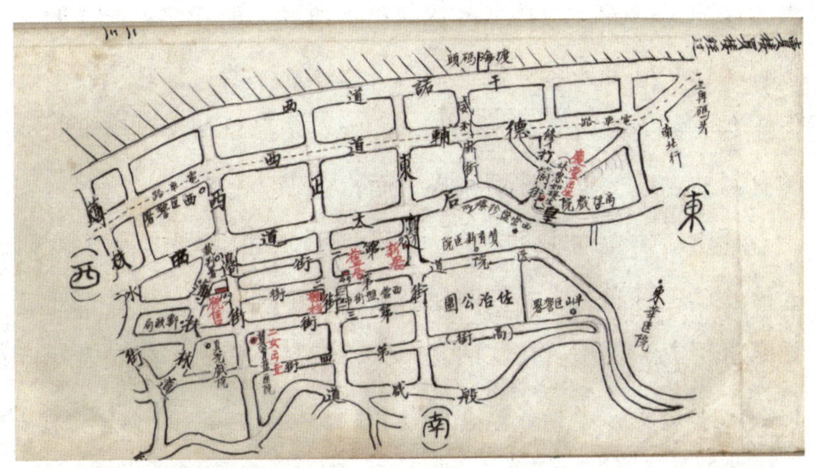

潘氏在此篇的自繪地圖中將潘家近年事件的發生地點標示出來。（摘自潘廣樑筆記）

費用共六千六百多元，包括改革五樓費用一千元在內，至是連同樓價，統計達五萬四千六百多元。由於前年銀行倒閉事件所牽累，及此次建設費超出預算，致須負外債近萬元。

當建設竣事時，正值香港發生史無前例之大暴動[16]，引致滿城風雨，為避免外出麻煩計，乃在天台住所，設宴歡待親友，聊以誌慶，是日為農曆六月十四日，適為吾六十歲生日之辰，並不以騷亂事件，而稍減宴會之熱鬧氣氛。

至於天階、露台與及室內之設備，尚有多項，未能及時裝置，然此乃屬次要，假以時日，當經濟充裕之時，乃從新佈置之日。凡此上述，乃購置本樓及建設天台過程之概略也。

本幢樓宇，為一三面臨街之獨立唐樓，一梯僅四户，為本港新樓中户數之最少者，每層樓面積，可間三睡房一客廳，殆一中等家庭較為理想之住宅也。至天台之面積，與樓層之面積大致相同，但天台有較多可資利用之地方，如利用入口梯間之走廊牆壁，可掛多類圖畫，梯之上層建成小閣，梯之頂面，闢作露台，可與廳前之天階，互相輝映，花鳥草魚，點綴其間，頗有園林之趣，是以樓價稍昂，而得益不淺。

吾寄跡香港，凡四十年，而居於第二街49號地下，就佔去三分二之時光，今始能轉換新環境，由理想成為事實，亦為我家卅年來，改善居住生活之一大轉捩點，而值得紀念之好日子。

16 六七暴動。

上圖為第一街 2 號 2000 年代初時的情況。下為重建後成為長者中心。（編者分別攝於 2004 年和 2025 年）

當年潘氏住所天台設有一個涼亭，潘氏將之命名為「念慈亭」，相信是以此紀念已故母親。編者的表姊弟妹來探訪爺爺嫲嫲時，大家經常會走上這個涼亭玩耍。（潘廣樑遺物）

筆記內有念慈亭內的刻字碑和木對聯照片影印本，惜原照片已不知所終。（摘自潘廣樑筆記）

（十一）慶堂電機畢業

戊申 1968 7月31日（七日初七日）

近兩年間，慶堂曾先後考獲汽車駕駛執照，及電器機械工程證書，前者在其本身職業上，似無關重要性，但後者對其前途，則具有頗大之影響力。

慶堂於1962年中學期間，便考入香港工業專門學院夜校，專修電器機械工程系初級三年班，1963年升中級班，1966年升高級班，換言之，初級與中級皆須讀三年，高級則讀兩年。慶堂在此一段長時間內，曾下過不少工夫，尚幸皆能順利通過所有考試程序，而至完成全部課程，獲得學院頒給畢業証書，此學歷對其現職前途之進展，將有莫大之助力。

至於慶堂考取汽車駕駛執照之動機，乃是前年之事。由於其現職「加山」電器部，經常修理汽車內部之機件，引致其對駕駛汽車，饒有興趣。因而於工餘之暇，乃以每個鐘八元之數，給與教車師傅，指導駕駛技術，經過六十個鐘之練習時間，終於考取由交通部[17]發給之駕駛執照，成為一個正式汽車司機。此雖對其現職，無關重要，但多一藝傍身，將來或可濟於用。此乃去年1月25日事也。

17　即運輸署。

潘氏一家於 1968 年 2 月在第一街 2 號天台兼住所拍攝全家福。當時天台一半屬於露天（照片背景位置），非露天位置則放置床鋪。（潘廣楔遺物）

（十二）艷堂升讀中學

己酉 1969 9月2日（七月廿一日）

吾對兒女之志趣，除不良嗜好外，向不加以干預，任其自由發展。麗堂品性沉靜，喜愛服裝，曾入女子裁剪學校實習經年，對於裁剪設計之興趣，甚於讀書寫字，此長則彼消，課本自然比不上裁剪之效能。故自1963年小學期滿後，便無意於升學，祇在醫院道之漢師夜校[18] 讀初中班三年，便結束其學生時代之生活。

至於艷堂之志趣，與其姊恰相反，兩年前，自新會商會學校轉讀於薄扶林道 潮商學校，該校為一現代化之中小學校。至本年7月，小學修業期滿，被學校選派，參加教育司署主辦之升中考試。

艷堂性好動，曾多次代表本校，參加香港校際田徑運動比賽，先後獲得乙級跳高亞軍，及賽跑季軍。而在校期間，功課成績尚佳，此次小學畢業，本可以繼續在本校升上中學。

但由於其母校，乃男女生同班受課者。吾以為中學生之活動，不比小學生之單純，殊不願艷堂留校升學，寧可另擇一間純粹之女校，使其升學。可能有人譏為保守，而不合時宜，此

18 漢師夜校由辦學團體香港漢文師範同學會成立，已閉校。該同學會成立於1928年。漢師同學會全盛時期，除了開辦香港漢文師範同學會學校外，亦有兩所小學、三所夜校和幼稚園。

潘氏一家 1969 年在住所用餐的情況。據家人憶述，當年潘氏一家五口每晚例必圍在一起吃飯，細說家常。（潘廣樑遺物）

則不擬置辯，祇行吾志而已。9月1日，艷堂便開始在玫瑰女子英文書院[19] 上課，取學名曰「海倫 Helen」。校址在半山區堅道97號，乃天主教會所主辦，為本港目前高尚女校之一。

19　正名為玫瑰英文女書院，即香港聖瑪加利女書院前身。

（十三）相契

庚戌 1970 5月19日（四月十五日）

自1942年，香港淪陷期間，我家便在第二街49號地下居住，廿五年後（*1967*），才遷離舊居，搬到鄰近第一街2號新居。而與舊樓之前同居人，仍時有往還，其中以張作鴻為最，張為海豐人，向在舊居經營新德利蛋業生意，有二子長名偉文，年四歲，次名國文，年二歲，一家四口之生活，堪稱定安。

由於張作鴻與婦同宗，並且同鄉，在以前同居私誼上，較其他為密切。當我家遷離舊居後，張氏夫婦，曾多次表示，擬將其次子國文過契我夫婦為誼子。忖其意，可能以子幼親疏，兩家近在咫尺，有事聲氣相應。吾當時未有任何表示，以為建立友誼，並不在乎形式。

乃時至今日，他們夫婦，又舊事重提，並決意擇定吉日，購備酒食，携同小孩來我家，循俗例叩拜誼父母儀式。由是日起，我們兩家，便成為通家之好。

潘氏（左）1970 年與幼女（左二）到訪沙田。這是第一次在照片中見到潘氏使用拐杖。（潘廣棨遺物）

增修香港史序

我國抗戰期間編者在工會任事於工餘之暇嘗編輯一部香港大事記乃至一九四一年世界風雲日亟時局緊張此記敘文遂告中止是年十二月太平洋戰爭爆發香港淪陷編者生逢亂世自顧不暇對此小冊更無暇顧及矣

迨和平後人事紛紜許久未有寫作直至近數年間生活稍為安定暇輒與翰墨結緣偶爾憶及廿八年前所編之香港大事記猶深藏箱底任由蠹食蟲蛀未免可惜因而檢出此頗有歷史價值之殘缺舊抄本整理校對重新編寫並將廿八年來所積集之香港大事稿本繕正接續前編庶幾一脈相承貫通今古至于其他雜錄散文乃近五年來蒐集各類刊物之有關資料而寫成全書分為四卷

東坡志林載三老相遇問年其一曰海水變桑田吾輒下一籌今已滿十籌矣又神仙傳記麻姑說接待以來已見東海三為桑田此雖是壽年的比喻但香港以一荒島開闢為埠一任交付一任不斷經營移山填海迄今何止東海三為桑田更不止籌滿十數滄海變桑田成為今日之東方大埠英人譽之為皇

潘氏於 1970 年為其《香港史地探略及發展》增序。（潘廣樑遺物）

（十四）嫁女[20]

辛亥 1971 10月7日 （八月十九日）

光陰如流，踏上七十年代之開始，兒女逐次成長，慶堂與麗堂，均屆結婚年齡，艷堂亦進入中學三年級階段。然而人各有志，慶堂以學業為重，至目前尚無意談及婚事。至於麗堂，前憑財姨作伐，與她堂弟陳錫林訂下婚約。財姨之丈夫盧華，乃六年前介紹慶堂入工務局工作者。

錫林世居寶安縣沙井鄉，早喪父，有母及弟錫權居鄉，其兄嫂及姊夫婦，則居於新界元朗區，兄名錫輝，姊夫文永持，均在當地營商。由於錫林因工作關係，不得不離開親人，另在灣仔租房獨居，衣食需親自料理，近擬早日完娶，俾家務主持有人，吾夫婦亦有此同感。

男家於是籌備婚儀，雙方同往香港婚姻處註冊，擇是日舉行婚禮，親迎女兒過門，是晚乾坤兩宅，在銅鑼灣吉慶酒家[21]聯宴親友。錫林已闢新居於德輔道西272號5樓，與本宅距離甚近，此後麗堂夫婦，儘可時來團敘，不為女生外向俗情環境所囿，是亦足以自慰也。

兩年前，錫林與慶堂原屬同事，其後慶堂調職水務局，錫林則仍在工務局工作，其學識或有不逮慶堂，而不嗜菸酒賭

20 在此篇開始，潘氏不再在筆記內使用專名號。

21 吉慶大酒家，位於波斯富街，已結業。

潘氏一家 1972 年與三女夫婿（戴墨鏡者）出遊。（潘廣棵遺物）

博，及有進取心，則志趣有相同，當此新生活開始，應倍加努力自愛，在社會是個好公民，在家庭是個好丈夫，錫林其勉諸！

（十五）娶媳

壬子 1972 7月12日（六月初二日）

三年前，慶堂以工務局技工，轉入水務局為技士，越二年，被派至沙田濾水廠[22] 實習工程。在職期間，經常乘車前往船灣海淡水湖，及遠至羅湖邊境之鐵路綫一帶，巡理輸水系統，因此，與年近六旬之司機陳權，通常聚首一車，頓成忘年之交。

潘氏夫婦 1972 年當上老爺奶奶。（潘廣樑遺物）

22 沙田濾水廠早於 1964 年 5 月開始運作，是船灣淡水湖計劃的一部分。食水從船灣淡水湖大美督抽水站，輸往沙田濾水廠過濾，再經由位於獅子山隧道的水管運送到九龍以及再輸送到香港島。

陳君老經世故，豪爽而健談，因悉慶堂尚未有結婚對象，乃自作氷人，介紹其誼女為侶，由是兩人情感，與日俱增。其後陳君與其誼親聯袂前來説親，吾夫婦娶媳本求淑女，對聯婚事，咸表同意，遂擇吉向女家正式下聘禮，此乃去年12月15日（夏曆）也。

原擬在今年夏曆8月間迎親，詎女父最近突患重病，因徇女家請求，將婚事期提前舉行。至是慶堂偕女前往香港婚姻註冊處，辦理結婚手續，同時擇定五月廿日過大禮，六月初二日在本宅舉行迎親儀式，是晚假座灣仔悦盛酒樓，設備喜筵宴客，同時拍照留念。

新婦徐氏柳芬，年齡少慶堂一歲，在香港受過中等教育，現在中區太子行任職售貨員，籍貫番禺縣琶洲村（屬廣州市河南郊區），現居於半山區堅道5號B地下。[23]

余夫婦半生勤儉，久歷滄桑，幸而稍有成就，生活安定，時至今日，女已成家，男亦受室，一女就學，誠宜闔家一體，分工合作，和諧共處，殆一良好之家庭也。竊以為少者能善體親心，老者亦愛護後輩，互相諒解，則萬事可成，要知和氣而後家道成，家道成而后（後）事業才能發展，從而作下一代之榜樣，推而為有利於社會之服務。反之，家庭尚不能融洽，遑論其他發展耶！此先賢所以先身修而後家齊，家齊而後國治也。

23　原文中的家人資料從略。

（十六）施手術叠記

癸丑 1973 2月14日（正月十二日）

近三月內，吾夫婦曾先後入醫院療疾，幸皆平安出院，其經過情形，合並記述如下：

余以老弱身軀，百病叢生，多年來，胃間輒感間歇性隱隱作痛，與克痛藥物，結了不解緣，乃至半年前，其痛由間歇轉為頻密，且劇痛如刀刺。念以往只求治標，而痛症永無止境，為謀一勞永逸，徹底治療，乃求醫於名西醫張伯柱，採用X光儀器，作全體檢驗，結果，斷為嚴重胃膽病所致，須要從速入醫院，接受手術治療，此乃去年底事也。

當時，余入港中醫院留醫，由張醫生主持，進行手術，施予迷藥，割開胸膛，切除半胃及一膽，胃之表面呈灰白色，約二吋半乘一吋，中嵌圓型黑色，大如五角硬幣，業已腐爛。據

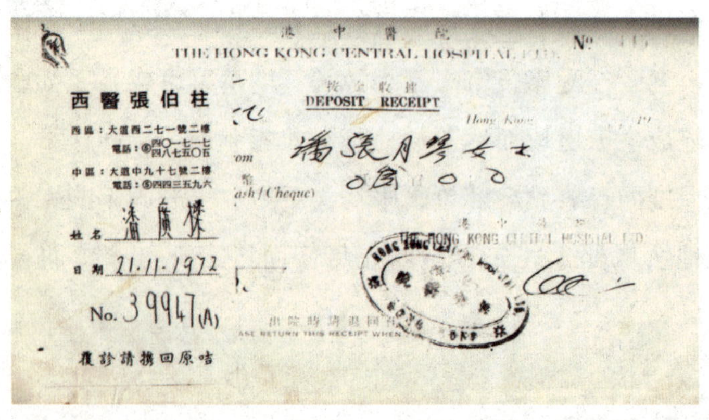

西醫張伯柱
西區：大道西二七一號二樓
電話：⑤四〇一七一七 四八七五〇五
中區：大道中九十七號二樓
電話：⑤四四三五九六
姓名 潘廣樑
日期 21.11.1972
No. 39947(A)
覆診請携回原咭

港中醫院
THE HONG KONG CENTRAL HOSPITAL LTD.
No.
按金收據
DEPOSIT RECEIPT
Hong Kong
...om 潘張月琴女士
...ash / Cheque)
港中醫院
THE HONG KONG CENTRAL HOSPITAL LTD.
出院時請退回
...ASE RETURN THIS RECEIPT WHEN...

潘氏筆記中包含夫婦二人先後入院接受手術的文件。（潘廣樑遺物）

醫生說：此症名胃生瘡，幸未爛透胃壁，否則難於醫治，並表示右邊一腎，已失去效能，但尚無大礙。至於膽內則嵌有小米兩粒，名為膽石。余經年累月，為多項痼疾所困擾，肉體與精神，備受摧殘，今一旦將其剔除，回復生機，實深萬幸！

余自去年11月22日（十月十七）入醫院，至12月2日，手術順利完成出院，回家養傷，當留院期間，備嘗手術後之傷口劇痛，及注射時皮肉疼苦，日與針藥為伍，苦不堪言。但念今後不再受頑症威脅，故雖身受苦而心境舒暢，迄今體魄，大致復正常。

當余出院兩月後，月琴亦以膽病入港中醫院治療。她遠在三年前，早患有膽病，當病發時，面青唇白，胃翳氣脹，輾轉呼痛，月輒三數次，一向當作胃病醫理，屢醫罔效。最近鑒於余之被施手術，相當成功，因是決意以同樣手術治療。

月琴於今年2月6日（年初四）入港中醫院，亦由張伯柱醫生主診。港中醫院，位於半山區下亞厘畢道，由本港多名大醫師合辦，乃一純粹私家醫院，院費較昂，而手術設備完善，對於病人，是具有極大安全感。

月琴此次接受手術，其經過情形，大致與余所施之手術一般，所不同者，余之手術較為複雜嚴重，而她只割去一膽，取出大如龍眼核之膽石兩枚，以膽病而言，所患殊非輕也。幸而月琴體質素健，故留醫時間略短，至2月14日便出院，在家休養，吾夫婦此次能將痼疾消除，是值得慶幸，因此筆而為之記。

（十七）添孫

癸丑 1973 九月初五日（9月30日）

去年九月初八日，麗堂在贊育醫院產下女嬰，取名陳淑賢，迄今將滿一歲，已牙牙學語，活潑可愛。今年九月初五日，夏季時間下午十二時卅分，媳婦在港中醫院分娩，則舉一男，體重六磅餘，舉家歡欣。

內外孫皆在九月上旬出生，相差不過三日，可云巧合。余晚年得以弄孫自樂，分甘娛目，於願足矣。至於撫養教育，當為後輩之責任，望好自為之！

余為嬰兒取名立基，同時根據出生登記冊規例，命慶堂用此名登記，領取由註冊總署發給之出世紙。[24]

回憶慶堂出世時，未有命名，衹隨俗喚之為牛仔，直至適齡開學時，才正式為他取名慶堂上課，而從前所領取之出世紙，當然未有他的名嵌於紙上。迨後，余鑒於他將來就業或出國時，需要有本人名字之出世紙，方能生效，乃於1964年，向註冊署申請換領嵌上慶堂名字之出世紙，經過多次手續，才告竣事，此亦余當時之疏忽，因並及此，以告後輩。

立基一出娘胎，即由母乳哺養，發育過程，一切良好，瞬屆滿月，乃假大道西得記酒家，特備薑酌，歡宴親友，同時拍照留念，場面熱鬧。時為農曆十月初五日，即公曆11月30日也*（應為10月）*。

---

24 出世紙資料從略。

長男孫 1973 年出生，對潘氏而言相信是人生重要事件之一，除了他負責為孫兒起名外，在其遺下的不同相簿中，都有多張長男孫的照片。（潘廣樑遺物）

（十八）慶堂升職

甲寅1974 3月1日（二月初八日）

1969年7月，慶堂以工務局電器部技工，轉入水務局儀器部為三級技士（科文級），其後遞升至一級技士。曾先後被派至梅窩濾水廠，及沙田濾水廠工作，而以在沙田濾水廠服務時間最長，迄今已逾三載。

蓋沙田濾水廠，為目前世界最大濾水池之一，所有新界船灣湖、大欖涌、城門、石梨貝等水塘，與及大陸東江之水等，均分別由各該引水管，輸入該池清濾，才輸送至港九各地，以供應居民食用，及工業需要。就目前被譽為世界儲水最多之萬宜淡水湖，將來完成後之水，亦由該池清濾。由此可見，該廠對港民生活之密切關係重要，故順帶略言之。

由於慶堂早於1968年，在香港工業專門學院電器機械工程系畢業，獲高級文憑，及英皇夜校英文會考合格証，與及有八年餘之工齡，憑此履歷，因而獲得升級機會。本年初，被任為水務局助理督察員（幫辦）。

慶堂自1965年中學畢業後，即入政府部門工作，其後按步歷階而升，乃至現在之職，殊非倖致。此後仍須努力不懈，以求貫徹所學之主旨，而為一個高級良好之公務員。

隨着長外孫女（右）和長男孫（左）等八名孫兒女在 1970 至 1980 年代先後出生，潘氏晚年以弄孫為樂。圖為他於 1974 年夏天帶同兩孫到香港佐治五世紀念公園遊玩。（潘廣樑遺物）

（十九）艷堂中學畢業

甲寅 1974 7月15日

1969年，艷堂自潮商學校[25] 小學六年級畢業，進入玫瑰女子書院讀中學一年級，由此遞嬗，至1974年6月，五年修業期滿，7月15日校方給她中學畢業証，10月並給予校方的介紹書，教育署也頒發會考證書。

在十年前憑此履歷求職，較為容易，而近十年來，香港人口與學校逐年增加，年中男女中學畢業生，數達千人，衹少數繼續升學，多數尋求就業，而政府部門及各大機構空職有限，

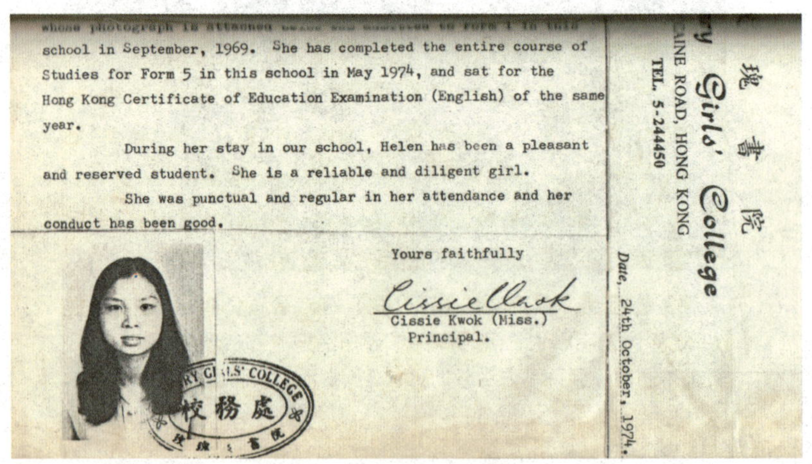

school in September, 1969. She has completed the entire course of Studies for Form 5 in this school in May 1974, and sat for the Hong Kong Certificate of Education Examination (English) of the same year.

During her stay in our school, Helen has been a pleasant and reserved student. She is a reliable and diligent girl.

She was punctual and regular in her attendance and her conduct has been good.

Yours faithfully

Cissie Kwok

Cissie Kwok (Miss.)
Principal.

瑰 書 院
ry Girls' College
AINE ROAD, HONG KONG
TEL. 5-244450

Date, 24th October, 1974.

GIRLS' COLLEGE 校務處

潘氏展示幼女的中學畢業證書。（摘自潘廣樑筆記）

25 香港潮商學校由香港潮州商會於 1923 年創辦，以商會會址香港干諾道西 29 號為校址。1961 年學校遷至薄扶林道，沿用至今。

形成供過於求，欲求一適合的職業，殊非易事，

艷棠偶從報紙上發見旺角大元百貨公司[26] 聘請男女售貨員的廣告，她遂試往應聘，該公司人事部主管，閱她履歷表格，認為適合售貨條件，予以錄用。艷棠對於售貨工作，本非她的志趣，但當此人浮於事的社會，姑且安之，徐謀求一較為理想之職業。

26　1970 年代活躍的百貨公司，現已結業。

（二十）孫女出世

乙卯 1975 三月廿六日（5月7日）

本年春季，女兒和媳婦無獨有偶先後皆誕生一女。正月十二日，麗棠第二胎女嬰在贊育醫院出世，取名淑貞。媳婦於三月廿六日（5月7日）未刻，在瑪麗醫院也產下女嬰，我替她取名美基。

孫兒立基，已滿歲半了，活潑好動，但遲遲尚未發正音，今始牙牙學語，嗜食也和一般嬰孩略有差別，日常仍以煉奶為主要食用，間以米粉麵條為副食，對於粥湯和肉類，則絕不沾唇。麗棠的長女淑賢，比立基長一歲，生活較為正常，她文靜而不擇食。

我以為嬰孩的機能，似屬先天的，而環境改造，則屬於後天，為人父母者，應注意及此。今記孫女出生的事，因而並及兩個孩提的生活動態。

潘氏 1975 年與家人到山頂遊玩，圖中小孩為長男孫。（潘廣樑遺物）

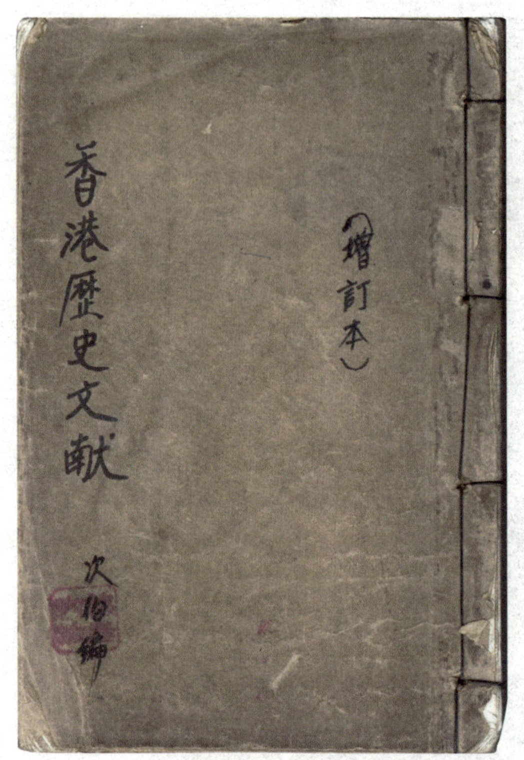

潘氏 1975 年所著《香港歷史文獻》一書，內容轉載香港的一些歷史文件原文。（潘廣樑遺物）

九廣鐵路合同草約 一九〇七年興築鐵路草約合同
九龍城寨懷古：龍津義學 惜字亭 龍津石橋
(附)九龍城寨管轄權照會 一九四八年城寨居民被迫遷事件
有關民族活動
孫中山先生西医畢業文憑 一八九二年
孫先生訪港記 一九二三年
留港志士上港督卜力書 一九〇〇年
港僑先烈楊衢雲傳 一九一〇年楊烈士在港被刺
港僑祭楊衢雲烈士文 一九六〇年
洪春魁討滿清檄 一九〇三年

目錄
英據港開埠百週年賀詞 一九四一年
日軍在港投降文書 一九四五年
有關市民活動
粵劇男女同班呈文 九老園佳話
香海千歲宴邀柬 三壽作朋序
港督榮休去思頌
有關碑記雜錄
青山遊記 錦田鐵門重光記
怒水橋洪流肇禍記 中華總商會大廈落成記
侯王古廟聖史碑記 宋皇臺遺址碑記

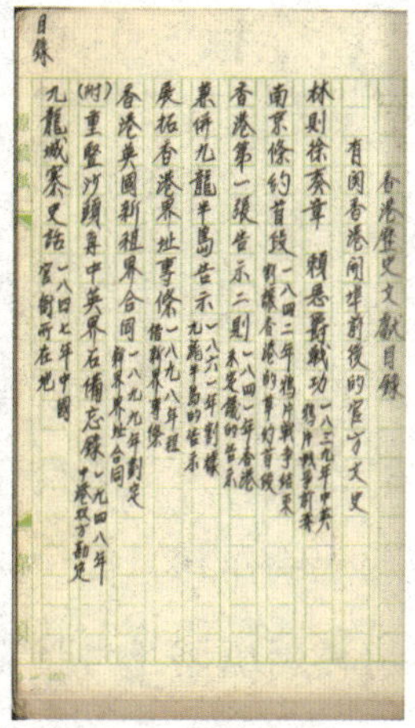
香港歷史文獻目錄
有關香港開埠前後的官方文史
林則徐奏章 賴恩爵戰功 一八三九年中英鴉片戰爭前夕
南京條約首段 一八四二年鴉片戰爭結束割讓香港的章約首段
香港第一張告示二則 一八四一年香港未定讓的告示
兼併九龍半島告示 一八六一年割讓九龍半島的告示
展拓香港界址專條 一八九八年租借新界專條
香港英國新租界合同 一八九九年劃定新界界址合同
(附)重豎沙頭角中英界石備忘錄 一九四八年中港双方勘定
九龍城寨史話 一八四七年中國官衙所在地
目錄

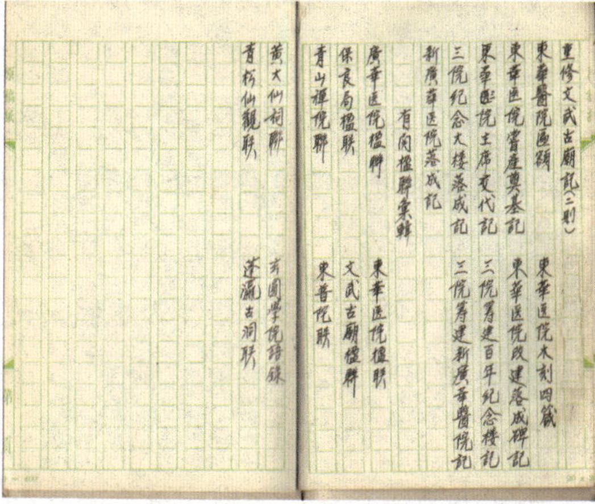
重修文武古廟記(二則)
東華醫院匾額 東華医院木刻四箴
東華医院當年奠基記 東華医院改建落成碑記
東華醫院主席交代記 三院籌建百年紀念樓記
三院紀念大樓落成記 三院籌建新廣華醫院記
新廣華医院落成記
有關楹聯彙錄
廣華医院楹聯 東華医院楹聯
保良局楹聯 文武古廟楹聯
青山禪院聯 東普院聯
黃大仙祠聯 玄圓學院語錄
青松仙觀聯 蓬瀛古洞聯

目錄內容包羅萬有。
（潘廣樑遺物）

（二十一）艷棠見習護士

丙辰 1976 3月22日（二月廿二日）

艷棠自中學畢業後，無意繼續升學，於是出而找尋工作，先後在大元和松坂屋兩大公司任售貨員。她對這份工作，是暫時性的，一旦有適合她志趣的工作，她會轉業的。

去年12月間，錫林壻以服務於政府新聞處的便利，獲悉政府醫務處將招考見習護士生，遂向醫務處領取考生申請表格一份，轉交艷棠，艷棠對於醫療工作，向感興趣，遂填寫履歷於表格內，申請應考。

今年1月底，醫務處的考官，開始分日接見日以百計的應考生，分別多次的口試和筆試。事後，獲得醫務處來函通知，艷棠在被取錄卅名的考生中，幸而有名。醫務處以公函知會松坂屋公司，獲公司同情准她辭職。稍後，她除接受醫生體格檢驗和打強身針外，並領取服裝和辦理入學等事項。

3月22日，卅名取錄生進入九龍醫院護士學校開始上課受訓期間，寄宿校內方便溫習功課，而在校受訓期最少為六個月。9月22日，艷棠和部份同學被派在九龍醫院的病房，開始見習醫療工作，聞將來會派到伊利莎白醫院見習，全部見習為期兩年畢業（指考試合格而言）。

在見習期內，仍須按時入校受課，每三個月測驗功課的成績一次。據説：測驗不合格的，需要留級，再次仍不及格，則要離開醫院的工作，另找別行的職業了。艷棠對這六期的考驗，能否順利通過，這時言之，未免過早，待1978年中，自有分曉了，艷棠努力罷！

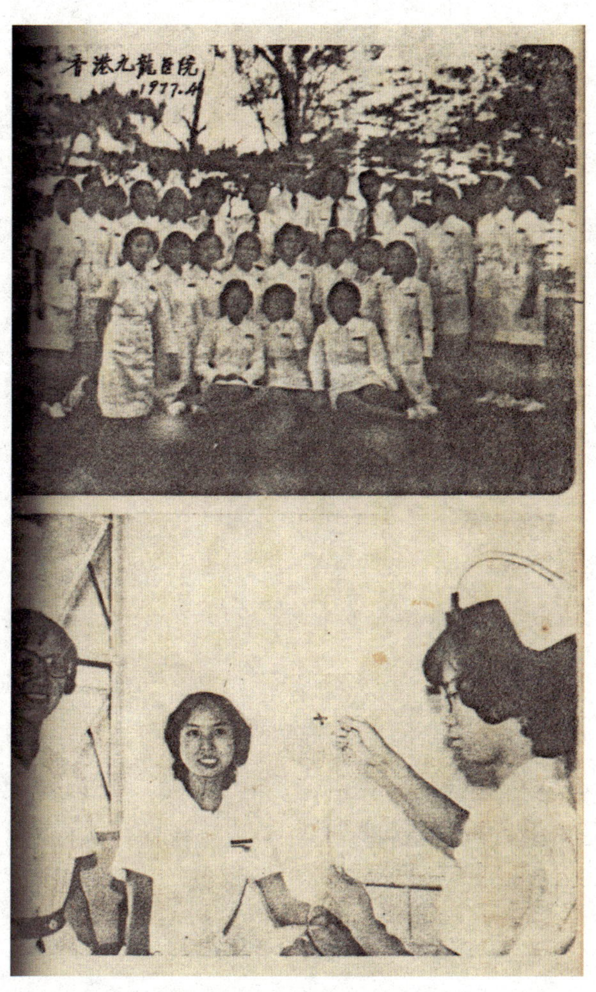

潘氏在筆記中展示幼女的見習護士生涯點滴。（摘自潘廣榤筆記）

（二十二）立基開學

丙辰1976　9月1日（八月初八日）（註：此篇標點為後加）

是年五月廿五日辰刻（6月22），第二女孫X基[27] 在瑪麗醫院出世，其時美基祇有十四個月大，立基尚未足三歲，三個嬰孩須要同時照顧，頗為吃力。我兩老十年來一向在正街作小販售賣衣服，這是我半晝的日常生活一部份，至是閒常。須要兼顧這個頑皮好動的男孫或剛剛學行的女孫，一方面覺得麻煩而生氣，另方面又覺得有刺激性的快慰心情，這是人生過程中的矛盾心理麼？

今年陽曆9月30日立基便滿三歲了，他天真活潑，口齒伶俐，但揀飲擇食，不啜粥湯而好吃粉麵的習慣，至今還沒有改變。小孩嗜食急速很難改變他的習慣，當逐步引導他和美基一般的正常飲食。

時正街英華台英華幼稚園[28] 招生，慶堂遂往報名，送立基入幼兒級上午班，交由教師管教，減少半晝在家的照顧，並且使他開始集羣的生活和看圖認字，做好將來讀小學的基本課程。雖然學費較小學還多些，也是值得的。

我除例假外，每日携帶立基上學和放學，這也是日常生活一部份。回首前事，兒子六歲才開學，今孫兒才三歲便開學，這是時代環境所造成，不能相提並論的。

27　註：當事人希望隱去姓名。

28　現已結業。

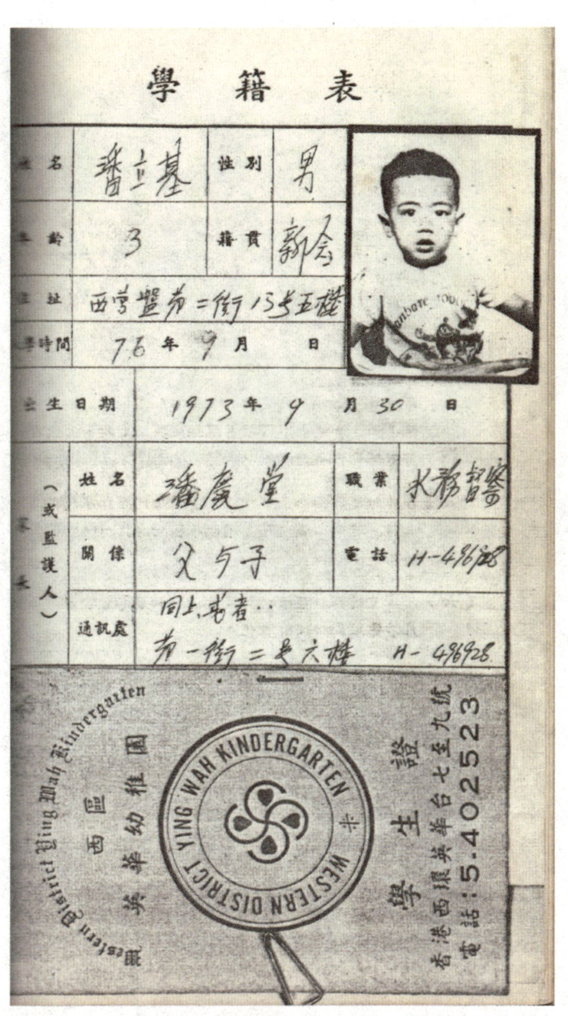

學籍表

名	潘立基	性別	男
齡	3	籍貫	新會
址	西營盤第二街13號五樓		
學時間	76 年 9 月 日		
生日期	1973 年 4 月 30 日		

家長（或監護人）	姓名	潘廣[illegible]	職業	[illegible]
	關係	父與子	電話	H-496[illegible]
	通訊處	同上，或者.. 第一街二號六樓 H-496928		

Western District Ying Wah Kindergarten

西區英華幼稚園

YING WAH KINDERGARTEN WESTERN DISTRICT

學生證

香港西環英華台七至九號

電話：5.402523

筆記中長男孫的幼稚園學生證和手冊。（摘自潘廣樑筆記）

潘氏 1976 年帶同三名孫兒女到「花園仔」打發時光。（潘廣梨遺物）

（二十三）四十婚期紀念

乙卯 1976 十二月初九日

是年乙卯歲十二月初九日，已轉入公曆1976年1月了。是日乃我兩老結婚四十週年紀念，西俗稱之為羊毛婚，兒女們皆認為值得慶祝的，遂聯合購買一個古色古香之大宮燈，並寫上兒媳女婿的名字於燈中，和題上饒有意義的字句，懸於廳中，以示慶祝，別有一番歡樂氣氛，是日沒有什麼鋪張，祇合家大小同往酒家吃一頓四熱葷的晚餐，同時拍照留念而已。

回憶十五年前的此日，我夫婦也曾在舊居略備茶點，作

1976 年潘氏夫婦慶祝結婚 40 週年當日，潘氏在子孫送贈的大宮燈前拍照。（潘廣樑遺物）

為銀婚紀念，當時周耀萍姨婆（隨子叫）和鄉親何順寧分別贈我夫婦以雙喜銀碟及銀盾，這兩件紀念物品，至今還保存在家中。

（二十四）七十壽辰懷舊

丁巳 1977　六月十四日

我乳名錦良，這是我曾祖父啟茂公所命名的，鄉間親人向以這名字相喚。由於我是始祖碧巖公十八世孫，循族例屬「嘉」字派，當我成親時，因而命字「嘉熾」。來港後，則以廣樑為別字。晚年，人多以潘伯稱呼，遂自號「次伯」，因我排行第二也。

前清光緒卅四年戊申六月十四日辰刻我出生於坦邊村企石祖屋，其時為公元1908年也。1922年，離鄉上省覓食。1928年，由省轉來香港謀生，迄今接近半個世紀，香港不啻是我之第二故鄉啊！

回憶1967年，當年夏曆六月十四日，我屆六十歲生日（虛齡），適逢第一街口新居落成入伙吉日，這時候，香港大暴動正在發展到如火如荼之際，遂由筵席專家到會，在新屋天台上設筵歡宴親友，聊示慶祝。此後，每年此日，我為了避免應酬繁文，大都授意兒女輩，不必大事鋪張，只全家大小包括錫林一家大小，聯同往附近酒樓，隨便設幾席，共進晚餐而已。

十年後的今日，慶堂夫婦決定假座大道西得記酒家，為我七十壽辰而設桃酌，親朋戚友到賀者眾，當晚筵開八桌，場面相當熱鬧，我雖然覺得疲倦一些，而心情卻感快慰。而且這日是我們住宅落成後十週年，也是值得紀念的日子。

1977 年潘氏慶祝虛齡 70 歲大壽，在西營盤一酒樓筵開八席慶祝。圖為潘氏夫婦與幼女和幾名孫子女合照。（潘廣樑遺物）

香港海洋公園於 1977 年 1 月開幕，三個月後潘氏即帶同家人入場參觀。圖為爺子孫三人在吊車內合照。旁邊的雲絲頓香煙膠索袋是潘氏外出所常用，編者對之印象深刻。（潘廣樑遺物）

潘氏在海洋公園水族館外留影，左下是長男孫和其大妹。（潘廣樑遺物）

（二十五）廣州之行

丁巳 1977　六月廿六日（8月10日）

本年六月初，德達從弟[29] 從樂昌來信，說他將於月底到廣州他的三女處，並約我到廣州相會，我們沒有見面近四十年了。在這時間剛巧是媳婦母親的生日，她外家是在河南郊區的。時立基的幼稚園已放暑假，慶堂也有假期，我遂決意偕家小同上廣州和親人會晤，然後一齊返鄉一行，計劃重修先人的墓地。適小姨張少卿之僱主已返英渡假，因而清閒沒有事做，她很樂意和我們一起上廣州一遊。我年屆古稀，多年來上廣州和回鄉的心願，至此才告實現。

我夫婦和兒媳三孫，同往人事登記處領取回港証。慶堂母親早已買了多種乾口食物和生油鹹魚衣物等，與及媳婦帶返外家的食品，裝成兩大布袋，這些物料，準備贈予廣州和鄉間的親人。這兩袋物料，相當笨重，乃交由中國旅行社辦理，減輕上落車時的負荷。

六月廿六淩晨，一家大小連同阿姨一共八人，乘的士至紅磡總站，搭早班火車抵羅湖，在深圳華界車站向旅行社取回兩袋物料，把它化整為零，接受檢查和領取入境介紹書種種麻煩手續，幾經吃力，才把這笨重的包裹運上華界火車，這操勞的工作，大都由慶堂負擔。

29　與潘氏在祖屋一起成長的堂弟。兩人在戰前曾在義品放款銀行一起工作，1939 年因日本侵華而搬到廣東北部的大後方地區避難，之後長居當地。

廣州之行的部分照片，下中為潘氏，左二是潘氏妻子。（摘自潘廣樑筆記）

是日下午二時，到達大沙頭廣州站[30]，媳婦的母親和弟弟已前來接車，把預先整備的一大袋物料，交給他們帶返琶洲[31]家中。我們即乘車往沿江路，居停於濱江旅店[32]，至此才鬆一口氣。我憑窗遠眺，大沙頭[33]沿江路一帶，男女老少，駕腳踏車（單車）放工回家，有如過江之鯽，他們不畏危險，和長途汽車及載貨汽車爭路，亦市區一奇景也。我們過隔壁濱江飯店之「招待港澳同胞食堂」吃晚飯，菜式以淡菜豬什白雞為主，配以過時的蔬菜，白飯名不符實帶有淡灰色的，我祇飲了杯酒和少許餸，沒有吃飯。

廿七日我們過濱江飲早茶，所謂招待港澳同胞的點心，是豬腸粉大飽（包）和荷葉飯，完用淡菜作餡心。用過早點後，偷得浮生半日閒，我們乘長途車往中山紀念堂，可是外圍鐵閘下鎖，僅從閘外透視，金壁輝煌八角尖頂的堂貌，和肅立廣場上的銅像，歷久不變，惟四週蔓草叢生，不勝今昔之感。旋步往越秀公園一遊，有六百年歷史之鎮海樓（五層樓），也和紀念堂一般，入口關閉，參觀內裏的古物希望，又告消失了。

廿八日吃過早點後，我們在旅店前搭四人座位的機動三輪車，前往河南郊區琶洲，參加媳婦母親的生日餐會，至中途轉

30 大沙頭火車站舊稱廣九車站，位於越秀區白雲路南端，是原廣九鐵路的起終點，曾是廣州市規模最大的鐵路客運站，1985 年拆卸。

31 琶洲是一條已經拆遷的鄉郊村落，位置大概在現時廣州地鐵 8 號線琶洲站至萬勝圍站之間。

32 即濱江酒店，面向大沙頭碼頭。

33 大沙頭當年是廣州重要客運樞紐，包括客運站和內往外地的碼頭，改革開放初期是很多港澳居民的集散地。

乘長途汽車，沿狹窄的郊區公路所見，腳踏車從汽車的兩邊右上左落掠過，險象環生。至村口落車，我們步行至媳婦外家，自有一番寒暄，聚餐既畢，即出村口乘車返回旅店休息了。我們在香港習慣在睡前飲些酒和小食，在廣州沒有這樣的享受了。

廿九日早飯後，我們前往近期建設的「廣州起義烈士陵園」[34] 一遊，陵園規模宏大，附有蘇聯朝鮮兩國盟友的兩座紀念碑。而最令遊人矚目的為石製的五羊，成為獵影者的對象，這大小五頭羊，聚集一起，高達五十呎，全用花崗石鑿成，遠望栩栩如生，不愧神工之作[35]。這裏有拱橋流水，茂林亭榭，極園林的幽勝。為了要趕往吃晚飯，未及盡情遊覽，因廣州的飯店，過時是沒有吃的。飯後即往秀麗一路交一字條給德達的女，約德達來旅店相會，因他明晚從樂昌到她處呢。

卅日，我今天決定盡一日之遊，明日須要會晤親人及整理行裝離開廣州了。於是乘長途車前往黃花崗，瞻仰七十二烈士墓，烈士墓前門兩旁的石雕龍柱，和廣場兩旁林立的題詞石碑，已蕩然無存了，其他石刻的字句，其中也有剷除，惟烈士墓及刻上烈士姓名的石碑，尚保存完整。這裏雖不及烈士陵園的消閒好處，但遊人低回瞻仰的情緒，似又過之。由於時間所限，流化[36] 荔灣兩公園，沒有機會遊覽了。

34 廣州起義烈士陵園位於廣州市越秀區中山三路 92 號，1957 年落成。陵園是為了紀念 1927 年 12 月廣州起義中死亡的中共黨員。

35 五羊石像位於越秀公園內。

36 即流花流湖公園。

七月初一晨，德達從弟來旅店相會，我們壯年別離，皓首重逢，自有無限感慨！和他品茗後，我夫婦偕慶堂同往他女的住所，和他的家人認識，可惜為時間限制，未能盡情暢敘，我們拍照留念後即告別往新亞酒店[37]，和媳婦的舅父舅母共進晚餐，她舅父前為商人，談吐得體，和我頗投契。

我們留廣州期間，到過像新亞這樣的一流飯店多家，所吃的飯，也是粗米，菜式和普通的飯店大同小異，沒有什麼特色，不過設備較為鋪張而已。晚餐後，我們返回旅店執拾行裝，往對面往江門的碼頭，乘搭夜拖渡返鄉了。

37 越秀區的新亞大酒店，當年稱新亞酒店。

（二十六）回鄉雜記

丁巳 1977　七月初二日（8月16日）

七月初二日晨，我們從廣州乘夜拖渡到達江門，樹新（燊）[38] 姪父子早在碼頭接船，他們是從我日前寄回的照片，依稀認出我面貌的。他們便代挑衣物食物，帶我們往總站搭長途車至北街，轉乘電船過海，其時耀成弟婦母女等已在江咀埗頭等候，於是一行十多人，浩浩蕩蕩返回我一別卅年之老家，已成陌生之地。

一行人循着圍基前進，沿途所見，綠秧如茵，甘蔗成林，高沙甘邊村落，早在淪陷時已毀，今則盡成水田了。據樹新（燊）說：「坦邊劃為潮連六大農業大隊之一，父親（耀成）以隊長主其事，近以年高退休，由叔父（耀楨）繼其任」。又說：「今年禾蔗皆豐收，鄉間米糖足食」，亦一喜訊也。

我出生地的企石坊，已非本來面貌，屋宇寥寥，門堪羅雀，和卅年前的企石，望衡對宇，熙往攘來，大有天壤之別了。企石介於獅鎮兩山之間，位置在坦邊村之中心地區，距離耕地，故坊中族人，大都出外謀生。根據樹新（燊）的解釋：解放後，他們的家人，也隨而居留外地，遺下的住屋，不是空置，便是拆卸把磚瓦木料出售於人建屋，拆卸後的空地多植樹種竹，空置屋宇則別為農民所居，使鄉間佃農居者有其屋，

38　樹燊乃潘氏堂弟耀成的兒子。

筆記內展示了祠堂在經過「文革」洗禮後的巨大對比，潘氏直言對所見所聞感到「驚駭」。下圖為潘氏夫婦（右）與鄉間一別 30 年的親友合照。（摘自潘廣樑筆記）

潮連潘家祠堂現時外貌。（編者攝於 2025 年）

耕者分工合作，計口分糧，計工界分[39]，佃農生活，完全改變了。

我們到達家門時，已屆十時了，耀成老弟和兩媳及一羣小孩子在門前相候，行裝甫卸，耀楨弟紹顯叔夫婦紹述嬸及炳銓細嬸，隨來相會，稍後，樹照[40] 姪和潤貴妹也分別從會城及豸岡遠道回家，整間大屋，頓成熱鬧場所。其時樹新（燊）樹照兩婦已整備早飯，共同進食，本地油粘，鮮魚青菜，家鄉風味，使我食慾倍增，與我們在廣州的飯店所吃的粗米飯和過時菜蔬，不可同日而語啊！

早飯後，我偕慶堂和耀楨樹新（燊）同上屋後獅山，巡視

39 可能為「計工分界」。

40 樹燊弟弟。

祖考妣合葬墓穴，據耀楨解釋：獅山被指定為墳場，所以墓地沒有變動，但鄰村龍嶺各山，則改為植林區，所有骨殖，全被起出，移葬別處了。我此次回鄉動機，主要是計劃重修先人墓地，另立新墓碑，刻上五先人的名號，俾後人易於辨認。這重修的工作，我託樹新（燊）負責辦理，他讀書不多而品性純厚，勇於做事，他定不負我所託的。

我的老家在企石二巷，乃曾祖啟茂公遺下的產業，是一座金字掛兩廊的古老大屋，分予四房子孫的。屋後原有館舍，但於五十年前已拆毀了，成為空地，它和屋的兩旁空地，都種了果樹和蔬菜。由於房親多居留外地或已物故，這座有四睡房一大廳和天階的祖屋，遂由耀成夫婦和兩對兒媳七名孫兒等一家居住。最近他把祖屋加以修葺和擴建，在廚房多開一門口，通出屋旁的空地（原由屋後通出），茂林修竹，點綴其間，頗有園林之趣。

四十年前當我在港結婚時，母親已在大屋前門側建一小館，有一房一廳，以為她老人家頤養之所。這間小館，依然完整無缺，館傍也有一幅地皮，面積約七八百方呎，我對這塊地，很感興趣，有意思在這地建一小築，與館仔相連，餘地闢作花圃，年中返鄉一行，作別墅小住，亦晚年一快事，這計劃能實現嗎？

其時慶堂母親已把由港帶返的衣物藥油咸魚生油等物，分別贈予各親人，而把海味食物交給耀成婦處理，準備製餚，以為明日祭祖和聚餐所需。這時耀成女婿動手煮狗肉，他用南乳蒜子紫薑和肉皮作配料，味道雋永，這是家鄉的菜式，香港是難得一嘗的。

晚飯過後，電燈高照，這是農村建設的進步，雖然光線暗弱，遠勝於從前的火水燈多多了。是夜，我和耀成耀楨在屋旁閒話家常，耀成和我同年而我大他四個月，他體魄强健，能挑百餘斤的重物，我是望塵莫及，我們閒談別後瑣事，直至深夜才休息，而我婦與兒媳孫兒等早已入睡了，鄉間是不愁沒有地方下榻的。

初三日天尚未亮，樹新（燊）婦已入廚煲白豆粥，及炊芋頭糕糖糕作早食，同時開始製肴，由耀成婦兩婆媳主廚事，弄成佳餚九大碗，除鷄鴨豬肉蔬菜外，其他都是由港帶返的乾口食物——砂泡肉皮魷魚淡菜蝦米絲粉絲筍蝦及蝦片等，這樣菜式，在目前鄉間而言，稱得上豐富了。

是日也，老幼齊集，共聚大廳，桌上陳列酒食果品，舉行祭祀祖先，耀成婦將收藏吸煙的大香，作為神香供奉，人神共用，亦為時勢使然，蓋大陸沒有香燭出售也。祭儀雖簡單，而老幼循序敬酒叩拜及燃放爆竹的儀式，依然保守俗例行事，沒有改變。祭畢，即舉行聚餐，濟濟一堂，筵開六桌，九碗菜肴，並列桌上，無拘無束，談笑風生，既飽且醉，同時拍照留念，充滿歡樂氣氛。

久別重逢，敍會衹兩天，又告惜別，因慶堂和阿姨的假期迫近，須依時返工也。是日下午六時，我們大小八人離開老家，踏上行程，各親人送至村口，一聲珍重，又再別故鄉了。

樹新（燊）兄弟代携行李渡海護送至北街，時太陽已下山，我着樹新（燊）回家，樹照也趕返會城工作崗位，因他已進入農林大學[41]需要受訓也。

我們遂搭車至江門，乘九時開行的汽船，初四凌晨船抵大沙頭碼頭，仍下榻於濱江旅店，在廣州停留一天，初五晨我們乘火車返港，午時到達深圳華界總站，等候檢查，達兩小時，即過中英界橋，在羅湖乘火車至紅磡總站，轉搭海底隧道車返「家」，時已下午四時了。

41 應為廣東農林學院，當時大陸未有名為「農林大學」的高等教育院校。廣東農林學院是一所農林類本科大學，1970 年由華南農學院和中南林學院合併組建，1978 年兩校拆分繼續獨立辦學，學院現已不存在。

（二十七）回鄉後觀感

1977

我自1949年後，便沒有返回家鄉潮連了。在這悠長歲月中，已風聞文化大革命，禍延鄉村幽靈。此次回鄉之所見所聞，有令人觸目驚心者，鄰村巷頭之龍嶺，原屬陳族祖墳的基地，今祇見漫山叢林密佈，原有的墓骨，被迫遷徙或毀滅，已蕩然無存了。在行人踏踐的石路，竟有用墓碑砌成的，為之慨然。

據鄉人透露，共產黨對鄉村的一貫政策，是消滅地主劣紳，除舊立新，破除迷信，和增加生產，指令把龍嶺闢為植林區，本村獅山，則作為畜牧場，吾族墓地，雖被畜踐踏或毀壞，尚幸先人骨殖，得以保存。

尤其令人感到驚駭者，鄉間饒有追遠性的各姓祠堂，有全被拆卸而僅留遺址，或將祠貌改觀而留作別用，所有祠內的歷代祖宗神位，全遭焚毀，連民家供奉的祖先靈位，也一樣難逃消滅厄運，改安毛生前時的肖像，把數千年中國歷史文化倫常道德，破壞無遺。執筆至此不忍再寫下去。

（二十八）艷棠護士畢業

戊午 1978 4月28日

艷棠自1976年3月22日進入九龍醫院護士學校，受訓期間，在該院病房見習護理課程，及派至伊利莎伯醫院[42] 實習兩個月。兩年來經過學校的六次筆試和實習專題等考試程序，終於順序獲得合格。

至是在校修業宣告期滿，全班護士生需要參予英國護士局的會考[43]，這是最重要的一關，如能順利通過，才成為合格的

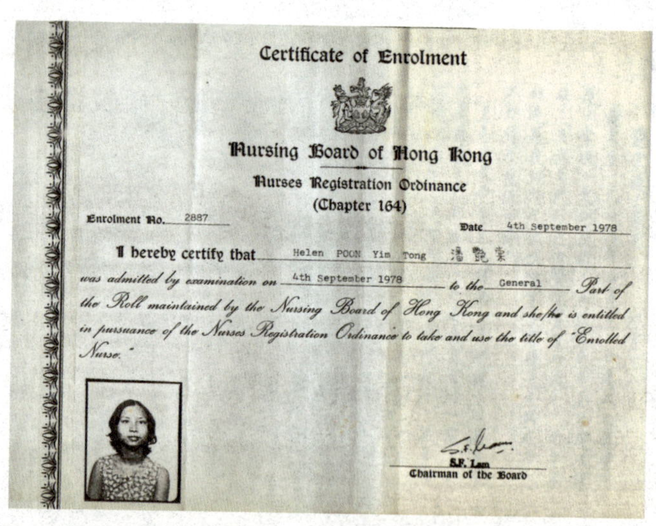

Certificate of Enrolment

Nursing Board of Hong Kong

Nurses Registration Ordinance

(Chapter 164)

Enrolment No. 2887

Date 4th September 1978

I hereby certify that Helen POON Yim Tong 潘艷棠

was admitted by examination on 4th September 1978 to the General Part of the Roll maintained by the Nursing Board of Hong Kong and she/he is entitled in pursuance of the Nurses Registration Ordinance to take and use the title of "Enrolled Nurse."

S.F. Lam

Chairman of the Board

潘氏幼女的護士畢業證書。（摘自潘廣樑筆記）

42 即伊利沙伯醫院。

43 應為英國皇家衛生協會的考試，學生通過考試後可取得海外衛生指導員及學校護士證書。

編號 № 244144

URBAN COUNCIL, HONG KONG
香港市政局

ITINERANT HAWKER LICENCE
流動小販牌照

Date 日期 18 DEC 1978

Name of licensee 持牌人姓名 Poon Kwong Leung 潘廣樑

Identity Card No. 身份證號碼 A 518236

Address 地址 49, Second Street, G/F.

This licence permits the holder to hawk, as an itinerant hawker, Clothing in a hawker permitted area otherwise than from a fixed pitch in the urban areas of Hong Kong.
茲准許本牌照持有人爲流動小販，以便販賣 Clothing 。持牌人得在港九市區內認可小販營業區販賣，惟不得在固定擺位營業。

Valid until 有效期至 12 DEC 1979 一九七九年十二月十二日止

NOT TRANSFERABLE 本牌照不得轉讓

Received Fee: $75.00
牌費柒拾伍圓正收訖

Shroff 收款員

(Sd.) KWOK Kwong-tin
for Secretary, Urban Council.
市政局秘書（代行）

批註事項見背頁

USD(L) 158 (7/73)

ENDORSEMENT

1 The licensee shall comply with the provisions of the Hawker By-laws 1972.

2 The licensee shall not transfer or assign his licence to any person or persons without the prior approval in writing from the Urban Council.

3 No commodities or services other than those approved and endorsed on his licence may be sold. Any change in such commodity or service requires the prior approval in writing of the Urban Council.

4 The acceptance of fees paid in respect of this Licence shall not constitute a waiver of any breach of any Hawker By-laws or any conditions of the Licence existing at the day of such acceptance.

批註

一、持牌人必須遵守一九七二年小販附例之規定。

二、事先未經市政局書面批准，持牌人不得將其牌照轉讓或轉售。

三、除牌照上核准及批註之貨品或服務外，不得出售其他貨品或提供其他服務；如欲售賣別種貨品或提供別類服務，須先經市政局書面批准。

四、倘持牌人違反在收取牌費之日仍然生效之小販附例或持牌規條，則局方在收取牌費後仍可依例追究。

潘氏晚年與妻子在正街與第二街交界處以出售成衣為生。圖為市政局 1978 年向潘氏發出的流動小販牌照。（潘廣樑遺物）

登記護士。是年4月28日會考成績揭曉，艷棠幸而榜上有名，至9月由護頒授畢業證書。據艷棠透露：全班同學原有卅人，其中有些考試不合格或自動退學，至畢業時，同學們只有廿人而已。

艷棠畢業後，仍在九龍醫院服務一年，被派至贊育醫院服務兩個月，然後調往瑪麗醫院實任護理工作，希望她能夠勝任，一直幹下去。該院距離住宅不遠，往來交通很為便利，比較在對海九龍醫院時的往返費時，不可同日而語了。

（二十九）鄉屋落成彙記

己未 1979 三月十五日（4月11日）

鄉屋的建置，起源於卅年代初期，我母親在祖屋側邊手建的小館，這是近代我家自建的建築物，與小館相連的一幅曠地，面積近二千方呎，如果在這處建造一座平房，與祖屋小館三位一體，將為最理想的園林小築。

自從母親於世界大戰結束前夕不幸在鄉逝世，和平後，我曾兩度返鄉，先後奉移祖考妣暨考妣骨殖合葬一穴，及購入本村涌尾頭水田一畝二分（*一畝約為674.5平方米*）。其後國內發生政變，戰亂頻仍，乃至1949年大陸易主共產執政，國內起了重大變遷，港客返入內地受到許多制肘，在這段悠長歲月中，我每年只滙款返鄉，託樹燊姪代為拜掃先塋，對於鄉間事物，早已沖淡了。

直到1977年，大陸入境政策，稍為放寬。這時候，我興起了返鄉重修先人墓地之念，同時經不起勝陽叔及耀楨弟等屢次來函敦速回鄉重聚，是年夏季，我兩老偕同兒媳孫輩及細姨一行八人赴廣州，遊覽一番然後返鄉，主要任務為重修先塋另植墓碑，乘時和一別卅年的親人敘會。

鄉間經過文化大革命洗禮，除四舊，立四新的政策下，將村中饒有歷史紀念文物，大事破壞，包括祠堂廟宇的神位神像。少見人鄰，多見頹垣，與大戰後返鄉時所見，判若兩個地域，幸而老家尚屹立不變，小館側邊的曠地，依舊荒置着，觸起了前塵往事。

從弟耀楨在坦邊生產大隊裏做事，為負責處理鄉事人員之一，他透露：自四人幫被推翻以後，農村生活逐漸改善，推行土地政策，凡旅外鄉民，可以依法在本村建造房屋，並可得到購買建屋材料的便利。我兩老對他的示意，感到很大興趣。

當時我與耀成耀楨兄弟們，進行研究在祖屋對面的荒地建屋計劃，經過慎密研討後，決定付之實施。當我們離鄉回港時，便把這項建屋任務，完全委託耀楨弟權宜處理，包括購備材料等，一切費用，將由我在港滙款支付。1977年11月按照原定計劃，僱工開闢地盤，建屋工事，由是進行了。

經過幾次修改構造圖則，在一年來的持續施工，至1978年底，接到耀楨的來信，表示鄉屋接近竣工階段，明年春間可以全部完成，並徵求我在此時間返鄉一行，為新屋舉行入伙儀式。1978年暮春清明期間，立基美基毋須上學，於是一家大小七人，再行乘火車至羅湖，轉車到達大沙頭，是時媳婦之母親與她之胞弟俊成已從琶洲到總站接車，她們母子表示樂意和我們一起返鄉一行。

是晚，一行九人，搭夜船返鄉，凌晨船抵江門，稍後，樹燊樹照前來接船。我們到達企石新屋，自有一番新氣象。行裝甫卸，略進茶點，即聯羣渡海，乘巴士前往外海親家之外家，她胞弟陳XX[44] 和家人熱誠招待我們共進午餐。稍後，返回老家，我同耀楨登上屋後獅山，巡視先塋，囑託他和樹燊代為整

44 註：原文位置空白。

理墓地，及把經已刻妥的墓碑安置墓上。同時打點後日舉行的入伙儀式事項。

連日來細雨濛濛，到了農曆三月十五日，天氣轉晴，陽光出現，遠戚近親，包括外海鄉陳家姻親，他們送來各式各樣的鏡屏禮物，掛滿了大廳兩旁的壁上，使新屋添上了新景象。是日也，老少咸集，歡聚一堂，由XX[45] 主持廚事，耀成婦與樹燊婦等通力合作，先後筵開九桌，直至夜後九時，才興盡而散。

本屋構造的位置：大廳的兩旁，分別有兩個長睡房。廳前之屋簷下大門，面臨天階；它的右便，為平台式的行廊，乃本屋之前門入口處，內裏建有書房一所；左便之廚房，有後門通出屋背後之山邊，廚側掘了一口水井，為食用水之主要來源。換言之，這是鄉村傳統的金字掛兩廊式的屋型，而參予現代方式的建設。屋簷下對面天階上，建有鋼筋混泥土的梯級，分別登上行廊頂及廁所頂的兩個平天台，作為遊憩和曬晾之所。並利用梯級底下的空位，擱作沖涼房及貯物室。這些屋內建設，可謂物盡其用。

新屋的前門與祖屋前門，互相對照，介乎兩屋之間者為小館舍，形成三位一體。館舍兩側，分別有兩條小通道，通出屋背的竹園而登至坦邊主峯——獅山。前門兩傍，築了兩個長方型的花圃。這些屋外設施，頗有園林之風。本屋全部建築費用，約為人民幣九仟元，伸港元約為二萬七千元。

45 註：原文位置空白。

為了立基美基需要返港上學，留鄉四天，又要告別。行前，我授權從姪樹燊一家人在本屋權宜居住。授權書全文[46]如左：

余舉家僑居香港，在鄉之日少，作客之時多，以至在祖屋傍邊北面的自建屋宇，未能顧及，為了本屋需人管理，暫時將屋借於樹燊姪夫婦及其子女居住，並託其負責代為保管室內外的一切材物，使其完整無缺，俾異日我家大小返鄉時，得以有所應用。物力艱難，當思來處不易，務希善體斯旨，毋負所託，余有厚望焉。

立字人潘錦良次伯的筆

樹燊姪收執

1979年4月9日

附註：行廊內書房借給耀楨弟居住，以便需人照顧。

見証人潘耀楨君實（簽字）

潘樹燊（簽字）

46　筆記內記述內容與真跡有些微出入。

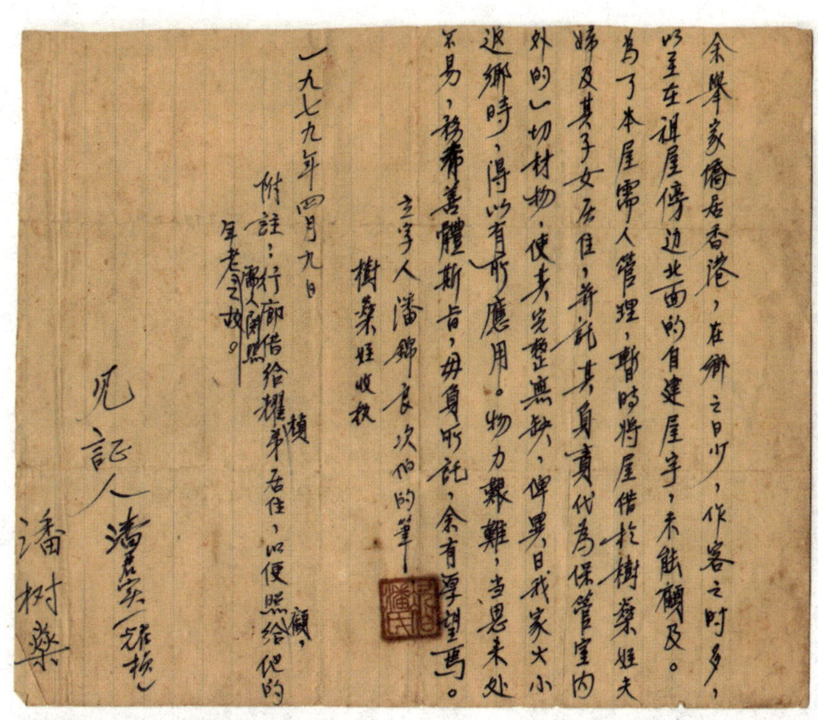
余舉家僑居香港，在鄉之日少，作客之时多，
以至在祖屋傍边北面的自建屋宇，未能顧及。
為了本屋需人管理，暫時將屋借於樹燊姪夫
婦及其子女居住，并託其負責代為保管室內
外的一切材物，使其完整無缺，俾異日我家大小
返鄉時，得以有所應用。物力艱難，当思來処
不易，務希善體斯旨，毋負所託，余有厚望焉。

立字人潘錦良 次伯的筆
樹燊姪收執

一九七九年四月九日
附註：行廊借给權弟居住，以便照顧，給他的
鄰人關照年老之故。

見証人 潘君实（[illegible]）
潘树燊

授權書真跡。（潘廣樑遺物）

潘氏當日帶同子孫一起回鄉，與親家慶祝鄉屋落成。（摘自潘廣棎筆記）

編者 2000 年代初返回筆記中提到的潮連鄉屋，圖為前門。（編者攝於 2001 年）

圖為潘氏在筆記中提到建有鋼筋混凝土的梯級（右）。當時鄉屋已經荒廢，雜草叢生。（編者攝於 2001 年）

（三十）小孩動態

己未 1979

1976年9月，立基年三歲，已進入正街英華幼稚園了。從這時起，他便開始羣體活動，認字、寫字，計數和英文讀音的幼兒基本常識。我每日攜帶他上學和放學，迄今從未間斷。至1979年9月，他在幼稚園已屆三年期滿畢業了，看到校方給予的成績表中，他的中、英、數和默書，都給予高分，成績也強差人意。同年9月4日，為他轉校就讀於高街李陞學校[47]，開始為一名小學生了。

1978至79年間，美基、X基也先後進入英華幼稚園，而麗棠的兩女淑賢、淑貞亦先後讀小學和幼稚班。這時候，五個小孩都接受現代教育，開始小孩們的新生活了。

1979年11月8日，夏曆戊午十二月初十日，麗棠在贊育醫院分娩，產下一男嬰，體重八磅半，相當健碩，取名家榮。麗棠連生兩女，今始得一子，使家庭生活改觀，在一片新氣象中，我兩老感到無限欣慰。彌月時，錫林特備薑酌，假黃竹坑好景酒樓歡宴親友。

47 李陞小學於 1954 年創立，本為 1950 年復校的「羅富國師範專科學校附屬小學」，校舍位於西營盤高街 119 號。

（補錄）翌年立基自李陞小學轉學，讀於石塘咀聖彼得小學[48]。該校歷史悠長設備完善，1884年由基督教會創辦的。

48 1860 年，白思德女士（Miss Baxter, Susan Harriet Sophia）來港出任日字樓女館校長，但其後自行創辦以其名字命名的學校「Baxter Vernacular Schools」。她在 1865 年去世後，學校繼續經營，至 1884 年成為聖公會屬校，並多次轉移校舍。1946 年學校復課，並於 1956 年遷至山道 88 號，更名為「聖公會聖彼得學校」。詳見「校史紀要」：https://www.spps.edu.hk/1school_info/15-16/his.html。

後 記

多年來我一直以為爺爺只寫了三本筆記，不明白他為何只寫到1979年。直至在籌備出書期間，細姑姐透露她手上原來還有兩本筆記！這兩本筆記內容講述1980至1990年環繞爺爺身邊的事，大多是旅遊札記、回鄉見聞或家人生活。由於偏向私人，因此暫不予公開。

可以說的是，爺爺在人生最後十多年繼續悠然自得，養花種草，與妻子、花貓、烏龜和子孫為伴，也多次回鄉。在特別日子，亦會一如既往與眾兒孫外出吃飯慶祝一番。

就連與爺爺嫲嫲合照也要扮鬼臉，可見我幼時非常頑皮。照片在爺爺住所內拍攝，時為 1984 年，我身穿的禮服是父母專為細姑姐結婚而訂造。（潘廣樑遺物）

1987 年 6 月 14 日，爺爺慶祝虛齡八十大壽，一家人到西環一間酒樓慶祝。在這張集合當時全部孫兒女的合照中，爺爺嫲嫲笑逐顏開。（潘廣樑遺物）

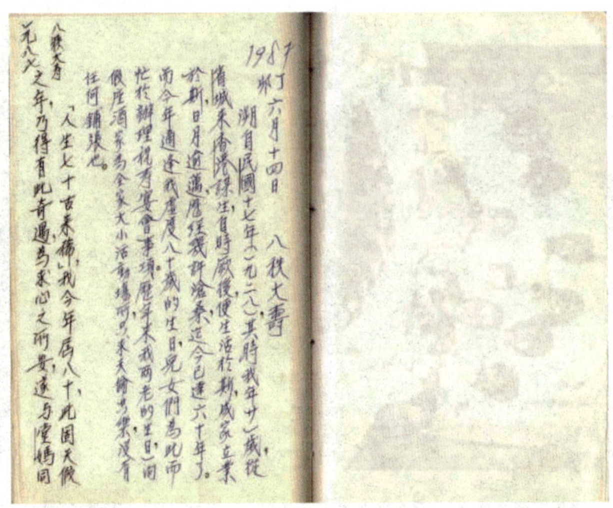

1987 丁卯 六月十四日　八秩大壽

溯自民國十七年（一九二八）其時我年廿一歲，從省城來香港謀生，自時厥後便生活於斯，成家立業於斯，日月逾邁，歷經戰亂滄桑，迄今已達六十年了。而今年適逢我度八十歲的生日，兒女們為此而忙於辦理祝壽宴會事項，歷年來我兩老的生日，向假座酒家為全家大小活動場所，以求天倫之樂，沒有任何鋪張也。

「人生七十古來稀」，我今年屆八十，此固天假之年，乃得有此奇遇，為求心之所安，遂與蓮嬌同

八秩大壽 一九八七

爺爺在最後一冊筆記中有關八十大壽的內容。在後期的筆記和其他作品，爺爺已沒有採用原稿紙寫作。（擇自潘廣楪筆記第五冊）

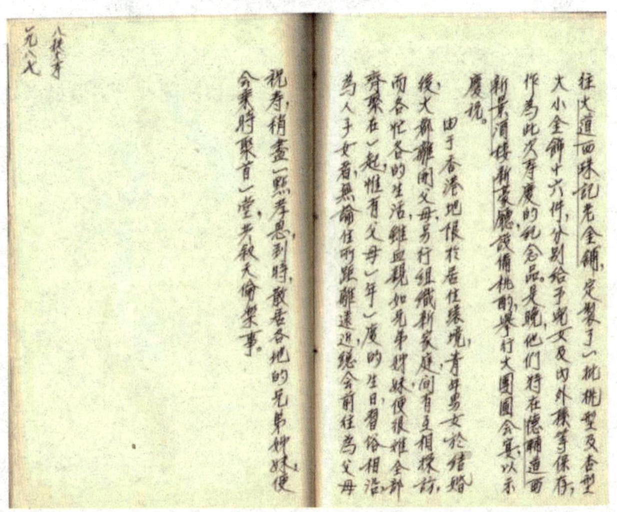

往大道西球記老金鋪，定製了一批桃型及壽型大小金飾十六件，分別給子兒女及內外孫等保存，作為此次壽慶的紀念品。是晚他們將在德輔道西新景酒樓新豪廳設備桃酌，舉行大團圓会宴，以示慶祝。

由于香港地限於居住環境，青年男女於結婚後，大都離開父母另行組織新家庭，間有互相探訪，而各忙各的生活，雖血親如兄弟姊妹便很难全部齊聚在一起，惟有父母一年一度的生日，習俗相沿，為人子女者，無論住所距離遠近，總会前往為父母祝壽，稍盡一點孝思，到時，散居各地的兄弟姊妹便会乘時聚首一堂，共叙天倫樂事。

八秩大壽 一九八七

爺爺在筆記內談八十大壽感受。

爺爺的個人筆記最後記錄日期是1990年，其他作品則直至1991年尾。以下為相信他所寫的最後一頁著作內容，摘自《香港大事》第七冊：

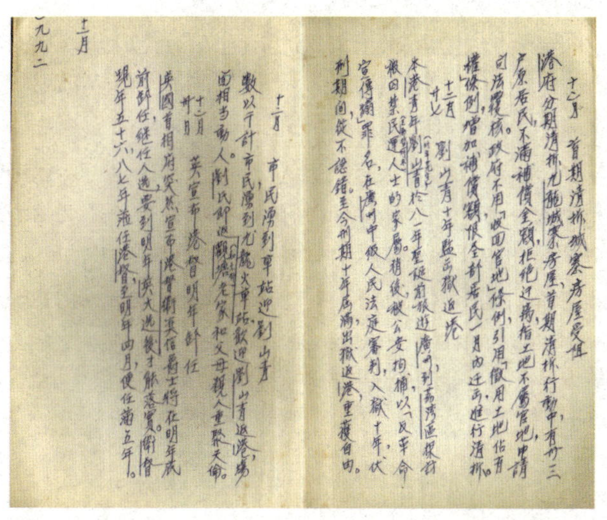

十二月 首期清拆城寨房屋受阻

港府分期清拆九龍城寨房屋，首期清拆行動中，有卅三戶原居民不滿補償金額，拒絕遷離，指土地不屬官地，申請司法覆核。政府不用「收回官地」條例，引用「徵用土地佔有權條例」，增加補償額，限全部居民一月內遷出，進行清拆。

十二月 廿七 劉山青十年監獄返港

本港青年劉山青於八一年聖誕前旅遊廣州，到荔灣區探訪被囚禁民運人士的家屬。稍後被公安拘捕，以「反革命宣傳煽動」罪名，在廣州中級人民法庭審判，入獄十年，伏刑期間從不認錯。至今刑期十年屆滿，出獄返港，重獲自由。

十二月 市民湧到車站迎劉山青

數以千計市民湧到九龍火車站歡迎劉山青返港，場面相當動人。劉氏即返觀塘老家和父母親人重聚天倫。

十二月 卅日 英宣布港督明年卸任

英國首相府突然宣布港督衛奕信爵士將在明年底前卸任，繼任人選要到明年英大選後才能落實。衛督現年五十六，八七年底任港督至明年四月便任滿五年。

爺爺一生堅持寫作，可謂去到人生歲月最後一段路。左頁為《香港大事》第七冊 1991 年 12 月 30 日的內容。（潘廣樑遺物）

由此可見，爺爺寫作生涯起碼延續至他1992年中84歲乘鶴仙去前約半年，形容他一生與翰墨結緣並不為過。

參考書目

著作

Bickers, Robert, *Empire Made Me: An Englishman Adrift in Shanghai.* London: Penguin, 2004.

Harrison, Henrietta, *The Man Awakened from Dreams: One Man's Life in a North China Village, 1857-1942.* Stanford: Stanford University Press, 2005.

van de Ven, Hans, *China at War: Triumph and Tragedy in the Emergence of the New China, 1937-1952*. Cambridge, Massachusetts: Harvard University Press, 2018.

Wilkinson, Endymion, *Chinese History: A New Manual.* Cambridge, MA: Harvard University Asia Center, 2013.

陳君葆著；謝榮滾主編；陳雲玉等編：《陳君葆日記全集》。香港：商務印書館，2004。

程美寶：《太平戲院紀事：院主源詹勳日記選輯（1926－1949）》。香港：三聯，2022。

漢儒・薩爾彌著；范純武、湯瑞弘譯：《何謂數位歷史學？》。台北：貓頭鷹出版社，2024。

紀錄片

徐岱靈、祁凱達，《尚未完場》（2023）。

網上資源

Eric Chow, "An Experiment with Gemini Pro LLM for Chinese OCR and Metadata Extraction," The Digital Orientalist, (2024), Link: https://digitalorientalist.com/2024/04/05/an-experiment-with-gemini-pro-llm-for-chinese-ocr-and-metadata-extraction/

「唐樓中的二戰日記從香港見證歐洲戰場的中國身影」網頁：https://www.dday.hk/zh

□責任編輯：黎耀強
□裝幀設計及排版：甄玉瓊
□印　務：劉漢舉

潘廣櫟札記：
一個香港人的時代紀錄 1920-1970 年代

□
著者
潘廣櫟

□
編注
潘立基、鄺智文

□
出版
中華書局（香港）有限公司
香港北角英皇道 499 號北角工業大廈一樓 B
電話：(852) 2137 2338　傳真：(852) 2713 8202
電子郵件：info@chunghwabook.com.hk
網址：http://www.chunghwabook.com.hk

□
發行
香港聯合書刊物流有限公司
香港新界荃灣德士古道 200 - 248 號
荃灣工業中心 16 樓
電話：(852) 2150 2100　傳真：(852) 2407 3062
電子郵件：info@suplogistics.com.hk

□
版次
2025 年 7 月初版

□
規格
32 開（210 mm × 145 mm）

□
ISBN：978-988-8913-86-2